琼 瑶

作 品 大 全 集

梅花英雄梦

4

飞雪之盟

琼瑶 著

作家出版社

琼瑶，本名陈喆，作家、编剧、作词人、影视制作人。原籍湖南衡阳，1938年生于四川成都，1949年随父母由大陆赴台生活。16岁时以笔名心如发表小说《云影》，25岁时出版首部长篇小说《窗外》。多年来笔耕不辍，代表作包括《烟雨蒙蒙》《几度夕阳红》《彩云飞》《海鸥飞处》《心有千千结》《一帘幽梦》《在水一方》《我是一片云》《庭院深深》等。

多部作品先后改编成为电影及电视剧，琼瑶也因此步入影视产业。《六个梦》系列、《梅花三弄》系列、《还珠格格》系列等，影响至深，成为几代读者与观众共同的记忆。

琼瑶以流畅优美的文笔，编织了众多曲折动人的故事。其作品以对于梦的憧憬和爱的执着，与大众流行文化紧密结合，风靡半个多世纪，成为华文世界中极重要的文学经典。

我為愛而生，我為愛而寫
文字裡度過多少春夏秋冬
文字裡留下多少青春浪漫
人世間雖然沒有天長地久
故事裡火花燃燒愛也依舊

　　　　　　　復禱

琼瑶 著

梅花英雄梦

4 飞雪之盟

作家出版社

前言

这部《梅花英雄梦》，是小说，而不是历史。它更不是历史小说。

我的父亲是一位历史学家，他采众家之言，博览群书，写出了一部《中华通史》。把中国的二十四史，用现代的白话文再诠释了一遍。父亲告诉我，即使是历史，在其中，也有一些不真实的部分，更有一些隐讳而杜撰出来的东西。写历史，有曲笔，有隐笔，有伏笔……如果秉笔直书，那就是"在齐太史简，在晋董狐笔"了。古往今来，像齐太史、晋董狐、司马迁的史官史家，能有几人？

父亲是一位真正做学问的人。而我，是一个写小说的人。我过去写小说，总觉得我受到很多拘束。这些拘束，常常是我的障碍，让我无法尽情、尽兴、尽力去发挥。写小说，需要很大的想象力。我的想象力，却常常被抑制着。写现代小说，要忌讳政治、道德、法律、地点和各种思想上的问题。写古代小说，那就更加困难了！我多羡慕吴承恩，他的《西游记》，充满了各种作者的幻想，孙悟空大闹天宫、女儿国、牛魔王、火焰山、红孩儿……真是应有尽有。尽管没有任何历史依据，却好看得让人着迷！

那么，写一部以古代为背景的小说，是否一定要忠于历史呢？小说里的人物、情节是否一定要在历史中有所依据呢？所以，我去研究中外的小说，希望能够找到答案。

中国的古代小说中，最著名、最脍炙人口的《三国演义》，其中的"借东风""草船借箭""三气周瑜"……在历史中都找不到依据。貂蝉这位女子，在历史中也找不到。

《水浒传》，源自《大宋宣和遗事》。宣和遗事本身，在历史中，也找不到依据。宋江之名，不在《大宋宣和遗事》中。七十二地煞星之名，也不载于《大宋宣和遗事》中。

《红楼梦》家喻户晓，尽管众多"红学家"研究它的背景，研究人物是否影射前人，但是都没有定案。至于那位进宫的娘娘"元春"，到底是哪个皇帝的妃子？没人知道。

抛开中国的著名小说，谈谈西方的小说。法国大仲马的《三剑客》《基督山恩仇记》，雨果的《钟楼怪人》《孤星泪》，俄国托尔斯泰的《战争与和平》，鲍里斯·帕斯捷尔纳克的《日瓦戈医生》，美国马克·吐温的《乞丐王子》，玛格丽特·米切尔的《飘》……不胜枚举。它们有的有时代背景，有的根本没有。至于其中的人物、情节、故事发展……都是作者杜撰的，在历史中，也找不到依据。

但是，这些中外小说，实在"好看得要命"！虽然没有依据，不能"考据",却完全不影响它们成为好小说,成为很多读者一看再看的名著!

经过这番研究,我觉得我终于可以放下"历史依据"了!我要在有生之年,写一部"好看"的小说!除了"好看"以外,是小说的"主题",是我要表达的"思想"!

所以,这部《梅花英雄梦》,我抛开了一切细节拘束,放开我的思想,让我可以天马行空地杜撰它。请我的读者们,不要研究其中的历史依据。故事是我杜撰的,连年代朝代,我都刻意模糊了。故事里的人物,也是我创造的,不用去找寻我有没有依据。至于小说里的官制、称谓、地名、礼仪、传奇、武术……都有真有假有我的混合搭配。我曾说过,小说是写给现代人看的,只要这部小说能打动你,我就没有浪费我的时间(虽然,我还是在考据和逻辑上,下了很多功夫,相信你们看了就会明白)。

这部长达八十万字、经过七年才完成的小说,我绞尽脑汁的,是情节的布局、人物的刻画、爱情的深度和英雄的境界!至于其中的各种发展,喜怒哀乐、悲欢离合、生死相许、忠孝仁义、沙场征战……都发挥到我的极致。或者,它和我其他的小说不太相似,可是,我认为这是一部很好看的小说。因为,在陆续写它的时候,它曾感动过我,曾安慰过我千疮百孔的心。我希望,我的读者,它也能感动你,也能疗愈你曾经受创的心!

琼瑶

写于可园

2019 年 9 月 7 日

六十三

　　雪如被紧急送回她的卧房，躺在床榻上，吟霜还穿着胸前有血点的衣服，在雪如床边帮雪如扎针。秦妈在一边侍候着。

　　刚刚醒转的雪如，眼光直勾勾地看着吟霜，被怜惜的情绪牢牢地锁住，挣扎地说：

　　"你还来照顾我？你胸口的伤也没治一下！那么一大把针，就这样扎下去！一定痛死了吧？别管我了，娘陪你回画梅轩，先治你的伤吧！"说着，就要起身。

　　"娘！别动别动，你身上还插着针呢！我没事，这银针插不深，只是一点皮肉伤，娘放心！"忧心地说，"倒是娘的身体，让吟霜有点担心，脉象不稳，好像受到很大刺激！"就安慰雪如道："娘！放宽心，别为公主、皓祯和我的事伤脑筋！影响了娘的身体，我和皓祯都会很不安！"

　　吟霜说着，就去拔针，拔完针，从药箱里拿出药包，交给秦妈。

"秦妈，这药赶快去熬，要熬一个时辰，然后给娘喝了，我再去配药，会让香绮送过来，现在我得赶去公主院，看看公主好一点没有？"

秦妈接过药包，着急地说：

"吟霜夫人，你就别管那公主了！她真的很可怕，你离她远一点吧！这药我马上去熬！"

雪如一听吟霜还要赶去公主院，不禁大急，一把就握住了吟霜的手腕，急切地说：

"别去公主院，赶紧去治疗你自己！答应娘，离公主院远远的，最好再也不要进去！皓祯呢？他怎么不来陪着你？"

"皓祯还在公主院！不知道公主是不是还在发疯？"

现在的兰馨，不大喊大闹了，她坐在地上，双手抱着膝，瑟缩在屋角哭泣。崔谕娘和宫女们试图把她从地上拉起来。皓祯、寄南、灵儿、汉阳都围着她。崔谕娘轻言细语地说道：

"公主，你闹了这么久，肯定累了！你先去房里躺着好吗？"

"我不要躺着，如果我睡着了，白狐会来霸占我的身体，把我变成白狐，我不要成为狐群里的一个！"兰馨啜泣着说。

汉阳忍不住对兰馨诚挚地说道：

"公主！不要再相信那个清风道长的胡说八道了！昨天我们兵分四路，去彻查清风道长抓妖的案例，他没有成功地逼出任何妖孽的原形，还逼疯了很多人！你，也是清风道长的受害人！"

兰馨抬眼可怜兮兮地看着汉阳：

"可是……他是对吟霜作法呀！"

"因为吟霜是人，他逼不出什么狐狸的原形，他就灌输你狐狸附身的理论，灌输你袁家全部被附身的说法，让你逃避到妖言里去！结果，他害了你！"汉阳肯定地说。

皓祯也诚挚地开口：

"兰馨！你醒醒吧！吟霜如果是狐仙，她早就反击了，还会连你突击她那一把银针，都闪不开吗？她一心一意要帮你，一心一意要讨好你，甚至当你的丫头她都不在乎！是你一直抗拒她，一直冤枉她是妖魔！"

兰馨哭着，抱着头，恐惧地说：

"不是的！我亲眼看到，好多好多白狐的眼睛！"

灵儿受不了，冲上前来痛骂：

"你这个刁蛮公主，本小厮对你一点好印象都没有！但是几次和你交手，觉得你还有几分霸气！现在这个哭哭啼啼、怕鬼又怕狐的公主，简直像个没出息的小媳妇！"甩甩袖子，轻蔑地说，"什么公主，不过如此！"

"那些狐狸眼睛，可能都是你的幻觉，总之，你赶快振作起来，变成原来那个霸气公主吧！"寄南也劝着。

兰馨仍然哭着，一点霸气都没有了。在崔谕娘和宫女的搀扶下，站了起来。皓祯心系吟霜和雪如，对汉阳、寄南、灵儿说道：

"你们陪陪她，开导开导她吧！我要去看看吟霜和我娘，不知道那一大把银针会伤成怎样？吟霜每次受伤总是咬着牙不说！"

皓祯就往门外走，谁知，兰馨忽然冲了过来，抓了一个铜兽香炉，就对皓祯的后脑砸去，怒骂：

"吟霜！吟霜！你心里只有吟霜！"

寄南飞快地一挡，把香炉打落在地上，大怒：

"兰馨！大家都在陪着你，伯母晕倒，吟霜受伤，皓祯都留在这儿照顾，你却想砸死他？"

"我砸死他！我就想砸死他！"兰馨叫，抓了桌上的木剑，又对皓祯刺了过来，"这是你送我的木剑，我就用它杀了你！"

"你敢！现在你不是黑心公主！你是疯狂公主！来呀！"灵儿拦在前面，抓了一条给兰馨擦拭的白布，就挥舞着缠住木剑，"打呀！跟我打呀！"

灵儿和兰馨就拉扯着木剑，两人都又叫又喊的。汉阳一看兰馨又发作了，本能地上前，从兰馨身后，一把抱住了兰馨，他不会武功，只是死命抱住，然后在她耳边说道：

"你一直在害怕有怪物，有白狐！那……我考你一个题目，什么东西有五个头，却不是怪物呢？"

兰馨一怔，骤然安静了，回头看着抱着她的汉阳。

"有这个东西吗？"

"有有有！一定有！确实有！比你那个'偷笑'合理多了！"

"我……不知道！是什么？"兰馨思索着。

"手指头！脚趾头！"汉阳回答。

兰馨想着，回头看汉阳，嫣然一笑。

所有的人，看到兰馨这一笑，全部傻了。还没离开的皓祯，尤其震撼。

伍震荣实在没有料到，太子会公然出现在荣王府，用一张假圣旨，调开他的注意力，再从练武场，轻松地劫走了青萝。青萝在他眼里，根本无足轻重，但是，太子这成功劫人，却大大打击了他。这天，从四王想到青萝，越想越气，恼怒地对着项麒、项魁吼道：

"我们最近的气势到哪儿去了？大事小事，全体被太子帮破功！这样下去，我们还能干大事吗？我忍不住了！我立刻就要出手！"

"爹！大时机还没到，我们必须等到所有力量都成熟的时候，才能一鼓作气，拿下这片江山！否则，会小不忍则乱大谋！"项麒深谋远虑地说道。

"如果那大时机没到，就算现在是小时机，我们也不能输给太子帮吧！"项魁吼道。

项麒在室内走了几步，眼珠一转，忽然说道：

"爹！我们先把长安城弄个风声鹤唳如何？"

"如何风声鹤唳？"伍震荣眼睛一亮问。

"恐怕爹要先去皇上那儿备案！"项麒就靠近震荣，交头接耳。

于是，伍震荣带着项魁进宫，也不请见，直接就去了御书房。皇上正和太子谈着什么，在卫士"荣王到"的通报声中，两人大步冲进门来。皇上和太子都吓了一跳。

伍震荣大声喊道：

"陛下！最近臣接到密报，长安城即将被乱党攻占！"

皇上一惊起立，打翻了茶杯，茶水洒了一地。

"什么？乱党？哪儿来的乱党？"皇上惊问。

"乱党各朝各代都有，乱党此刻潜伏在每个角落，时时刻刻想谋夺本朝江山！"伍震荣说。

"难道在京城长安，也有乱党？"皇上疑惑。

项魁义愤填膺地喊道：

"微臣请命，去查明乱党，为朝廷除害！"

太子和伍震荣，迅速交换了一瞥，两人眼中，都有火光在交战。太子正色一吼：

"荣王不要小题大做！如果有乱党线索，也该交给大理寺去查明回报，现在只是道听途说，如果满城抓乱党，岂不是打扰了安居乐业的良民！"

"陛下！"伍震荣紧急地说，"乱党万一勾结成气，一夜之间，就会造成天下大乱！前朝的例子就是这样，长安是京城，万一长安沦陷……"

"长安沦陷？会有这么严重吗？"皇上受到惊吓。

"父皇不要担心！如果有乱党，交给孩儿就是！"太子说，"孩儿立刻带着大理寺丞，去明察暗访一番！"

伍震荣故意着急关切地急喊：

"太子！你是将来要即大位的人！怎能暴露在乱党的面前！你和陛下，就是乱党的目标！千万要为我朝社稷保重呀！"

"就是就是！"伍震荣一句话就说中皇上最大的恐惧，立刻说道，"启望，你不许再铤而走险！如果长安有乱党，就交给项魁去办吧！"

太子激动地对皇上说道：

"伍项魁是羽林左监，又不是大理寺的官员，师出无名！还是交给汉阳去办吧！那汉阳也是右宰相的儿子，虽然不妥，总是好过伍项魁！"

伍震荣夸张地说：

"抓乱党一刻也不能耽误，汉阳办事太古板太慢，不适合此案！"

"那就让项魁和大理寺卿陈大人一起办吧！"皇上一急，脱口而出。

"微臣遵命！"项魁大声说道。

"父皇！"太子急喊，"如果根本没有乱党，岂不是多此一举？万万不可捕风捉影，闹得满城不安！"

"陛下，宁可信其有，不可信其无呀！这关系到我朝江山和皇室整个的安危！总之，这事项魁你要负起责任，千万不能让太子涉险！"伍震荣说道。

伍震荣说完，带着项魁就匆匆而去。

太子满眼愤怒，对皇上说道：

"荣王在打什么算盘，希望父皇了然于心！"坚定地说，"这事，孩儿绝对不会置身事外！孩儿告辞！"

皇上心乱如麻，着急喊着：

"太子！启望！儿子！你你……不许去危险的地方！知道吗？"

太子早已快步出门去了。

长安城几乎立即陷进了一场大混乱里。

伍项魁领着一群羽林军在大街上粗鲁地抓走一个小贩。小贩跪地求饶：

"大人，我不是乱党呀！我只是一个平民小老百姓，大人，你抓错人啦！大人！"

项魁用力踢向小贩：

"你有什么废话到大理寺去说！"对卫士大喊，"带走！"

伍项魁一行官兵，又从店铺里蛮力地拉出了一个壮丁，壮丁妻子仓皇追出来哭喊，紧抓着壮丁不放。壮丁急促挣扎喊：

"我不是乱党，我不是乱党！"回头对妻子交代，"娘子，你放心，我不是乱党，你快回去，好好照顾孩子！"

伍项魁一行官兵，再从市集拉出一个肉贩，肉贩不从逃跑。项魁对卫士大喊：

"抓住他！快抓住他！想逃跑就是心虚，快抓住那个乱党！"

不一会儿伍项魁的官兵制伏了肉贩，将肉贩头压在地上。肉贩挣扎：

"我不是乱党，你们凭什么抓我！我不是乱党！"

项魁恶狠狠地踩着肉贩的脸：

"谁会承认自己是乱党，只有抓回去逼供再说！"对官兵指示，"朝廷有令，捉拿乱党的原则就是，宁可错杀一百，也不能纵放一个！把一干人犯通通带走！"

伍项魁便带着官兵在长安四处抓乱党嫌疑人。

街道暗处，太子带着邓勇和便衣卫士，暗暗冷眼看着。

这样的大事，皓祯和寄南全部被惊动，飞奔到太子府，在密室中和太子相会。太子着急地说道：

"显然这个伍震荣，弄丢了四王，又损失了伍家人，几次失利之后，现在狗急跳墙，想把长安城弄得鸡飞狗跳，我们可不能让他得逞！"

"我就怕他这么一闹，会危及我们天元通宝的根据地，也会让很多兄弟暴露身份！"皓祯担忧地说，"最近我家也是多事……"看太子："你那伟大的妹妹兰馨，把我家弄得一团乱！我快要分身乏术了！"

寄南同情地看着皓祯：

"兰馨的事总会解决，眼前这个乱党事件才是大事！启望，你最好就待在太子府，千万不要跟着我们行动！那伍震荣有句话倒是说对了，你是以后即大位的人，冒险的事，就交给寄南和皓祯吧！"

"笑话！"太子眼睛一瞪，"本太子何时怕过冒险？抢金子、找皇后、跟伍家人正面冲突打架，我比你们还有经验呢！我怎么可能缺席？"

门上轻叩，青萝拿着托盘和点心，送进门来，恭敬地说：

"青萝见过少将军，见过窦王爷，茶和点心在这儿！大家继续谈！青萝不打扰了！"

青萝说完，就微笑着退出门去。寄南惊奇地问：

"青萝几时回来的？"

太子若无其事地回答：

"她回来和她弟弟秋峰团圆！"

"她弟弟秋峰？"皓祯惊呼，"你把他从伍家人那儿救出来了吗？"

"是！从一家规模很大的铁铺场里救出来的，青萝是从荣王府那练武场里救出来的！你们都忙得看不到人影，我只好自己动手！"

寄南一拳打向太子胸口，气急败坏地喊道：

"你竟敢单独行动！兄弟是做什么用的，你不知道吗？"

"我这才知道，长安城为什么闹出乱党事件！"皓祯点头，拍拍太子的肩，"你厉害，皓祯服了你！言归正传，这长安乱党，会演变成什么状况，我们反正无法袖手旁观！寄南，你好好盯着天元通宝的据点！"

"我会盯着那个伍项魁！"太子气愤地说，"奇怪，这个打不死的草包，居然还能当上羽林左监！让羽林军满街横行，公然和本太子作对！"

"我还得盯住我那断袖小厮，随时会给我惹出麻烦！"寄南想着灵儿对汉阳的崇拜，烦恼地，"我也分身乏术呀！"

"你们都分身乏术，就让我一个人来对付吧！"太子豪气地说。

皓祯和寄南异口同声大喊：

"你敢！"

"那么，我们分工合作，随时彼此报告情况！"皓祯说，"寄南，你盯着我们的据点，千万不能让伍家人发现天元通宝！看看他们是要大干还是小闹？大干，恐怕东宫十卫都要出动，我爹的左骁卫也得出动，弄不好，就是皇上最怕的一场内战！"

"内战必须避免！"太子坚定地说，"我们都见机行事吧！据我想，他们还不敢大干，到底我们军力雄厚，十六卫虽然不是每一卫都忠心，起码有十卫控制在我们手里！大干，他们会全军覆没！"

"所以……"皓祯说，"他们只能小闹，顶多把长安城弄得鸡飞狗跳而已！我们也别太紧张，生活照旧，随时刺探军情，就这么办吧！"

"那就各就各位！"寄南说，"非常时期，我也顾不得灵儿了！

希望她在宰相府里，不要给我出纰漏！"

寄南几个晚上都没回宰相府，灵儿心浮气躁，坐立不安。这晚，看到方世廷与汉阳在书房凝重地谈话，灵儿在旁边假装整理书卷、裁纸，竖起耳朵监听。

"最近伍项魁带着羽林军，在长安城到处抓拿乱党，闹得百姓人心惶惶！爹，为何这次没有把这个案子交给我，反而越级交给大理寺卿陈大人呢？"汉阳着急地说。

"你还好意思问？"世廷泄气地说，"你看看几次荣王亲自来找你办案，结果你这死脑筋不开窍，总不顺他的意思。办案温温吞吞，毫无效率。"

"爹，办案不应该仅仅讲究效率，还必须兼顾情理法，对涉案者一律公平正义才行！汉阳不希望在自己的手中制造冤狱！"

"这就是你死脑筋的地方，你坚持的是理想，情理法也要兼顾现实！"世廷一叹，"唉！算了！这回捉拿乱党交给伍项魁和陈大人也好。咱们宰相府落得清闲，省得去蹚浑水，这事你也不要过问，爹累了，先休息去！"

灵儿一见方世廷离开，凑近汉阳身边，急切地问：

"朝廷在到处抓乱党？这事……咱们不插手吗？"

"怎么插手？"汉阳冷静地说，"案子在别人手上！"叮嘱灵儿，"最近长安街上很不安宁，你没事也少出门！对了，怎么一个晚上都没见到寄南？他上哪儿去了？"

灵儿生气，用力对矮桌插下裁纸刀：

"说到这个窦王爷我就生气！自上次从皓祯那儿回来到现在，

已经好几个晚上都不在家，也不知道到哪里去鬼混了！"内心焦急，心中在咬牙暗语，"窦寄南！你死哪儿去了？出大事了还不快回来！"

汉阳看一眼心事重重的灵儿，继续低头审公文，平静地说：

"天下男人还能到哪里鬼混，难道你不清楚吗？"

"啊！对啊！"灵儿装傻，"我们是男人……男人不都喜欢去……寻花问柳吗？"

"嗯！所以寄南这大爷们，八成又去找他的老相好……也说不定！"

"哦？大人说的是歌坊里的小白菜？"灵儿恍然大悟，一想，最近没说要聚会呀！他会去歌坊吗？忽然着急起来，"大人，我看……我还是出门去找我家那个傻傻的窦王爷吧！你早点休息！啊！"

灵儿说完就慌张地想开溜。汉阳大喊阻止：

"裘儿，现在外面风声鹤唳，又这么晚了，你一个人不要去！"豪爽地说，"要去，本官陪你一起去！"

"啊！大人一起去？"灵儿一惊。

汉阳换了普通商贾的便装，两人还真的一起去了歌坊。夜色里，歌坊大门口，依旧灯烛辉煌，热热闹闹，宾客不断地出出入入。汉阳和灵儿踏进了歌坊大厅。灵儿对汉阳疑惑地问：

"大人，你不是不喜欢来这种莺莺燕燕的是非之地吗？"

汉阳看着大厅众多宾客，直爽地说：

"有什么办法？谁叫本官另一个办案助手，到现在夜不归营，令人操心呢！快找找，看寄南在不在这儿？"

小白菜迎向了灵儿和汉阳，惊讶地说：

"耶！这位客官贵姓？"招呼汉阳，"第一次来吧！客官请坐！请坐！"

小白菜与灵儿两人交换眼神。仆人招呼汉阳入座，姹紫嫣红的姑娘，前来斟茶倒水。小白菜趁机拉着灵儿到一边说话：

"这个人是谁？带来没问题吗？"

"我问你，窦王爷来你这儿了吗？"灵儿答非所问，盯着小白菜。

小白菜不自在地摸摸散落的头发。灵儿明白了：

"他果然来你这儿！今天不是来开会？是来会你这个老相好？"

"你今天怎么了？你不是王爷的小厮吗？说话这么不客气？"小白菜疑惑地问。

"他在哪儿？我找他有事！"灵儿看看楼上的厢房，就抛开小白菜，带着火气冲向楼上，直奔那些厢房而去。

到了厢房门口，灵儿什么都不管，一间间撞开门找着。小白菜追上楼，阻止灵儿：

"裘儿，你不要这样影响我做生意啊！"

在一间厢房里，寄南左拥右抱着两个歌女在喝酒，第三个歌女正在对着寄南丢花生。寄南就醉醺醺地抱着歌女，用嘴去接花生，另外两个歌女也用嘴去抢。几个人笑得嘻嘻哈哈。灵儿一脚踢开房门，目睹了寄南正在亲着歌女的脸颊，气得快冒烟。

寄南见到灵儿突如其来，一震起身。小白菜对寄南使眼色，寄南挥挥手，暗示她离开，不可思议地看着灵儿问：

"你……你怎么跑来了？"

"怎么？这个地方只有你能来，我就不能来？"灵儿负气地问。

寄南满身酒气走近灵儿，搭着灵儿肩膀，嬉皮笑脸地说：

"来就来嘛！干吗也把火气带来？该让吟霜给你开个降火气的药！"

灵儿气得甩开寄南的手，厉声说道：

"把你的脏手拿开！原来你这几天晚上，都是在这里逍遥？你还有心情喝酒？你知道外面发生了什么事情吗？"

"发生什么事情，你告诉我就好！是东市着火了，还是西市？"寄南笑着问。

"原来你这王爷，也不过如此！"灵儿愤愤地说，"满嘴的大仁大义，结果还是跟天下的男人一样，只会沉迷酒色！"

"喂！裘儿，你别忘了你现在是什么身份！"寄南嬉笑着说，似乎喝醉又似乎清醒地，"咱们现在是男人！男人！"一想，恍然大悟："哦！我知道了，你气我没带你出来喝酒是吗？"拿起酒杯，"来来来！我罚酒！罚我喝三杯！哈哈哈！"

寄南带着醉意倒酒，又灌了自己一口。灵儿气得看不下去，抢下寄南的酒杯，泼洒在寄南的脸上，大吼：

"你喝吧！你就在这儿喝死算了！今天我总算认清楚了你！"

灵儿气得夺门而出。寄南被泼了满脸的酒，歌女们忙着拿帕子擦着寄南的脸，寄南摇摇头，醒醒神追了出去，喊着：

"裘儿！你等等呀！"

灵儿从楼上奔到楼下大厅，寄南追了过来，喊着：

"裘儿，你生什么气呀！你等等啊！"突然撞到了汉阳，大惊，"咦？汉阳大人也来了？"

"你果然来这儿喝酒，唉！你这放荡不羁的个性，问题还真不少！断袖病没治好，又来这种场所拈花惹草！"汉阳瞪着寄南说。

"汉阳大人，咱们回去吧！"灵儿负气地说，"以后我不是窦王爷的小厮，从明天起，我裘儿，既是汉阳大人的助手，也是你的小厮！就这么说定了！"

"什么就这么说定了？本王不准！"寄南喊。

突然大门口一阵喧哗，歌坊几个门卫被摔进屋里来，撞得人仰马翻，也撞得各个酒桌乒乒乓乓，摔得乱七八糟。宾客与陪酒歌女们受到惊吓，尖叫逃窜。小白菜见状一惊，奔向门口，大喊：

"是什么人敢来我的地盘撒野？"

伍项魁在众多羽林军护卫下，大摇大摆地踏入歌坊。灵儿、寄南、汉阳见到伍项魁出现在歌坊都警觉起来。灵儿本能地藏在寄南身后。伍项魁对众人大吼：

"哪一位歌女是小白菜？把她揪出来！"

小白菜和寄南交换一眼，笑容可掬地面对伍项魁，从容应付：

"哎哟，哪一家这么气派的官爷，今夜光临我们这个小歌坊。"喊着："姑娘们，快出来招呼各位官爷呀！"

"放肆！"伍项魁大吼，"本官今天奉令来捉拿乱党！"盯着小白菜："你就是歌坊掌柜小白菜吧？来人啊！把她抓起来，带走！"

"什么？"小白菜慌张地，"什么是乱党？民女不懂啊！"情急跪下喊冤："大人，大人，你们抓错人了！民女清清白白经营这家歌坊很多年了，民女不是乱党呀！"

"是不是乱党，跟本官去一趟大理寺就明白了！把小白菜带走！"伍项魁命令着。

灵儿对这突如其来的局势骤变，忘了与寄南怄气，急死了，向汉阳求救：

"她怎么可能是乱党，汉阳大人，你快救救小白菜呀！"

"她是我的老相好，怎么可能是乱党！"寄南着急跟着说，想出头，"我去找伍项魁理论！"

"万万不可！"汉阳拦住寄南，"现在伍项魁，不管有证据、没证据，一点嫌疑就抓人，你们两个最好都不要插手，否则牵连下去会不可收拾！先让他们把小白菜带走，明日再想办法。"

"还等明日？人都抓走了还能活命吗？"灵儿和寄南异口同声，急切地问。

"大理寺毕竟还是我的地盘，你们放心吧！"汉阳轻声说，沉着地看着。

小白菜对灵儿和寄南投来求救的一瞥，便被粗鲁地带走了。

这晚，伍项魁可得意了，对着伍震荣扬眉吐气地说道：

"爹，一切都按你指示的计划进行了。有嫌疑没嫌疑，通通抓进了大理寺的大牢。现在长安城风声鹤唳，百姓人心惶惶！这下应该给那些和咱们作对的人一个下马威了吧！"

"很好！"伍震荣笑，"本王就是要营造出这种动荡不安、山雨欲来的气氛，让百姓活在草木皆兵的恐惧里。哈哈哈！有罪无罪，通通给他们加个乱党的名义，看看那些劫四王、杀我亲人的混蛋，还敢不敢轻举妄动！"

"这么说'万把镰刀'通通没用了！"

"这只是第一步，追查这'万把镰刀'的首领，才是我们最大的目标！"

"那首领，不就是太子吗？"

"不见得！太子太年轻，很多事情，绝对不是他们那三个太子党做得出来的，他们后面，还藏着更厉害的谋士！或者藏着很多谋士，这些谋士，比太子可怕多了！"

"啊？"伍项魁瞪大眼，"那要去哪儿找？"

伍震荣深沉地思考着。

六十四

灵儿气呼呼地回到宰相府，踏进厢房。寄南追着灵儿进屋，着急地说：

"你把话说清楚，你到底在生什么气？回来一路上都不跟我讲话！"

灵儿就走进卧房，去收拾自己的衣物：

"我说过了，我已经不是你的小厮，和你也没什么好说的！现在你的老相好小白菜被抓走了，你应该去着急她，不是我！"

"是，小白菜的事情我应该着急！但是怎么急也是明天白天的事情，你的事情是现在的事，咱们有什么不痛快，就把话说清楚……"吼着，"不要让我糊里糊涂！"

灵儿丢下衣服，生气地说：

"你知道长安城多少无辜的百姓，都被扣了乱党的帽子，抓进去大牢了吗？结果你不保护老百姓，反而跑去找老相好恩爱叙旧！"

"我去歌坊找她是因为……"寄南想解释。

"好啦!"灵儿打断,"老相好这下有难了,你不着急她,倒先来找我吵架!你这男人怎么就这么混账,三心二意,不分轻重,小白菜要是送了命,我都为她不值!"

"小白菜!小白菜!你气我去找小白菜没告诉你,是不是?"

"我又不是你的谁?我管得着你吗?"灵儿嘴硬,不想承认。

"是啊!既然你什么都不是,那你还对我发那么大脾气,还在那么多姑娘面前,对我泼酒,你太过分了!从来没人敢对本王爷那么无礼!你是第一个!"

灵儿转身向寄南发怒:

"第一个怎么啦?难道你想把我砍头吗?"

"你今天真的有病!像个小姑娘一样,蛮横无理、撒泼耍赖!你能不能安静地听我把话讲完?"

"反正你也承认我什么都不是,今后你爱干吗就干吗!我和你一刀两断,井水不犯河水!"灵儿收拾好包袱,拿起包袱往外走。

寄南快速地关上房门,堵在门口,生气地说:

"你现在给我一个字一个字听清楚。"低语,"前几天太子就找了我和皓祯,说起伍震荣要抓乱党的事,木鸢也来报,说歌坊可能已经暴露,为了保护我们好不容易建立起来的据点,我天天混在歌坊里侦察,保护所有弟兄姐妹安全!皓祯还要应付兰馨,他也不方便混在这女人堆里!"

"既然是我们大家的大事,为何不带着我?"

"你今晚也亲眼看到了,这次行动是伍项魁为首,为了你的安全着想，绝对要避免和他打照面，万一他认出了你，再传到皇上那儿，我们可是欺君之罪，死路一条！为了不让你陷入危险，所以我自己行动！这样你听清楚了没有？"

"那……那你也可以事先和我打声招呼呀！何必让人搞得误会重重？"

"今晚误会重重，误得好啊！我终于知道你裘灵儿，吃醋起来原来是这么泼辣！"寄南忽然笑了。

灵儿恼羞成怒，用包袱丢寄南：

"谁说我吃醋，你是听不懂人话吗？"

寄南接住包袱，嬉笑：

"你啊！死鸭子嘴硬，说的当然不是人话！"耍弄着包袱，"你以后不要动不动生气，就把离家出走这一套搬出来！很丢人你知不知道！"

"喂！窦寄南，你是欠揍吗？还想跟我抬杠？"灵儿忍不住还是问，"你跟小白菜真的是老相好？你们在一起多久了？"

有人敲门，两人住嘴。寄南打开门，汉阳大步走了进来，看着二人，正色说道：

"刚刚让你们先回来，本官火速去了一趟大理寺大牢，了解了一些情况，也已经安排我的人看好小白菜，所以今晚小白菜是安全的，这点你们可以放心。不过有个不好的消息……"

"什么不好的消息？"寄南问。

"明天一干人犯要在朱雀大街公开严刑审问！"

"严刑审问？"寄南和灵儿惊喊。

长安城里风声鹤唳，鸡犬不宁。在公主院里的兰馨，依旧过着她浑浑噩噩的日子。这天一早，她就无精打采，因为头疼而揉着鬓角。崔谕娘端来一碗人参汤，说道：

　　"公主昨晚又没睡好，来，喝了这碗人参茶补补精神。"

　　"我这几天昏昏沉沉的，现在是什么时辰了？天快黑了吧？"兰馨顺从地喝着问。

　　"公主，现在大白天都巳时了，一会儿我们到院子里走走！"

　　"都巳时了，那皓祯也出门上朝去了？"兰馨喃喃自语。

　　"今天莫尚宫奉皇后之命要来探望公主，你忘了呀？"崔谕娘说，"大将军和驸马爷都没上朝，等着莫尚宫来呢！"

　　"哦！我还真忘了！"兰馨感觉身子发冷，"唉！咱们这屋子是不是特别冷？一点人气都没有，等一下让宫女把我们屋子弄暖和一点，布置得热闹一点！"突然脾气又暴躁起来："我不喜欢我的屋子，像现在这样阴森森的，好像到处可以看到狐狸眼睛！"

　　"好的，好的！公主别怕，别急，我一会儿就让她们去办！"崔谕娘安抚，"你快把这人参茶趁热喝了吧！"

　　过了没多久，莫尚宫就浩浩荡荡地来了！带着一群宫女和卫士，进入将军府的客厅。两个宫女小心翼翼，捧着御赐礼盒跟在后面。

　　柏凯带着所有家眷迎接莫尚宫，皓祯、吟霜等人都在。莫尚宫恭敬地行礼：

　　"奴婢叩见大将军，大将军万福，夫人金安！"

　　"莫尚宫免礼！想必今日是受皇后的旨意前来将军府，不知有何贵事？"柏凯问。

兰馨面容苍白憔悴地来到大厅。莫尚宫一见兰馨，立刻请安：

"奴婢叩见兰馨公主，公主金安！"

"是母后要你来的吗？"兰馨无精打采地坐下，"你回去跟她说，本公主很好，有空会回宫去向父皇和母后请安！请他们不要担心！"

"公主面容如此憔悴，怎么会很好呢？"莫尚宫心疼地说，"皇后听说公主每天夜里多梦睡不好，今天特地派奴婢来，为公主送上御赐的天山雪莲！"

两名宫女上前，把手里捧着的锦盒放到大厅的桌上。雪如歉意地说：

"唉！将军府没把公主照顾好，还让皇后如此费心，真是罪该万死！"

莫尚宫转向雪如和吟霜等人：

"夫人言重了，皇后只是思女心切，对公主多些关怀，没有责怪将军府的意思。而且皇后慈悲为怀，宽宏大量，对驸马爷的如夫人，也视如己出，今日也御赐了和公主一模一样的天山雪莲。"

莫尚宫打开桌上两个锦盒盖，锦盒里各放着一盅补品。

"啊！皇后也御赐给吟霜？"皓祯惊讶。

"皇后如此用心疼惜我两个儿媳，柏凯代表将军府向皇后谢恩！"柏凯说。

吟霜老实诚恳地跪下谢恩：

"吟霜何德何能，居然能得到皇后如此恩泽，吟霜感激不尽！"磕头起身。

皓祯满脸怀疑，对吟霜低语：

"你别着急谢恩！这事情我觉得古怪！"

"唉！"皓祥一笑，"有些人生来命好，连皇后如此尊贵的人物，都还要给他三分颜色，可惜有人身在福中不知福，竟敢怀疑皇后的好意！啧啧啧！"

"听说这天山雪莲非常珍贵，好多年采集才能炖这样一盅汤，吟霜果然有福气，虽然只是个如夫人，也能喝到一盅，我当了一辈子如夫人，也没这样的待遇！"翩翩说。

说话中，莫尚宫将其中一盅端给了兰馨，另一盅端给了吟霜。

"都说本公主处处疑神疑鬼，看来驸马爷也有这个毛病，既然你觉得母后的善意古怪，那么我这一盅就和吟霜交换吧！"兰馨端起吟霜那一盅，大口地喝下。

吟霜看到兰馨已经喝下，也端起御品准备喝时，被皓祯一把抢下，皓祯快速说着：

"吟霜天天制药尝百草，不能乱吃东西，怕与食物相克，我代吟霜喝下吧！天山雪莲珍贵，别浪费了！"皓祯便在众目睽睽下，喝下了莫尚宫送来的雪莲。

莫尚宫身子一动，无法阻止，大惊失色说道：

"哎呀！驸马爷，你怎么喝了？"

"反正天山雪莲补气养生，谁喝都一样！皓祯在此向皇后谢恩！"皓祯喝完一笑。

崔谕娘和莫尚宫两人，惊讶傻眼地互视一眼。

喝完御赐补品，皓祯和吟霜回到画梅轩，皓祯对脸色不悦的吟霜眨眼睛。

"干吗气嘟嘟的？我哪里惹你不开心？"皓祯问。

"你为什么要喝了皇后送来的补品？就算真有事情，也是应该我来承受，你这样让我很担心！"

"你喝了我才担心呢！皇后一向是心狠手辣，哪是宽宏大量的人，万一真的不安好心，给你喝了什么坏东西，到时候谁能救你呢？"

"可是……"吟霜才开口，就被皓祯用手堵住嘴。

"可是……如果是由我来喝下它，就算是毒，你是神医，你能救我呀！是不是？所以在危急的时候，就要想清楚，先保谁的命比较重要！这个道理你明白了吧！"

"反正你说什么都有你的道理，我辩不过你！"吟霜叹息忧心，"那你现在身体感觉怎样？有没有不舒服的地方？胃里会痛吗？舌头吐出来给我看看！"

皓祯就吐出舌头给她看。

"现在看不出什么异状，不过，你如果有任何不舒服，都赶快告诉我！"担心地说，"莫尚宫把喝完的盅都带走了，要不然可以研究一下盅里剩下的汤！"

皓祯神清气爽，故意甩弄双手肩膀。

"看来是我们多疑，兰馨不是自己也喝了吗？而且还跟你那一盅交换了，我想我错怪了皇后，我身体现在感觉好得不得了！"

"那这样我就放心了！"突然一想，压低声音，"小白菜被抓了，咱们有没有办法把她营救出来？她可是我们重要的成员之一，不能放弃！"

皓祯神情严肃：

"当然不能放弃，我现在正准备赶到朱雀大街去！他们要在广场上公开审问人犯！我猜寄南、灵儿都在那儿！你在家，不要到处乱跑，也不要靠近公主院！不管莫尚宫还是崔谕娘，传给你任何消息，你都别听！千万千万不要去公主院！"

"我知道，救人要紧，你快去吧！"

皓祯不放心地看一眼吟霜，转身出门而去。

朱雀大街人头攒动。

许多乱党人犯穿着囚衣，被铁链绑成一大串，从长安大街一路游行到朱雀大街。衙役凶恶地鞭打着人犯往前走。人犯哀叫的哀叫，喊冤的喊冤，呼喊之声此起彼落：

"我不是乱党！冤枉啊！我不是乱党！"

老百姓有的掩着门窗在观望，大胆的就在街上观望。众人犯被押到朱雀大街广场，那儿已聚集了一些勇敢观望的老百姓。广场上设有三套审判官坐的矮桌椅，伍项魁和大理寺的两位官员已就座。

一旁还放着许多刑具，有盆熊熊烈火，烈火中烧着好几把火钳。

广场一角的人群中，太子便装，和皓祯、汉阳、寄南、灵儿躲于暗处观望。

审判官前，所有人犯跪坐一地。小白菜背上被绑着荆棘，也跪在人群中。

伍项魁对着人犯大喊：

"今天你们个个如实招来，如何接触乱党？如何参与乱党行动？如何制造百姓不安？还有……你们的头目是谁？通通给本官招出来！否则你们就等着大刑侍候！来人，带上王东发！”

一个六十岁左右、面目忠厚老实的人被拉了出来。伍项魁大吼一声：

“王东发，你如何当上乱党的？从实招来！”

王东发吓得发抖，痛喊：

“小民不是乱党！冤枉啊，小民不是乱党……”

“看来不用刑，你是不会招的！来人呀！给我打！”

两个行刑人上前，用有铁刺的鞭子，狠狠地打在王东发身上。王东发的衣服碎裂，脸上顿时皮开肉绽。背上衣服裂开处，血迹斑斑。王东发倒地痛叫着：

“大人饶命呀！大人说小民是什么就是什么，大人别打了！”

太子、皓祯等人看着，个个义愤填膺。太子气愤至极地说：

“这是标准的‘屈打成招’！难道那一串人，都要这样定罪吗？”

“小白菜也在那串人里面！”皓祯心惊肉跳地说。

“再几个人，就轮到小白菜了！她怎么能承受这样的鞭子？”寄南心痛着急。

“你们都比那伍项魁的地位高，赶快想办法救小白菜呀！”灵儿低喊。

“哪有这样办案的？伍项魁想血洗长安城吗？”汉阳气得脸色发白。

太子气冲冲，忽然说道：

“裘儿说得对，我们几个，还奈何不了一个伍项魁？皓祯、寄南，你们等在这儿，我去去就来！”

太子转身，迅速地消失在人群之中。

太子一阵风般地冲进皇上书房，把正在批示奏章的皇上吓了一跳。太子急喊：

"曹安！赶紧帮皇上换上便衣，皇上要微服出巡一下！"

"启望！你这是干什么？"皇上惊讶起身。

太子冲上前，就帮皇上解扣子，嘴里嚷嚷着：

"十万火急！十万火急！父皇，你必须马上去朱雀大街广场，看看你的百姓和你的官员在做些什么！"大喊："曹安！你还不来帮忙！赶紧把皇上的便服拿来！还要传旨，让皇上的贴身卫士，全部打扮成平民！跟我们一起走！快快快！马上行动！"

"是是是！小的马上行动！"曹安震惊奔跑着。

皇上被太子和涌上前来的太监们拉扯着换衣服，莫名其妙地喊：

"启望，你有毛病吗？你怎可拉着朕上街？"

"父皇！"太子喊道，"坐在这座巍峨的皇宫里，你永远看不到皇宫外的风景！启望现在带父皇去看风景！"

朱雀大街上，已经轮到小白菜了，小白菜背上被绑着荆棘，跪在广场中央面对众人。伍项魁厉声喊道：

"小白菜，你经营歌坊，人来人往，交往复杂！说，你如何勾结上乱党的？"

"民女没有勾结乱党！完全没有！"小白菜喊冤，"大人请明察！加入乱党是要砍头的，民女贪生怕死，赚点辛苦钱过日子！

怎么会加入乱党呢？大人冤枉啊！"

伍项魁拍桌大吼：

"据报近日有许多来自外地的陌生脸孔，出入你的歌坊，这些是不是乱党分子？"

"不是不是！他们是外地来的商队，不是乱党！大人，我的歌坊清清白白，没有乱党出入。大人，冤枉啊！"

"你还否认？看来本官不对你用刑，你是不会乖乖招供的，来人！给她一点颜色瞧瞧！"

此时，皇上微服，被太子拉扯着穿过人群，来到皓祯、寄南、汉阳等人处。太子急忙问皓祯：

"多少人招了？"

"启望，你居然……"皓祯惊看皇上，赶紧住口，看向皇上，指着一群上了脚镣手铐的人，"那些人，全都招了！"

寄南也看向皇上：

"这些都是伍大人抓来的乱党！今天审到现在，没有一个不招的！还有一大串在后面排队呢！"

汉阳对皇上行礼：

"汉阳请您细看，这审案的方式！"

皇上这才神色一凛，严肃地看过去。

衙役将小白菜推倒，小白菜仰着身子，背上的荆棘立刻刺痛了她，小白菜脸色惨白，隐忍着。但没想到衙役用绳子拉着她在地上走，走一步荆棘就更深刺入皮肤，或摩擦她的背部。小白菜开始求饶喊痛，衙役无情地拉着她不断往前走，小白菜背部滴血，痛得泪流满面。被拖行的沿路，滴满了斑斑血迹。小白菜痛苦哀鸣：

"大人，我真的不是乱党！大人饶命啊！大人！"

皓祯等人看得心惊肉跳。皓祯就义愤填膺地对皇上说道：

"伍项魁根本没有任何证据！他的问话明摆的都是他个人臆测！他这是故意栽赃又严刑逼供！看看地上，那么多血迹，都是一个个审判的结果！"

"什么个人臆测？"太子对皇上痛楚地说，"这个没脑子的草包伍项魁，就是仗着他爹的势力，欺压老百姓！我早就说过，伍家不除，百姓受苦！爹！你睁大眼睛看呀！这种风景，孩儿常常看到，可是，爹看不到呀！"

寄南握拳，压抑心痛：

"这样故意折磨小白菜，是想吓死长安人吗？"

"小白菜一定痛死了！汉阳大人，快救人啊！小白菜会被弄死的！"灵儿喊。

"如果这案子在我手里，我绝对不会如此欺压无辜百姓，公开严刑逼供已经是犯法了！"汉阳看向皇上。

刑场伍项魁拿着一个烧红的火钳，对着小白菜的脸颊威胁，喊道：

"小白菜，你再不老实招供，你那漂亮的脸蛋就快要不保喽！你这歌女的生涯也就毁了！"伍项魁边说，火钳越靠近小白菜的脸。

皓祯、寄南再也按捺不住。太子命令道：

"皓祯、寄南，你们不出手，是要逼我出手吗？"

瞬间皓祯、寄南两人，从人群中飞跃而起，利落地跳进了刑场里。皓祯一式"青龙摆尾"，侧身拧腰猛踢，一脚踢飞了伍项魁手上的火钳，伍项魁一惊跌个四脚朝天。寄南再补上一脚，又把烧红的火钳，踢到伍项魁手背上，伍项魁痛得哇哇叫，寄南就对伍项魁大喊：

"小白菜不是乱党，我窦王爷可以做证！她是我的老相好！快放了她！"

大理寺两名官员一怔，不知所措。

皇上脸色铁青。

皓祯对伍项魁吼着：

"伍项魁你知不知道公开严刑逼供，已经触犯了本朝律例？"

伍项魁狼狈地起身，凶恶地嚷着：

"又是你们两个，本官在办案，你们来撒什么野？本官已经得到皇上的特许，对于乱党分子不容宽贷，严刑重罚！"大喊："来人，把闲杂人等，赶出刑场！"

于是大批羽林军涌入刑场内，与寄南和皓祯大打出手。按捺不住的太子，飞身到了伍项魁面前。太子厉声地喊：

"你得了皇上特许？特许在哪儿？拿给我看看！"

"太子？你也包庇乱党吗？"项魁惊呼。

"你才是乱党！我今天要帮皇上除害！"太子举臂就是一招"抬头望月"，一拳对项魁鼻子上打去，项魁被打得飞跌出去，鼻子出血。项魁惊慌大叫：

"来人呀！羽林军上！把太子抓起来！"

太子拉起项魁，再一拳打去，喊道：

"羽林军是保护皇宫、保护皇上的军队，不是你私人的军队！

更不是帮你作恶的军队！"大喊："羽林军！把这个狐假虎威、欺负百姓的狗官，给我拿下！"

场面一阵大乱。

皇上气得发晕，说道：

"启望要朕出来看看风景！这风景朕看到了！"就大步走向太子、项魁等人，气势凌人地喊道，"大家住手！不要打了！"

项魁一看皇上驾到，吓得屁滚尿流，赶紧带伤上前，恶人先告状：

"陛下！请为项魁做主！这驸马、太子和窦王爷正在扰乱下官办案！那些……"指着成串的老百姓，"都是下官这些日子抓到的乱党！"

皇上怒吼：

"办案到此结束！陈大人！把那些嫌犯先收到大理寺监牢里去！这乱党案要重新调查！"看着皓祯等人，"启望、皓祯、汉阳、寄南、项魁……随朕回宫！"

"陛下！"寄南着急地说，"允许我先救小白菜！那不是乱党，是我的女人……"

灵儿拉着寄南的衣袖就走：

"王爷！再不救小白菜，她就死了！"

皇上更怒，喊道：

"寄南，你有了断袖不够，还有小白菜？她既然是嫌犯，到牢里去救！你们通通跟朕回宫去！"

寄南无奈，眼睁睁看着在地上流血的小白菜，只得跟着皇上回宫。

回到皇宫，一干人全部进了御书房。太子就急急说道：

"父皇！那天我就跟父皇说，这乱党可能是空穴来风，如果捕风捉影，会让整个长安城大乱！父皇没有采取儿臣暗中调查的建议。现在，这位伍左监，打着父皇的旗帜，公然拘捕毫无证据的老百姓，然后公开严刑拷打！"沉痛地说，"父皇！这是嫁祸给父皇呀！真正伤害百姓的，不是咬人的狗，是放狗出来的那位主人呀！"

皇上脸色铁青地听着。

皓祯也脸色苍白地上前，急切地继续说道：

"陛下，你亲眼看到了！那被绑成一串的老百姓，可能每个都是乱党吗？证据没有，证词没有，证人没有！就凭伍项魁一句话，就把人打成这样？哪一个人不是父母生的，不是儿女爱的？陛下怎么忍心让自己的子民，承受如此的冤屈和痛苦？"皓祯说到这儿，忽然感觉胃部剧痛，不禁捂着胸口。

"陛下！"伍项魁为自己辩护，"对于乱党，我们朝廷的立场，就应该任何蛛丝马迹都不放过，否则乱党遍布民间，无法无天，到处作乱企图谋反……"

皇上一怒，对着项魁拍桌。

"你还有话说？朕亲眼看到你如何办案，如何屈打成招！还把朕的羽林军调去当打手！你什么话都不许再说，今天朕看在荣王的面子上，不跟你计较！下次你再狐假虎威，朕立刻把你贬为平民！"

项魁大惊，扑通跪下了。

"陛下！项魁日日夜夜抓乱党，应该有功！那些乱党，就算有的冤枉，但是，绝对也有不冤枉的！像那个'歌坊'就是乱党……"

寄南对项魁冲去，一把抓住他的衣领怒喊：

"歌坊怎样？小白菜如果有个三长两短，我要你的命！"

皇上对寄南、项魁喝止：

"你们两个都不许说话！在朕面前打架，成何体统？"

项魁不敢再说话，寄南悻悻然地放开项魁。汉阳就一步上前：

"陛下，伍大人此次处理乱党案件，实际上已经越权，恳请陛下同意回归办案的正常程序，由下官亲自审理，必能保证公正、公平与正义。"

"伍项魁在市井严刑逼供，已经超出办案的范畴！也已经损伤了父皇仁德的形象，儿臣强烈建议父皇将此案件，交还给本朝第一神捕汉阳大人审理。"太子说道。

皓祯觉得恶心盗汗，胸腔里开始剧痛，依旧支撑着诚恳说道：

"如果连捉拿乱党这样的大案，都跳过大理寺丞，让姓伍的人办案，抓护李的忠贞分子，陛下将来看到的，恐怕远远超过今天看到的！这样的风景，希望陛下再也不要看到……"说到这儿，身体不支，摇摇欲坠。

皇上看着皓祯，关心地说道：

"皓祯，你脸色怎么那么难看？你身体怎么了？"着急地说，"这案子就交给汉阳去收拾残局吧……皓祯你得赶紧治病……"

皓祯突然心绞痛，再也支持不住，痛苦得倒在地上翻滚，捂着胸口，痛苦地喊：

"哎哟……哎哟……"

"朕就觉得你脸色不对，驸马，你要照顾好身子呀！生病了还出来打架……"皇上急喊，"太医！太医！快传太医！"

太子和寄南扶着皓祯急喊：

"皓祯，皓祯！你怎么了？"

灵儿对汉阳、太子喊着：

"太医没用！我们快带他回将军府找吟霜！"

六十五

　　画梅轩卧房内，皓祯抚着胸口在床上打滚。吟霜着急心痛地喊：

　　"皓祯，你不要乱动，我要帮你扎针，你这样乱动，我根本没办法帮你，皓祯！"

　　雪如看到皓祯如此，心慌意乱，也急喊着：

　　"出门的时候不是还好好的吗？怎么会突然病成这样？吟霜，皓祯到底生了什么病？"

　　"不知道，我现在还查不出来！"吟霜慌乱，"不知道是不是中毒了？还是他的内脏出了问题？皓祯现在脉象紊乱，看来情况严重！"

　　"什么时候开始不舒服？还出门打架救人见皇上？"柏凯着急，对太子、汉阳说道，"多亏你们帮忙把他带回将军府，唉！还惊动了太子！"

　　"赶快治疗皓祯要紧！"太子说道，"吟霜，上次我都快死了，你还能把我救活！现在赶快救皓祯呀！"

"女神医！我看皓祯这病来势汹汹！你快抓紧时间，救命要紧！"汉阳催促着。

皓祯努力看向吟霜，挣扎地说话：

"吟霜，皇后……皇后那一盅天山雪莲有问题！从白天到现在，我就只吃了那样东西！"痛苦难耐，喘气说道，"我现在像有几万只虫在我心口上一直咬……一直咬……还好你没喝……实在太痛苦了……哎哟哎哟……"

吟霜一听，急得顿时落泪：

"真的是皇后？可是兰馨自己也喝了呀？"

"吟霜，不要天真，"雪如气急败坏，"不知道她们怎么设局的？太狠毒了！太狠毒了！本来想毒吟霜，结果害了皓祯！怎么办？"

"这可恶的皇后，总有一天会遭到天谴的！"寄南愤怒。

"大家冷静下来，还不确定是不是皇后所为，我们不能诬陷他人！"柏凯说。

"皓祯，你忍着点！我去找兰馨公主！"吟霜当机立断，转身冲出房。

皓祯想阻止吟霜，情急滚落下床。皓祯大喊：

"吟霜，不要去啊！她们想毒死你，你还去自投罗网？回来……哎哟……"

寄南赶紧抱起皓祯放回床上。太子大惊问：

"此事与兰馨有关吗？那是我妹妹呀！我追过去！"

"我也去！皓祯，吟霜是对的，如果是皇后下毒，兰馨可能有解药！"灵儿说。

太子、灵儿追向吟霜，寄南、汉阳也不由自主地跟了过去。

大家奔到公主院，又奔进大厅，只见同样喝了雪莲的兰馨完全没事，听到皓祯的情况，惊喊：

"什么？皓祯生病了？"

吟霜跪下，心急如焚，落泪恳求：

"公主，我知道你不愿意看到我，但是皓祯现在痛得在床上打滚，你快告诉我，皇后白天赐给我们的，是真的天山雪莲吗？"

"大胆！你这狐妖竟敢怀疑我母后的赏赐？是想嫁祸我母后吗？我不是也在你们面前喝下那一盏天山雪莲？你们如何确定，皓祯生病和我母后有关？"兰馨怒喊。

"兰馨！如果你不相信，你去看看皓祯现在病成什么模样了！"寄南着急地说。

"他说像是有几万只虫在他心口上咬，这已经不是什么普通的小病了！"太子瞪着兰馨，气急败坏地说，"如果有方法救皓祯，就赶快拿出来！现在，连吟霜都没辙了，难道你要皓祯死吗？他毕竟是你的驸马呀！"

"太子哥！你怎么在这儿？"兰馨疑惑地说，"几万只虫咬？"大笑："哈哈哈！将军府有狐狸作怪，蝎子蟒蛇都见过了！现在又有几万只虫……"抓着寄南胸前的衣服，"你们相信了吧！将军府有妖魔！将军府有鬼怪！"

"喂！公主！"灵儿没耐心，"现在已经是火烧眉毛的时候，你别再幸灾乐祸！为什么你吃了就没事，皓祯就有事，你有没有什么解药，快点拿出来！"

吟霜对兰馨磕头，落泪说道：

"公主，快救救皓祯吧！如果你真的有解药，就快点给我！皓祯受不住了！求求你！再耽误下去，皓祯可能就没命了！我知道你气我、恨我，随你要怎样待我都没关系！只要救救皓祯，我再来当丫头都行！求求你！"

兰馨忍不住看向汉阳。汉阳接触到兰馨疑问的眼神，就诚挚地说道：

"皓祯确实病了，病得很古怪，公主还是过去看看吧！如果你谁都不相信，请相信我！你知道我不是你的敌人，你知道我希望你过得好！"

"如果你不相信汉阳，请你相信我！我毕竟是你的哥哥！"太子接口。

兰馨见大家一人一句，个个情真意切，心中怦然一跳。万一母后设局要害吟霜，万一皓祯成了替罪羔羊……她不敢想下去，她要看看真相！她拔脚就冲出公主院，向画梅轩冲去，太子、寄南等人，赶紧跟着跑。

到了画梅轩，皓祯的情况更加严重了。他全身发抖，满床打滚，一直冒冷汗。脸色苍白如死，用手抚着胸口，牙齿跟牙齿打战，整个身子缩成一团，喊道：

"好冷、好冷啊！不要咬我了，不要咬我了！"全身痉挛，哀声喊道，"吟霜，止痛……止痛……给我止痛药丸！"

大家围绕着他，兰馨震惊地看着。

吟霜对皓祯的疼痛，感同身受，一面哭着，一面说着：

"皓祯，只要你平静一会儿，我再试着帮你扎针好吗？我不知道你中了什么毒，不敢给你吃止痛药丸，怕越治越糟，我现在连想帮你减轻疼痛都不敢……我找不到病因，怕越治越糟，我不知道该怎么办？"

"要不然我们抓住皓祯的手脚，让他不能动，这样你能扎针吗？"寄南问。

"或者我们干脆把他绑在床上，有没有布条？"太子问。

"不行，他不平静下来，脉象依然是乱的，在混乱的脉象里扎针，反而会害了他！"吟霜说，想想，急问皓祯，"你说有几万只虫子在咬你，是什么虫子你知道吗？"

皓祯满床打滚，抓着胸部又去抓胃部：

"不知道！好像有各种各样的虫子……不要咬我呀……已经范围越来越大了……现在，开始咬我的肠子……它们在我身体里……一点点把我吃掉……"

吟霜更是惊吓，喊道：

"这是下蛊！我爹在咸阳治过一个这样的病人！有人在下蛊！那是蛊虫，不知道下蛊的人用了什么毒虫，这病除非找出下蛊的人，无法治啊！"

灵儿对兰馨急问：

"看到了没有？皓祯痛苦成这样，你到底知不知道，你们喝进去了什么呢？他说他今天除了那雪莲，就没吃过别的东西！"

崔谕娘看着，不禁有点心虚。灵儿看着崔谕娘，骤然一把抓着她胸前的衣服。

"快说！你们联合起来，毒害驸马，不想活了吗？到底驸马喝了什么？你杀了皓祯的儿子还不够吗，还要杀害皓祯？再不说，当心我把你打进地狱去！"

"奴婢不知道，雪莲是莫尚宫送来的！"崔谕娘大骇地说。

柏凯着急地对兰馨大吼一声：

"兰馨公主！皓祯好歹是你的丈夫，你快说！"

吟霜"扑通"一声，又对兰馨跪下了，哭着喊：

"公主！公主！这下蛊需要解药！请给我们解药！"

雪如哭着，颤巍巍地扶着吟霜的肩：

"兰馨，是不是我也该对你下跪呢？"

太子忍无可忍，怒喝一声：

"兰馨！有解药就赶快拿出来！皓祯是我兄弟，是本朝的英雄！他有个三长两短，你这个妹妹怎么对得起父皇、对得起我和天下？"

兰馨崩溃了，心乱如麻，说道：

"我不知道为什么会这样！我不知道！我不知道！"

此时，皓祯在床上痛苦滚动，不由自主地喊着：

"吟霜！吟霜……我受不了了，想办法，停止这种痛苦……想办法……"

吟霜哭着，跳起身子，忽然把众人推出房去，喊道：

"你们都出去！你们全体出去！我要用我的方法治疗皓祯……"

大家全部被推出房了。在大厅面面相觑，紧张着。

"什么叫她的方法？"汉阳问，"皓祯看样子是真的撑不下去了！她任何方法也救不了的！"就看着兰馨，真心喊话："兰馨公主！只有你有药方可以救，让我看到那个还有正义感的你！"

"兰馨！"太子着急命令地说，"如果你有办法，现在还不快去？你还是本朝的公主吗？你还是我的妹妹吗？皓祯千不是、万不是，也没到处死的地步吧？"

兰馨看看汉阳和太子，忽然飞奔而去，边跑边喊：

"我去想办法，等我！"

"公主！公主！等等奴婢呀！"崔谕娘追着兰馨奔去。

柏凯、雪如等人，个个紧张互视。

在房内，皓祯依旧在床上打滚。吟霜哭着，过去抓住了皓祯的手，边哭边说：

"皓祯，听着！我不知道我这个治病气功针对蛊毒有没有用？我从来没有试过！我现在要把你身体里的蛊虫逼出来……"

皓祯冷汗直冒，痛得快要断气，神思依旧清晰：

"你要……怎样逼出来……"

吟霜用自己的双手，抓住他的双手，稳定住情绪，吸了口气说：

"相信我，把你的两只手给我！你有力气坐在地上吗？我坐在你的对面，我们手握着手，我用气功来逼出这些虫子！"

皓祯就滑落在地，背靠在床榻上，信任地把双手交给了吟霜。吟霜心里想着：

"那碗有蛊毒的汤应该是我喝的，我现在想试试看，能不能用气功，把这蛊虫渡到我身上来，我自己中毒，才知道怎么对症下药……"

吟霜就闭上眼睛，开始念念有词：

"心安理得，郁结乃通。治病止痛，辅以气功。正心诚意，趋吉避凶。蛊虫归位,来我身中!"

皓祯不知吟霜要把蛊虫渡到她身上,也没听出吟霜口诀有变,仍在和虫子挣扎呻吟。可是,他觉得许多小虫开始从他的双臂中,争先恐后地爬了出去。

皓祯顿时觉得轻松不少,能够呼吸了。吟霜的脸色却变白了,虫子已经从皓祯手臂中进入吟霜身体内。皓祯惊喜地喊:

"吟霜,你实在太神奇了!你治好了我!"

皓祯脸色一变,只见吟霜倒地,脸色惨白地在地上滚动。皓祯大惊:

"吟霜!你做了什么?你把那些虫子都弄到你身体里去了吗?"赶紧去抱起吟霜,痛喊,"你疯了?我宁可死,也不要你受这种痛苦!"

吟霜挣扎地说道:

"我知道是什么毒虫了!快把我放下地!我只能这样,把虫子渡到我身体里来,我才知道怎样去治!"忍不住喊道,"哎哟!快,它们在咬我!让我坐在地上,让我的背靠在床榻上!快!帮我……哎哟哎哟……"

皓祯赶紧把吟霜放下地,依照她的吩咐,把她的背靠在床榻上,只见吟霜把双手撑在地上,尽量让手指撑开,紧紧贴在地上。她满头冷汗,开始念念有词:

"心安理得,郁结乃通。治病止痛,辅以气功。正心诚意,趋吉避凶。蛊虫快去,远走山中!"她不断重复念着。

吟霜双掌紧贴地面,双手变红努力发功。忽然间,在吟霜的视觉里,有小虫子从双手的指尖爬了出来,接着,小虫子蜂拥而出，成为十条直线，争先恐后地向墙边爬去。虫子大军如同蚂蚁雄兵，爬到墙边，快速地消失不见。吟霜一动也不敢动，看着那些虫子隐没在墙上，直到最后一只不见了。吟霜长长地呼出一口气来：

"不痛了！所有的虫子都走了！"

"真的都走了？一只都没有了吗？"皓祯扑到吟霜身边。

"一只都没有了！那是生长在深山里的'百毒虫'！"

皓祯欢声喊道：

"成功了！你成功了！"急忙去抱起摇摇欲坠的吟霜，"可是我真想打你一顿，你怎么可以用这样冒险的办法？万一虫子在你身体里赶不出去怎么办？你这样治病，会吓死我……吟霜！吟霜！"

吟霜力气用尽，晕倒在皓祯怀里。

皇宫中，关于皓祯中毒，皇后已经知道了。是莫尚宫进来报告的：

"娘娘！刚刚皇上身边的德公公来报，说驸马爷在皇上的书房病倒了！殿下，这怎么办才好呢？"

"哎呀！真是人算不如天算，明明好好的计划，是要去折磨那个狐妖，怎么会变成这样呢？"皇后责怪，"你当时怎么不阻止驸马呢？怎么能眼睁睁让他喝下去！唉！"

"当时驸马爷的动作实在太快，根本来不及阻止呀！"莫尚宫说，小心翼翼地询问皇后，"您应该有解药吧？要不要我赶紧送去给驸马爷？"

"那怎么行！"皇后一口回绝，"给了解药不是明摆着本宫不打自招吗？"恨得牙痒痒，"就让皓祯尝尝苦头也好！老是跟本宫作对！"

皇后话才说完，突然心绞痛，抚着胸口，叫喊：

"哎呀！我的心！我的心好痛啊！"倒在床上，痛苦挣扎，"莫尚宫！怎么突然……哎呀！痛死我了！"

莫尚宫也开始腹痛，滚在地上，满地打滚，痛苦地喊着：

"不要咬我！不要咬我……天啊！几万只虫在咬我的肠子……"

皇后也开始在床上翻滚，大叫：

"虫子！虫子！几万只虫子在咬本宫的脑袋！"抱着头翻滚，"莫尚宫！赶快传太医！"大叫："来人呀！好痛好痛，哎呀……有的爬到本宫喉咙里去了！哇哇哇……"用手抓着喉咙，抓到快出血。

宫女们惊慌地跑去扶着皇后。但皇后痛苦地抓着自己的胸口，说话不清地喊：

"有虫在咬本宫，救命啊！救命啊！好痛！好痛！不要咬我！太医……"

"皇后娘娘，奴婢也好痛！娘娘！啊！太痛苦了！救命啊！"

皇后一滚，从床上滚落地上，和莫尚宫在地上挣扎打滚颤抖痛苦着。

所有宫女震悚吓呆了，惊慌失措。

此时，兰馨气急败坏地走过长廊，向皇后寝宫冲去。崔谕娘紧追在后，喊着：

"公主公主！不要冲动，见了你母后好好讲！公主，慢一点，奴婢追不上了！"

兰馨已到卢皇后寝宫门口，头也没回。砰的一声，兰馨冲开房门，进门大喊：

"母后，你到底对皓祯做了什么？"

兰馨一定神，看到皇后已倒在地上，痛苦情景和皓祯一模一样。皇后艰难抬头说：

"兰馨，快请太医！快找太医来呀！本宫痛死了，救命啊！"

莫尚宫也在地上打滚，痛喊：

"虫子！虫子，许多虫子在咬奴婢，奴婢快要断气了！皇后娘娘……救命啊！"

崔谕娘惊看着，慌乱地问：

"这是怎么回事？"

兰馨看着室内情况，大惊失色：

"母后你和莫尚宫，你们大家到底怎么了？怎么都和皓祯一样，痛得打滚？难道你们也喝了那'天山雪莲'？"

莫尚宫恍然大悟，痛苦地喊：

"娘娘！奴婢……知道了！我们下蛊害人，反而害己了！这是蛊虫……是蛊虫……皇后娘娘……快拿出你的解药啊……救救我们自己吧！"

"对！对……解药……快拿解药！"皇后挣扎着说，"在珠宝盒的柜子里，有个红色锦囊里，有这个虫蛊的解毒散，快去拿来！赶快让这些虫子离开本宫！哎哟……"

莫尚宫痛苦地爬起来去柜子边拿药。

兰馨失望地喊道：

"原来这一切都是母后下的蛊！如果我今天没有和皓祯交换那一蛊，是不是现在躺在床上打滚的就是本公主？"激动地抓着皇后，"原来你想下蛊害死你的亲生女儿！"

皇后甩开兰馨，忍着难耐的痛苦，开骂：

"你的脑子是不是真的病坏了！本宫怎么会去害你，本宫是在帮你除害……哎哟！虫子虫子……"痛得抚着胸口，边说，"谁知道皓祯那么多事，硬要喝了那个东西，给自己找了麻烦！"

莫尚宫对宫女喊着：

"水……水……赶快拿水来，快……奴婢的心肝都快被吃光了……水啊……"

宫女们慌慌张张地拿了水杯过来。崔谕娘也上来帮忙，接过莫尚宫手里的药包，打开，把药粉喂给皇后吃。莫尚宫也在宫女帮忙下，给自己吃了解药。

片刻，两人的症状都消失了。兰馨不敢相信地看着皇后，问：

"所以……那不是真的天山雪莲？那么为何我吃了就没有事情呢？"

"公主，因为早晨奴婢给你喝了人参茶，茶里事先放了解药。先喝了解药，你若在大家面前喝了哪一碗，都不会有事情！"崔谕娘说。

"原来你们几个早已经串通好了，但是你们千算万算，都没有想到会害到皓祯！又会害到你们自己！哈哈哈！你们真的太可笑了！"兰馨大吼，"你们打算如何收场？"走向莫尚宫，恶狠狠地抓着莫尚宫："快把皓祯的解药交给本公主！"

莫尚宫稍稍恢复了体力，说道：

"解药可以给公主，但是公主想过没有？回去如何向将军府的人交代？"

"将军府的人，早已料到是母后想害死白吟霜，结果皓祯变成了替死鬼！"

"唉！"皇后叹息，"如果说白吟霜不是狐妖，怎么可以那么巧？三番几次都弄不死她！这真是太不可思议了！"一想："现在本宫突然也被蛊虫折磨，难道这又是那个狐妖变的法术？太可怕了！这个白吟霜非铲除不可！"

兰馨失望透顶，说道：

"母后，你想帮我除害，现在弄巧成拙，害我在将军府更加难堪！我真要谢谢我伟大的母后！"

"你不用讽刺本宫！今天本宫堂堂一个皇后，想处死白吟霜需要借口吗？还不都是因为你，你在乎袁皓祯，像是你的命似的，才会弄成今天这个局面！如果你肯对皓祯放手，本宫就可以痛痛快快地除去白吟霜！"

兰馨怔怔着。

"现在，你要活得像个不可一世的公主，还是活得像一个受尽委屈的小媳妇，只能看你自己的选择和造化！"

兰馨愣了愣，被刺伤地跳脚喊道：

"什么废话都别说了！给我解药！不然我把母后这寝宫给砸了，还有那小密室……"

皇后急呼：

"莫尚宫！给她解药！给她解药！这个没出息的女儿！"

兰馨拿到了解药，但是，画梅轩里，已经不需要解药了！

吟霜躺在床上，灵儿、雪如忙着拿湿帕子，擦拭她额头。皓祯着急地握着吟霜的手，用双手搓着她的手，喊着：

"吟霜，为了救我，你居然什么方法都敢用！你又耗尽了你的体力！我说过不许你再运气治病的，原来事到临头，我也会忍不住向你求救！"

"皓祯，你好了吗？"柏凯惊愕地问，"怎么吟霜又昏倒了？她用什么方法治好了你？实在太不可思议了！"

"秦妈！香绮！"雪如急喊，"赶快熬参汤来，现在他们两个，一定都虚弱极了！需要补充体力！"

太子惊看皓祯：

"你确定你身体里没有虫子了吗？一只都没有了吗？"

"一只都没有了！吟霜把它们全部赶走了！"皓祯肯定地回答。

"那些虫子不会跑到吟霜身体里去吧？"灵儿担心地看着吟霜。

"放心吧！"寄南拍拍灵儿的肩，"吟霜不会那么笨，她铁定知道如果那样做，皓祯的苦都白吃了不说，可能让皓祯更加痛苦！"

"她就有那么笨！"皓祯叫，"幸好她的方法成功了！我都不敢想万一失败会怎样？"

"她用了什么笨方法？"太子惊奇，"难道真的让虫子跑到她体内去了？"

皓祯心有余悸地说：

"我都不想提！总之过去了！"

"你们都好了，就天下太平！"柏凯看着皓祯。

"汉阳，气功是老祖宗们传下来的宝贝，用来治病也常而有之，你亲眼目睹，我没办法瞒你，可别因为这个，又说吟霜是狐妖！"皓祯看着汉阳说。

汉阳诚挚地回答：

"我亲眼目睹了很多事，心里自有分寸！怀疑是本官的本能，只有对吟霜夫人，本官从来不曾怀疑过！"

吟霜轻哼了一声，悠然醒转，看到众人围着她，就不安地想起床。

"对不起！是不是我又让大家担心了？"

雪如心痛地把她一抱，喊道：

"吟霜啊！别再随随便便说对不起，这三个字会让心疼你的人更加心疼，不知把你如何办是好！娘到现在也没弄清楚你怎么治好了皓祯，只知道你用尽了自己的体力和能力，甚至让你昏倒了！你知道，娘有多么心疼你吗？"

皓祯对着吟霜绽开一个笑容，说道：

"我娘说出了我心里的话！我能给你的，就是一个灿烂的笑，健康的笑！"

吟霜伸手，握紧了皓祯的手。两人互视，都有再一次劫后重生的感觉。

灵儿直到此时，才想起朱雀大街上的审判，心里飞快地想着："皓祯、吟霜没事了，太子、汉阳和他们一定还有大事要商量，我得赶快去看看小白菜！"

六十六

大理寺门口，陈大人带着囚犯大队已经到达，大理寺衙役和官兵，几乎全部出动接收犯人，把一条街挤得满满的。陈大人大声宣布着：

"奉皇上旨令，乱党人犯，全部押解到大理寺监牢！狱吏赶快来核对名单！"

街上人犯缓慢移动着，没受伤或轻伤的人犯，全部用铁链拖着走。几个大囚笼用马拖着走，里面都是受伤的人犯，呻吟着坐在囚笼里，喊冤的喊冤，喊痛的喊痛，个个衣衫都被鞭子打破，衣服上血迹斑斑。

小白菜趴在一个囚笼里，和许多受伤的人犯关在一起。

灵儿来到，机灵地打量探测一番，立刻发现了小白菜。她一溜烟地钻到小白菜的囚笼前，蹲下身子，对小白菜说道：

"小白菜你不要怕！先到大理寺监牢里等着，我们马上会去救你的！"

小白菜痛得掉泪，呻吟着说：

"歌坊……歌坊里有……"

"现在别管那歌坊了！"灵儿打断，"你的伤最要紧！你放心！等到我们把你救出来，只要吟霜帮你用气功治一治，你这些伤就会好！"

人群中，伍项麒正在那儿冷冷观望，突然指着灵儿大喊：

"陈大人！那儿有个乱党，正在和人犯交头接耳，赶快把他拿下！"

官兵立刻前来追捕灵儿。灵儿一看情况不妙，跳到一个囚笼上，从腰间抽出流星锤，绕着圈子一阵挥舞，把猝不及防的官兵打倒了好几个。灵儿大叫：

"我裘儿是右宰相府的贵宾，谁敢抓我？先去问问右宰相方大人！"

"我是皇上的卫士，我就抓你怎么样？"一个卫士喊道。

灵儿就和卫士打了起来，虽然技术很差，但是灵活无比，在囚车上下左右到处乱窜，一会儿在囚车顶上，一会儿钻到囚车下面，一会儿又窜进人群最多之处，一会儿又把接收犯人的衙役推得连串摔倒，自己像条滑溜的鱼，游动在犯人、衙役、羽林军、老百姓、卫士之间。弄得场面大乱，那些卫士官兵你挤我撞，处处都是人，一时之间，还抓不到她。项麒对身边几个高手低语两句，高手立刻上前，把群众犯人全部推得东倒西歪，对着灵儿锐不可当地冲了过来。

灵儿看看情况，知道不妙，正想溜走，项麒一步上前，抓住了灵儿的衣领，喊道：

"原来是长安城著名的'断袖小厮'，前一阵，荣王府里丢了一个丫头，现在用你这个小厮来递补，也是不错！"

"原来你就是长安城著名的阴险驸马，给你一个风火球尝尝！"灵儿说着，一个流星锤打向项麒的眼睛，项麒没料到她身上还有武器，被打了个正着，手一松。灵儿脱身，撒腿就跑，迅速地钻进人群中消失了。

项麒揉揉眼睛，也不追捕，对手下武士大声说道：

"立刻跟我去'歌坊'，把里面所有的人，全部抓到荣王府去！歌坊里面的东西也给我搜刮干净，连一张纸片都不要留下！"

项麒就带着一批孔武有力的武士，迅速地骑马而去。

在灵儿大闹囚犯队伍时，寄南、汉阳、太子三人确实在画梅轩大厅里，谈着很重要的话。寄南看着汉阳，气愤地说：

"这卢皇后和伍震荣狼狈为奸，害得我们身边的人个个受苦受难！这两人把持着朝廷，不是百姓之福！"

太子看着汉阳，眼神诚恳、声音真挚地说道：

"右宰相的立场，我们也很清楚！汉阳，你是正人君子，你爹那儿，不管你用什么方法，能不能让他别被伍震荣利用呢？"

"在你们眼里，我爹和伍震荣是一路的。"汉阳一叹说，"但在我爹的心里，荣王对他有知遇之恩！当初我爹被皇上重用，当上右宰相，就是荣王力荐的！我无法左右我爹，至于我方汉阳，会做我大理寺丞应该做的事情，仰不愧于天，俯不怍于人！"

"好一句'仰不愧于天，俯不怍于人'！汉阳，有你这两句话就够了！本太子会牢牢记住今天这个难忘的日子，也牢牢记住你这句话！"

"是！太子！汉阳谨记在心！"汉阳着急地说道，"既然乱党的案子回到本官手里了，相信很多百姓等着申冤，本官就先告辞了！"

汉阳正要走，却看到灵儿飞奔而来，嘴里大喊着：

"汉阳大人！赶紧去你的大理寺监牢，救救小白菜，她浑身都是伤，被关在一个大囚笼里，拉到大理寺去了！"

汉阳一惊，寄南已经砰的一声站起身，急促地喊：

"汉阳，现在你的两个助手都在，赶紧去大理寺吧！"

寄南和灵儿就一左一右地拉着汉阳的衣袖往外走。太子义愤填膺地说：

"本太子跟你们一起去！毕竟那些含冤莫白的人，都是本朝的百姓！"大喊，"邓勇！带着卫士，我们走！"

皓祯扶着喝完参汤的吟霜出来，皓祯惊奇地说道：

"你们都要走了？很紧急吗？我也一起去吧！"

"你留在家里养病要紧！"太子嚷着，"你这一病吓死我了！"

灵儿一面拖着汉阳走，一面回头对吟霜喊：

"吟霜，你赶快养精蓄锐！因为等下我们会把小白菜救到这儿来，她那伤口，恐怕只有你的气功才有用！"

"啊？救人？"吟霜惊喊，"那么你们快去快去！"

太子、寄南、汉阳、灵儿带着邓勇、卫士，匆匆忙忙地离开。

太子等人一路奔出将军府，兰馨手里拿着解药，一路奔进将军府。两方人马，刚好错过。兰馨边跑边喊着：

"解药来了！解药来了！皓祯，你忍着，宫里跑一趟，就到这个时辰了！解药来了！解药来了！"崔谕娘跟在兰馨后面，跑得喘吁吁。

兰馨这样一路大喊，雪如、柏凯、皓祥都奔出来。

"解药？"皓祥莫名其妙地说，"公主还特地回宫去拿解药？皓祯不是早就没事了吗？那个离奇的中毒案，到底是怎么回事，恐怕只有皓祯自己肚子里明白！"

"你又在说什么风凉话？"柏凯怒瞪皓祥，"你哥病得满床打滚的时候，你在哪儿？"

"我出门了，没看到！回家后听到人人都在说！说皓祯被几万只虫子咬，有什么了不起。将军府里，蝎子蟒蛇都有，还在乎几万只虫子？小题大做！"

兰馨急切地说：

"不是小题大做！解药要赶快吃下去，不然很严重的……会送命的！"

兰馨一面说，一面奔向画梅轩，众人都追着她。雪如喊着：

"哎哎，公主……公主……不要着急……"

画梅轩里，皓祯看到太子等人都走了，这才握着吟霜的手坐下，两人都有大难不死的感觉，相对凝视，不胜感慨。皓祯说：

"从早上到此刻，这一天真是惊天动地，峰回路转！"

"是啊！"吟霜深有同感，"现在寄南他们去救小白菜，不知道……"

吟霜话没说完，兰馨手里挥舞着解药，急匆匆地冲进了画梅轩。看到皓祯安然无恙，大惊，不敢相信地看着二人，喊道：

"皓祯！你没事了？谁帮你弄到了解药？"

皓祯和吟霜都站起身来，皓祯看着兰馨手里的药袋，问道：

"你手里是解药吗？那么，确实是你母后想要吟霜中蛊？"

"别管是谁下蛊，你怎么拿到解药的？"兰馨狐疑地说，"听说这蛊虫除了解药，没法医治！本公主也看到中蛊之后的情形！"盯着皓祯，"你真的好了？还是那些虫虫埋伏在你身体里，随时会再出来咬你！"

吟霜一听，不禁惊惧，立刻没把握起来，看着皓祯，紧张地说：

"皓祯，你真的好了吗？你感觉一下，会不会像公主说的，那些虫子还在？"就上前对兰馨一跪，"谢谢公主，可以把解药给我吗？看看还需不需要吃？"

皓祯挥舞手臂，神清气爽地喊：

"没事没事！兰馨，谢谢你为我跑这一趟！这解药我收下，万一又发作了我再吃！"

兰馨后退一步，牢牢拿着解药，对皓祯大声吼道：

"你怎么好的？"

"吟霜治好的！你不知道她是神医吗？"皓祯说，一手把吟霜从地上拉了起来。

兰馨向前一步，站在吟霜面前，打量吟霜：

"你治好的！怎么治的？"惊悚地问，"你作法让那些虫子都跑进宫里去了吗？你让那些虫子去咬我的母后和莫尚宫吗？"大声质问："是不是？"

"虫子到宫里去了？现在宫里都在闹这个病吗？"皓祯惊问。

"皇后也中蛊了？还有莫尚宫？"吟霜困惑，想想说，"不过你们不是有解药吗？有解药就好！"

"好什么好？你这个狐妖！"兰馨大怒，对着吟霜一脚踢去，"你差点害死了我母后！还有什么人跟着遭殃？你赶快说出来！"扑向吟霜，双手就掐住吟霜的脖子。

皓祯飞快上前，抓住了兰馨的双手，一个"左右分掌"，在她双手虎口处一点，兰馨双手顿觉无力，接着用力扳开她的手指。兰馨手被制住，就用脚对着吟霜又踢又踹。皓祯大急，用力一推，就把兰馨摔在地上。皓祯喊着：

"吟霜治好了我，公主应该庆幸，怎么又跟吟霜动手？"

兰馨对皓祯怒骂：

"谁要你抢着喝那碗雪莲？你就应该被几万只虫子咬死……"

崔谕娘急忙上前，扶起了兰馨，害怕地说：

"公主公主！赶快回公主院吧！别招惹吟霜夫人了，那虫虫很可怕很可怕……奴婢亲眼看到了，万一到了公主身体里怎么办？我们走吧！"

兰馨一惊，震悚地看着吟霜，被崔谕娘提醒了，害怕地跟着崔谕娘跑走，一边逃跑一边回头威胁着：

"狐妖！狐妖！你敢对我作法……我再去弄几百种蛊虫来对付你们！让将军府每个人都中蛊……你们试试看……"

兰馨就这样叫着、嚷着，带着害怕和恐惧的情绪逃跑了。

房门口，赶来的柏凯、雪如、皓祥都在旁观，柏凯和雪如交换了忧心的一瞥。只有皓祥，不了解情况，纳闷着。

兰馨回到公主院，立刻就冲进了自己的卧房，手里拿着解药，蜷缩在床上。她千思万想，越想越怕，恐惧地自言自语：

"千年狐妖，功力强大……"战栗地说，"崔谕娘，她太厉害了！她可以让皓祯帮她喝那碗药，她还能治好他，还把虫虫送进宫里去！"

崔谕娘也害怕地应着：

"是啊是啊！白吟霜一直杀不死，对她下了虫蛊居然返回到皇后身上，将军府和皇宫距离那么远，这只有会妖术的人才办得到！白吟霜铁定是狐妖！连对皇后都能隔空施法！咱们得躲着她！"

"躲得掉吗？"兰馨问，"连母后都躲不掉她！既然会隔空施法，那她一定还会再来加害本公主！怎么办？怎么办？"

兰馨恐惧地又跳下地，赤着脚走来走去，不安至极，喃喃自语：

"清风道长斗不过她，母后也斗不过她……谁才能治得了她？"

兰馨被这蛊毒事件，弄得更加疑神疑鬼。皓祯对于宫里也在闹蛊毒，也是一头雾水。在画梅轩里，他拥着吟霜，好奇地问：

"奇怪！那些虫子，怎么会变到皇宫里去了？你有这能力吗？"

"没有！完全没有！"吟霜摇头，"我那治病气功，口诀里有'正心诚意，趋吉避凶'两句，如果要害人或报仇，都没有用！何况那气功，还要接触病人才有用！"

"难道皇后也尝到被几万只虫子咬的滋味了？"皓祯回想着被虫子咬的痛苦，有点幸灾乐祸起来。报应之说，难道是真的？

"听公主的说法，应该是同样的蛊虫！"吟霜说，"我爹说过，这下蛊也是下毒的一种，感觉虫子在咬，并不是真有虫子，而是身体里的什么机关被触动了，是一种像幻觉的中毒！有人终身治不好！有人会死去！很可怕的下毒法！今天驱毒的时候，我还看到了那浩浩荡荡的虫虫大军，从我手指头里爬出去呢！"

"但是我没看见！"

"因为那是我的幻想……"微笑了一下，又担心地说，"可是，公主对我的误会更深了！她能为你跑一趟去拿解药……"抬眼看皓祯："你能不能跟她做夫妻了呢？"

皓祯脸色一变。

"我俩刚刚死里逃生，这问题就别谈了，好吗？喝你的补药！等会儿还要帮小白菜治伤呢！她那伤口，我亲眼目睹，也很严重！你真的需要体力！"

"是！"吟霜说着，低头喝着补药。

太子带着寄南、汉阳、灵儿、邓勇和若干便衣卫士冲进一间大牢房。太子四面张望，大声问道：

"小白菜在哪儿？"

只见满牢房的犯人，个个受伤带血，拥挤呻吟着，倒地死去的，挣扎求生的，痛苦翻滚的……真是惨不忍睹、满目疮痍的景象。汉阳拉着一个衙役问：

"怎么没有大夫给他们诊治？"

"陈大人说，随他们自生自灭！反正现在交给汉阳大人管！"衙役回答。

汉阳大怒，厉声嚷道：

"赶快传大夫过来！把大理寺所有的大夫都传来！回家的也

都找来！"

"是是是！"衙役应着，急忙奔去。

灵儿、寄南、太子、邓勇都在犯人中找寻着。灵儿惊呼：

"找到小白菜了！窦王爷快过来，找到小白菜了！"

小白菜依偎地靠坐在一个墙角，遍体鳞伤，嘴角带血，一动也不动。太子等人全部扑到小白菜身边。寄南喊着：

"小白菜！我们来救你了！你再忍耐一下，这就送你去治疗！"

寄南便伸手去抱小白菜，谁知手一碰，小白菜就倒在地上了。太子伸手去帮忙，一接触到小白菜的手，就惊喊起来：

"她死了！她没有呼吸，身子都僵了！"

"不可能！"寄南震惊地说，"背上那些伤虽然严重，不会致命呀！"抱起已经死亡的小白菜，急呼，"小白菜！小白菜！"只见小白菜双手下垂，完全没有生命迹象。

一个犯人爬到太子、汉阳、灵儿身边，求救地喊道：

"几位青天大老爷，赶快救救我们！刚刚有几个官兵，拿着毒药，灌进这个姑娘嘴里，姑娘就死掉了！还有那些……"指着若干死去的尸体，"都灌了毒药！赶快救我们呀，我们不是乱党……等会儿官兵又会来灌毒药了……"

汉阳又惊又怒又急，喊道：

"官兵来灌毒药？这是集体谋杀！在本官的监牢里，居然会发生这种事情！本官要彻底查办……"

太子激动地一把抓住汉阳问：

"这是怎么回事？你这大理寺丞居然完全被蒙蔽！这些被毒死的人，都是什么身份？要赶紧查明！"

灵儿摸着小白菜的手，痛喊道：

"吟霜！吟霜！吟霜可能治得活，窦王爷，赶快带小白菜去吟霜那儿！"

寄南抱着小白菜就往门外冲去。太子喊着：

"寄南，没用了！小白菜不可能再活过来！你还是冷静下来，和汉阳一起调查这毒杀人犯事件要紧！"

寄南早就抱着小白菜奔出去了，灵儿也追出去了。

片刻以后，小白菜的尸体就躺在画梅轩的卧榻上了。吟霜用手按在她胸前，脸色惨然。皓祯急促地问：

"还有救吗？你爹有没有留下起死回生的神药？"突然想到身上的灵药，"我这小瓷壶里的药有用吗？"

吟霜看着寄南，悲哀地说道：

"寄南，小白菜死亡已经超过一个时辰，无药可治了！我爹传给我的各种医术，都无法真正地起死回生！上次灵儿假死，是因为没有真死！"

灵儿激动地摇着吟霜：

"你试试呀！你帮她用治病气功呀！她是寄南的老相好，是我们天元通宝的女英雄，我们不能让她死在伍家人手里！"

"吟霜，连你都说她死了？"寄南不敢相信地说，"她就这样不明不白地死了？她说过，如果她会死，她想死在和'五枝芦苇'的战场里！"激动大吼："不是这样被荆棘拖行，再被下毒！死在大理寺的大牢里！"痛苦地抱住自己的头，眼泪夺眶而出，"当时，我不跟着皇上走，我冲过去先救小白菜才对！"用双手打着自己的脑袋。

皓祯感同身受，用手按在寄南肩上：

"寄南，不要自责，皇上点名要你走，你也无可奈何！小白菜牺牲了！这笔账，我们记着！我们要化悲愤为力量！要'五枝芦苇'彻底毁灭！为小白菜报仇！为无辜的老百姓报仇！"

皓祯说话时，吟霜正用双手，按在小白菜胸前，拼命运功，做徒劳的努力。

灵儿怀着一线希望地问：

"有用吗？吟霜，有用吗？"

吟霜额头冒着冷汗，脸色苍白地摇头，放弃了：

"我那救命气功，也救不回她了！"

大家听了，个个悲伤不已。此时，鲁超忽然奔了进来，气急败坏地喊：

"公子！窦王爷！刚刚得到消息，'歌坊'里的人，全部被抓走！'歌坊'里的东西，连墙上的画，也全部被带走了！范功、王仲、陆广三位勇士，也壮烈牺牲了！"

皓祯、寄南、灵儿、吟霜全部呆住，人人震惊，脸色惨白。

伍震荣兴致高昂。书桌上堆满了从"歌坊"搜刮而来的各种东西。卷轴、信件、摆设、衣物、画册、字画、胭脂、水粉、首饰等等。伍震荣大笑：

"哈哈哈哈！真是满载而归！这次抓乱党，虽然被皇上搅局，但是，破获了'歌坊'这个反贼的巢穴，又毒死了他们一票人，这些反伍分子，一定元气大伤！项麒，办得漂亮！"

"是爹指导得漂亮！老天要爹成大事，挡都挡不住！"项麒微笑地说，"现在，'歌坊'和'下毒'都是大理寺的事，和我们伍家人也沾不上边！皇上的搅局，不见得是坏事！"

项魁急于邀功，喊道：

"爹！我也干得不错吧！那'歌坊'的主谋小白菜，就是我抓到的，有罪没罪，通通抓起来！有罪没罪，通通用刑！有罪没罪，通通毒死！"

伍震荣瞪他一眼：

"你这个草包脑袋，有勇无谋，这次算你'瞎猫抓到死老鼠'！"看项麒，"这些东西里，有没有什么值得我们注意的？"

"还没仔细检查，只是，这张挂在墙上的牡丹图大有文章，因为太厚，我发现有个夹层，打开夹层，里面居然有张地图！"

项麒哗啦一声，把地图展现在伍震荣面前。伍震荣仔细一看，脸色大变。

"这是本朝的详细地图！我们在本朝的据点，都画了红线，有的画了蓝线，这红蓝有什么区别？"

"红色是我们没有被惊动的地方，蓝色是我们被消灭的地方！"

"他们居然有我们部署的地图？是全体吗？"伍震荣大惊。

"幸好不是！我们的大本营，他们并没发现！很多根据地，也没发现！"

"好险！"伍震荣咬牙切齿，"有没有他们的名单呢？"

"这事交给我！我去把歌坊里抓来的姑娘，一个个审问，总会问出一些名堂来！"项魁得意扬扬地说。

"还有一样东西，要给爹看看！"项麒就递给伍震荣一张折叠的纸笺。

伍震荣打开一看，只见上面写着一行字：

"启山可据，望水而居，日月光华，弘于一人！"

伍震荣看着纸笺，纳闷地分析：

"这里面包含着太子的名字，这"日月光华，弘于一人"是说太子吗？"

"应该不是！"项麒说，"爹，你记得去年，我们派'明弘'那个杀手去行刺太子，结果没有成功，明弘牺牲了！这'日月'是个"明"字，弘于一人是说明弘单独行动！这证明我们有叛徒在对太子传递消息！"

震荣砰的一声拍桌，恨恨说道：

"可恶的乱党，居然潜入我们的阵营，掌握了我们的行动，还能通风报信，怪不得好多刺杀行动我们都栽了！"再看纸笺，反复思索，忽然转怒为喜，又在桌上重重一捶，"这个东西大大有用，那太子死定了！"

六十七

　　这日，皇上在书房中召见了太子。皇上目光锐利，盯着脸色苍白憔悴的太子，深深看着，深深揣度着，问道：

　　"太子为何心事重重？为何脸色不佳？晚上没睡好吗？"

　　太子坦率地回答：

　　"确实没睡好！最近长安城抓乱党事件，造成百姓不安，抓进牢里的人犯，连审判都没有，很多就都被毒死了！这暴露了我朝的官制出了很大的问题，官员的品格操守，也有很多的缺失！这实在不是朝廷之福！"

　　皇上阴沉地说道：

　　"原来太子整天都在忧国忧民，为朝廷操心到无法睡觉！"

　　太子这才警觉皇上召见，内情不简单，问道：

　　"父皇找儿臣来，不是来讨论儿臣的睡觉问题吧？"

　　皇上也坦率地说道：

　　"确实不是！"把纸笺递给太子，"你能帮父皇解释一下，这是什么吗？"

"启山可据，望水而居，日月光华，弘于一人！"太子念着，脸色一变，"这是谁拿给父皇的？荣王吗？"

"谁拿给朕的并不重要，重要的是，这是你写的吗？朕认识你的字，这不是你写的，那么，这是谁写的？十六个字里，包括了你的名字，有山有水，有日有月，然后'弘于一人'，这'一人'指的是你吗？"

"父皇！你在怀疑我？"太子大震。

"怀疑你就不找你来谈了，就是无法怀疑你！"皇上说，"偏偏这是破获了一个乱党根据地找出来的东西！"严肃地凝视着太子："启望！你以前看过这东西吗？"

太子神思不定地思索着，心里飞快地转着各种念头，勉强答道：

"儿臣看过！这十六个字，应该是一位高人写的，大概是说，要启望依山面水，过着悠闲岁月，扶持'日月光华，聚于一身'的父皇！"

皇上狐疑地看着太子说，

"解得好！这位高人姓甚名谁？"

"儿臣不知道！"太子直率地说。

皇上一拍桌子起身，怒视太子：

"你不知道？那么，是谁拿给你看的？为何看过不拿给朕看？也让父皇了解你的忠诚？也让父皇高兴一下？"

太子一怒，也大声说道：

"这是民间拥护父皇的歌谣，这种歌谣很多，谁都不会去追究，看过就算了！就像'五枝芦苇压庄稼，万把镰刀除掉它'！这歌谣父皇听过吗？假若父皇看到这样的东西，就怀疑儿臣的忠心，那'太子'的位子，也太可怕了！"

"你对这东西的来源解释不清，反而责备朕封你为太子？"皇上不可思议地问。

"父皇！"太子诚挚而忧伤地说，"启望不在乎自己是不是太子，在乎的是父皇的信任和宠爱。得人心者得天下，失人心者失天下！孩儿拼死效忠父皇，因为父皇是孩儿心中的好皇帝！启望只想巩固父皇的地位，不要被奸臣夺走！只希望百姓不会被奸臣害得民不聊生，其他的事，真的不在启望的心中！现在，父皇对孩儿已经起疑，启望就直说，将来，孩儿不会继承父皇的皇位，这样，父皇放心了吗？"

皇上大怒，问：

"你这是什么意思？你想要朕废掉你吗？"

太子受伤却傲然地说：

"废太子也不是今天第一次提出来！本太子还真的不在乎！现在长安城风声鹤唳，百姓惴惴不安，谁都不知道明天脑袋还在不在。在这个时期，父皇关心的是这十六个字，为何不关心那些百姓？随父皇怎样想，儿臣告辞！"

太子说完，转身就走。皇上喊着：

"启望！回来！话没说完不许走！"

太子早已夺门而去了。

寄南、皓祯二人得到皇上和太子再度失和的消息，火速赶到太子府。在太子府的密室里，三人商讨目前情势，个个神情惨淡。皓祯拿着那张纸笺，看着说道：

"这是木鸢的密函，幸好没签名，是相当紧急时送来的！当时怎么没有毁掉？"

"唉！"太子叹气，"百密总有一疏，现在，歌坊已经彻底摧毁，还有多少密件被他们发现，连我们都不知道！我怕木鸢的笔迹也暴露，跟父皇吵完就把这纸笺顺手带走！还好父皇没有注意！"

"歌坊那些姑娘落进伍家人手里，大概都是凶多吉少！能够保密的人，在严刑拷打下，也会把机密说出来！没有几个人会像小白菜那样宁可牺牲！"寄南说着，不禁伤心，太子和皓祯也唏嘘不已。

"我已经连夜把我们的据点，通通换了地方！伍家行动也很快，他们也在连夜更换被我们发现的据点！"皓祯说。

"听说咸阳、洛阳、太原、凤翔几个大城里，我们的兄弟伤亡惨重！这次伍家发动的'抓乱党事件'，还是让我们很多据点暴露了！我想，天元通宝已经元气大伤！"太子感伤着。

"不知道木鸢会有多难过？也没给我们金钱镖，大概觉得金钱镖不安全！这木鸢也是，为什么不露面呢？让我们在这种情况下，都没办法面对面商量！"皓祯说着，深深看着太子，"启望，在这非常时期，你和皇上能不能讲和，别再误会下去！让那伍震荣得意，这是亲者痛、仇者快呀！他最希望的事，就是制造你们父子的分裂！"

"我那父皇对我太不了解！"太子气愤，"我忠心耿耿，是为了皇位吗？他把皇位看得比儿子还重，生怕我会去抢他的皇位，这太侮辱我！太伤我的心！我真希望生在普通百姓家！那样，才能享受到真正的父爱吧！何况，那十六个字让我怎样解释？从实招来？他会相信吗？再何况，我也不能把木鸢供出来！"

皓祯问寄南：

"汉阳那边，有没有发现什么？有没有把下毒的人抓到？"

寄南一怒，捶桌又捶墙：

"还提汉阳呢？那天他不是还信誓旦旦地说什么'仰不愧于天，俯不怍于人'吗？现在案子这么大，他居然不知去哪儿了？把我和裘儿这两个助手都丢下，几天都没看到人影！"

"或者他去明察暗访，不方便带你们两个！"太子说。

"呸！"寄南激动，"他晚上都没回家，基本上是失踪了！方宰相说，他去城外了！你们相信吗？长安如此混乱，他居然不管，跑到城外去干吗？帮荣王消除证据吗？这个方汉阳绝对不可相信！有其父必有其子！"

"如果连汉阳也不可信，我们现在怎么办？"太子着急徘徊，"伍震荣这一棒，打得太狠！下面还有很多未爆发的事情，我们就等着接招吧！"

"我看！"皓祯一叹，"我们最近都安静一点，先观望一下，等待木鸢的指示！我想，一定又是要我们'休养生息'！唉！"看向太子，心烦意乱地说："除了天元通宝的打击，你那妹妹兰馨，也真是我心头大患！"

太子瞪了皓祯一眼，冲口而出：

"对兰馨好一点，她就不会是你的心头大患了！"

皓祯一怔。对兰馨好一点？兰馨的娘，要谋杀吟霜，差点要了皓祯的命！还要对她好一点？好一点是多少？怎样算一点？

怎样算一点？这晚的兰馨，穿着一件长袍子，披散着头发，手拿木剑，在院子中游荡。她也在为这"一点"伤脑筋，喃喃自语：

"一点一点分一点，我不分要怎样？一点一点合一点，我不合要怎样？一点一点留一点，我不留要怎样……"

兰馨每说一句，就拿剑尖在自己手腕上划一道，手腕上已经有着许多伤口，幸好木剑不尖锐，依旧有好几道伤口在流血。崔谕娘追着兰馨，想抢下木剑，哀求着：

"公主，不要这样啊！把剑给奴婢，求求你不要这样啊！"

宫女们也追着兰馨跑：

"公主！公主！不要再伤害自己呀！"

"滚开！"兰馨大叫，"不要挡住本公主的路！"把崔谕娘推得四脚朝天，又拿木剑对宫女们挥舞，大叫："你们是谁？居然敢追本公主！"

兰馨一面喊着，一面把宫女们推得摔了一地，个个叫哎哟。

画梅轩院里，明月高悬，月下的梅花树傲然挺立。吟霜和皓祯正在树下谈着，两人都神色凝重。皓祯说道：

"天元通宝这次损失惨重，弟兄伤的伤、死的死，偏偏太子和皇上也发生矛盾，今天我们三个谈起来，真是个个伤心……"

皓祯话没说完，只见小乐急匆匆地奔来，喊道：

"公子！刚刚公主院的宫女小玉来报，说是公主病得很重，要公子好歹过去看一看！不然，他们就要去宫里报备找太医！"

皓祯、吟霜一凛，两人都变色了。皓祯说：

"我过去看一看！"

"我跟你一起去，生病我能治！"吟霜就喊，"香绮！拿药箱！"

香绮不但没有拿药箱，反而一把抱住吟霜喊：

"不要不要，让公子先去看看吧！小姐，你千万别去公主院，我们在这儿待命就可以了！上次给公主治病，那一把银针你忘了吗？"

皓祯也严肃地说道：

"我去就好！兰馨花招太多了，不能不防！吟霜，听我话，你待在画梅轩，哪儿都不许去！"

皓祯掉头要走，吟霜忽然奔来，在他耳边低语：

"心病还需心药医！拜托你能治就把她治好吧！"

皓祯一愣，叹息着走进公主院。只见兰馨拿着木剑，对着众宫女追打挥舞，嚷着：

"不许过来！谁过来我就杀了谁！"

皓祯一见这种情况，皱着眉头喊：

"兰馨！你在干吗？"

兰馨看到皓祯，呆了呆，顿时怒发如狂，一剑就直刺向皓祯。

"我在干吗？我在练剑！你不是教我剑法吗？我现在练得很好了，要不要跟我比画比画？我现在要把你的心挖出来看一看，是什么颜色！"

兰馨说着，剑尖已经直抵皓祯胸口，皓祯一伸手，就用两指夹住了剑尖。同时，也看到兰馨手腕上的伤口，心惊胆战，不禁柔声地说：

"把剑给我！"

"给你干什么，让你来刺我吗？"

"我不会刺你，这把剑当初就是带着善意送来的！它永远都是一把'和平之剑'，你能体会到这点，就不用管其他的一点一点了！"

皓祯说完，迅速地就夺下了那把剑，丢到院子一角。兰馨失去了剑，立刻疯狂地扑向皓祯，对皓祯张牙舞爪地又抓又打又喊：

"你这个混账东西，那是我的剑，我拥有的东西不多，就有那两把剑！你居然敢抢我的剑，我要杀了你！我要剁碎你！我要用你的心，切成一片片熬汤喝！那汤有名字，就叫'驸马夺魂汤'……"

兰馨一面喊，一面疯狂地打着皓祯。皓祯把她往肩上一扛，就走向屋里，说道：

"回房去！今晚天气这么冷，受凉怎么办？"

崔谕娘急忙跟着跑进房。

皓祯扛着挣扎怒骂的兰馨进入大厅，穿过回廊，走上二楼，进入卧室。兰馨一路都在狂喊狂叫，用手捶打着皓祯的背部：

"救命啊！救命啊！你这个魔鬼！你这个刽子手！"

皓祯把兰馨放在床榻上。兰馨挣扎着要起床，皓祯用棉被盖着她，跳上床，用手压着被子。兰馨喊着：

"放开我！放开我！放开我……"

皓祯对崔谕娘急道：

"安神汤！上次吟霜留下过那药，赶快去熬一碗来！"

"是是是！"崔谕娘急忙奔去。

皓祯就死命压着棉被，脸孔对着兰馨的脸孔，温和地说道：

"兰馨，冷静下来听我说！我知道我不是一个好丈夫，但是，我从来没有想害你，如果能够让你心里舒服一点，今晚我留在这儿，我守着你！怎样？"

兰馨惊愕地听着，不再大吼大叫，看着皓祯，不敢相信地问：

"你留下来？你的意思是说，你今晚在这儿睡？"

皓祯眼前，闪过太子的脸孔。

"对兰馨好一点，她就不会是你的心头大患了！"

皓祯眼前，又闪过吟霜的面孔。

"心病还需心药医！拜托你能治就把她治好吧！"

皓祯闭了闭眼睛，一声长叹：

"是的！如果那是你需要的，我今晚就在这儿睡！"

兰馨眼角滚落了一滴泪珠，接着，就放声痛哭起来。皓祯手足失措，不忍地把她的身子抱起来，抱在怀里摇着，痛楚地说道：

"一个男人，会让两个女人痛苦，他就该死！现在，我就是这样一个该死的男人！我投降了，兰馨，我也怀念那个在御花园里蹦蹦跳跳、捉弄着每个准驸马的兰馨，那个被我又凶又摔，还是坚持要选我的兰馨！我投降了！"

兰馨一面听着，一面哭着。

皓祯继续痛楚地说着：

"我多么希望向你坦白，让你了解我内心的种种！但是，我知道你不会听，也完全不能接受！总之，我投降了！你别哭了，如果能够让你快乐，让你健康，让你不逃避到狐妖的谣言里去，你告诉我，我该怎么做？我都配合你，行吗？"

兰馨依旧落泪，但是平静了下来。半晌，她哽咽地问道：

"也包括你早该完成的那件事吗？"

皓祯一愣，痛苦地问：

"你指……什么？"

"你知道我指什么，指你宁可害恐女症也要逃避的事！"

皓祯更加痛苦，闭闭眼说道：

"如果你一直在意的是这件事，我……我……我只好……尽力而为……"

此时崔谕娘送来了刚熬好的安神药，看到皓祯在床上柔声安抚兰馨，不禁感动落泪。崔谕娘捧着药碗说：

"公主！先吃药！"

皓祯就把兰馨扶起，用枕头堆在她身后，让她半坐着。兰馨就含泪接过崔谕娘的药碗，两眼看着坐在她对面的皓祯。皓祯心软了，柔声地说：

"慢慢喝，当心烫！"

兰馨端着药碗，两眼一眨也不眨地看着皓祯。忽然间，兰馨把整碗滚烫的药，全部泼洒在皓祯的脸上。皓祯完全没有防备，被泼了一头一脸。他惊跳下床喊：

"烫！哇！好烫！水！哪儿有水？"

宫女们赶紧把皓祯拉到脸盆架前。皓祯把脸埋进水盆，再湿淋淋地抬头。崔谕娘大惊之余，急忙递上各种帕子，宫女们忙着帮着皓祯擦拭。

兰馨纵声大笑起来：

"哈哈哈哈！烫死你！毒死你！"笑容一收，眼光里闪着疯狂的怒火，"你以为本公主是什么人？要你来施舍我？可怜我？你投降了！你对什么投降了？对我的疯狂投降？对我的抓狐妖投降？你以为我没有看出你的勉强和无可奈何吗？你眼睛里写得清清楚楚！你这个混账东西！"

兰馨一边大吼，一边跳下床，一边疯狂地绕着皓祯打转：

"什么叫你只好尽力而为？哈哈哈哈！你以为我真的还会要你？我不过试试你会怎么说！"冷笑，"哈哈哈！量力而为！你以为我还会让你玷污我吗？你的身子早已被狐妖弄脏了，我现在唯一的骄傲，就是保住了我的清白！事到如今，我才不会让你占便宜！把我变成跟你一样的怪物！我根本不在乎你，你不是人！你已经是狐妖了！你这个肮脏的东西！你给我滚出去！立刻滚出去！"

皓祯气得发抖，什么理智、同情、怜悯都没了，一字一字地说：

"你！真是我最大的错误和悲哀！"

皓祯说完，掉头而去。

崔谕娘一脸的遗憾，无可奈何地看着疯狂的兰馨。

皓祯回到画梅轩，依旧气得发抖，脸上被烫得起了水疱，吟霜着急地审视着皓祯被烫得红肿起疱的脸，拿着药膏细心地帮他擦着药，拼命想安抚他，说道：

"还好还好，只有几个小水疱！我爹留下的这个烫伤药，很好很好的，上次我被肉刷子开水烫伤，你都用这药帮我治好了！"

皓祯忽然抓着吟霜的两只胳臂，死命摇着，失控地喊着：

"再也不要对我说，应该对公主怎样怎样！再也不要唤起我的罪恶感！再也不要用你的心，来揣测公主的心！再也不要控制我，让我去做我不想做的事！再也不要把我分给别人，再也不要！再也不要！再也不要……"

吟霜的眼泪夺眶而出，把皓祯紧紧一抱，哭着说道：

"你现在气糊涂了，我说什么都没用！我真的没想到会这样！我承认我了解得还是太少，你不要跟我生气，勉强你去做这件事，我的心会痛，让你受到伤害，我的心更痛，你再对我生气，我的心就更痛更痛……我现在手足无措，告诉我，我该……怎么办……我该……怎么办？"

皓祯用手托起她的下巴，看着她泪雾迷蒙的眼睛，痛楚地说：

"我只要你一个，我只能拥有你一个！你明白吗？如果多一个，我都会遭到天谴，这一直是我的心态，你明白吗？我去公主那儿，我想完成那件事，结果就是这样，你明白了吗？我活该！我活该！"

"我再也不勉强你了！再也不会了！原谅我！"吟霜哭着说。

皓祯就把她用力地一抱，紧紧抱着。似乎想把她整个人，都压进他心里去。

与此同时，寄南已经半醉，坐在酒馆一隅，拼命灌酒，一面灌酒，一面用筷子敲着盘子，醉醺醺念道：

"秋风起兮白云飞，草木黄落兮雁南归，兰有秀兮菊有芳，怀佳人兮不可忘……"

灵儿着急地抢着他的酒杯，劝着：

"好了好了！王爷，已经夜深了！别再拼命灌酒，万一回去碰到方宰相，又要骂你没规矩，不学好！"

寄南抢过杯子，嚷道：

"我去那个宰相府，就是去挨骂的！给我酒，那天上飞的断了线，兄弟姐妹送了命，我这废物还能干什么？我要喝酒！醉死才能解千愁！"

"你醉死也救不了小白菜！救不了那些牢里送命的兄弟！"灵儿说，又大声喊，"你有点出息好不好？跟我回去！"拿起桌上一杯水，就泼在寄南脸上："醒一醒！"

寄南跳起身子，一拳就对灵儿打去。

"你敢拿水泼我？我打死你这风火球！"

灵儿闪过寄南的拳头，往酒馆外跑。

"你有种，就来抓我！抓到我才算好汉！"

寄南起身，跟着灵儿奔去。灵儿回头看着他，一面跑，一面喊：

"什么王爷？连跑都跑不动！简直像个蜗牛！受了点刺激就只会喝酒，什么英雄好汉？酒鬼！像蜗牛的酒鬼！"

"你敢骂我是蜗牛、是酒鬼？我掐死你！"

寄南追着灵儿跑，两人就这样跑进了宰相府，守门的卫士已经对这两人的怪僻行为，见怪不怪。两人跑进庭院，才看到汉阳手里拿着几卷文卷，从外面匆匆回到家里。

寄南看到汉阳，顿时酒醒了一半，上前就拉住汉阳。

"汉阳，关于歌坊的案子，到底调查得如何？几十条人命，这可是长安城的第一大案！你不办案，去哪儿逍遥了？"

灵儿看到汉阳，也忘了醉酒的寄南，急促地问道：

"汉阳大人，你总算回来了！你这些天很神秘，办案也不带我们两个助手，有我们帮忙，破案才比较容易！其实，案子不用办，我根本就知道是谁干的！"

汉阳疲倦地说：

"本官累了！现在不想谈案子，你们回自己房里去吧！"

寄南一把抓住汉阳，激动地喊：

"不行！小白菜为了这个乱党案子送了命！是谁毒死她的，你查出来了没有？那些在监牢里被下毒而死的好汉，又是谁毒死的，你查出来了没有？还有……"

汉阳想挣脱寄南，不悦地说：

"你们有完没完？难道我不想早早破案吗？你们大家都看到朱雀大街的事，那些无辜被抓到大理寺的人，我都已经把他们无罪开释了，你们是我的助手，还要我跟你们报告不成？"

"汉阳大人，无罪开释的事我们知道，但是有罪乱抓老百姓的人，为什么没受到处罚？在朱雀大街对老百姓用刑的伍项魁，为什么不把他砍头啊？"灵儿问。

汉阳警告地喊：

"裘儿！我这儿是宰相府，你口没遮拦，胡言乱语！什么砍头不砍头？如果你再这样大呼小叫，当心你自己的脑袋吧！"

寄南带着酒意，故意大声地喊：

"我知道了！这儿是右宰相府嘛！本朝人人都知道，左右宰相是一个鼻孔出气，这个院子虽然安安静静，多少荣王的奸细潜伏着！"大叫，"奸细们！出来呀！我今晚要帮小白菜报仇！来来来！跟我打！"摆出打架姿势，又跳又叫："跟我打……跟我打！有种就出来……"

世廷和采文正在睡觉，被外面寄南的吼声惊醒。世廷起身，生气地说：

"那个窦寄南满嘴说些什么？他不要命了吗？"

采文赶紧拿衣服：

"世廷，我们快去劝劝他，看样子是喝多了，醉了！"

"皇上呀皇上！"世廷叹气，"这个麻烦你一定要交给老臣吗？"

两人赶紧穿好衣服出去，到了院落，就看到寄南正在满院又跳又叫：

"来呀！你们通通出来，跟我打！跟我打……"

许多卫士都惊动了，纷纷跑出。世廷严厉地一吼：

"窦王爷，你在这儿发什么酒疯？什么时辰了？你吵得人没法休息！你想跟谁打架？"

寄南愤愤不平地嚷嚷：

"我想跟不忠不孝不仁不义的人打架！我想跟杀了小白菜的人打架！我想跟在朱雀大街对老百姓用酷刑的人打架！我想跟明知是谁犯案却不办的大理寺丞打架……"

汉阳大怒，忍不住喊着：

"你指着我的鼻子骂，你在我家做客，居然敢如此撒野！来人呀！把这个窦王爷给我抓起来！"

采文惊喊着：

"汉阳！你几时回来的？不要啊！窦王爷是皇上交给我们家管束的！不是交给我们打骂的！不管怎样，保持宰相府的风范吧！"

世廷大怒，支持汉阳：

"和这个窦王爷讲什么风范？汉阳，我看他就是乱党，跑到我们宰相府来作乱的！来人呀！抓起来！"

许多卫士都来捉拿寄南。寄南拔腿就跑，卫士们围过来追捕。灵儿急死了，大喊大叫：

"王爷！好汉不吃眼前亏！他们人多，你打不过，我来帮你！"

灵儿就在卫士中间，穿来穿去，把她那"游鱼功"发挥出来，手里的流星锤乱舞。卫士被她弄得眼花缭乱，加上夜色朦胧，树影云影摇摇晃晃，视线模糊，一时之间，竟然抓不住寄南。寄南跑着跑着，跑到鱼池旁边。

不知何时，汉阳已经站在鱼池边，手里的文卷也不知放到哪儿去了，两手空空，从容不迫地站在那儿。看到寄南奔来，就伸手一推。扑通一声，寄南掉进鱼池里。他不会游泳，手舞足蹈地挣扎着，冒出脑袋吸气，十分狼狈，喊着：

"汉阳！你暗算我！我……我……"吐着水，"噗！噗！噗……"

汉阳蹲在池边，看着寄南，不温不火地说道：

"窦王爷，你在冷水里泡一泡，大概头脑可以清醒一点！不过，本官必须告诉你，我养的那些鱼，不是鲤鱼，不是金鱼，是食人鱼！会把你吃得连骨头都不剩！"

"什么？"寄南大惊。

汉阳伸手给寄南，问：

"讲和，还是要打架？"

灵儿奔来，蹲在汉阳身边劝架，着急地喊着：

"讲和讲和！都什么时候了，还自己人打自己人！"口气一转，"汉阳大人，你把助手推进鱼池，有点阴险耶！"

灵儿说完，就突然把汉阳也推进鱼池里，说道：

"现在你们可以公平打架了！窦王爷不识水性，汉阳大人不会武功！我灵儿从来没有听说过食人鱼，你们在食人鱼中打架！我观战！"

鱼池中的寄南和汉阳，狼狈地挣扎着，也彼此气冲冲地互看着。

随后奔来的世廷和采文，匪夷所思地瞪大眼，简直不敢相信自己所看到的景象。

六十八

　　太子还在灯下看书，神思不属，闷闷不乐，而且心不在焉。太子妃和青萝抱着佩儿逗弄着。太子妃柔声地说道：

　　"佩儿！佩儿！去对你爹说，不要那么难过，不管有多少风暴，娘和你，都会陪着你爹一起度过！"

　　佩儿就摇摇摆摆地走向太子，用软软的童音喊着：

　　"爹！娘要我说……"笑着回头看太子妃，"说什么？佩儿忘啦！"

　　太子放下手中的书卷，抱起佩儿，仔细端详，有感而发：

　　"佩儿！你真是个眉清目秀，又聪明过人的孩儿！如果你不出生在皇室多好！你的未来会怎样呢？你爹一点把握也没有！"

　　青萝走来，从太子手中接过佩儿，说道：

　　"太子不要难过，这次的乱党事件，虽然太子这边元气大伤，荣王那边也不会大获全胜！最主要的是太子不能中计，皇上也不能中计！依奴婢看，太子和皇上，都已经中计了！这才是最大的问题！"

"这不是中计不中计的问题！是了解与不了解的问题！"太子说，"亲如父子还要彼此猜忌，父子之情在哪儿呢？荣王一心要除掉我，难道父皇一点都不知道吗？"

"他不想知道！"太子妃接口，"宫里很多的矛盾、很多的传言，他都不想知道！因为知道了会伤心，就宁愿选择不知道！"

"这算什么态度？"太子起立，看着青萝手里的佩儿，说道，"佩儿，爹向你保证，等你长大了！爹和你之间，永远没有矛盾，没有欺骗，更不可能有猜忌！因为，你是爹的心头肉！"

"太子！"青萝说，"你也是皇上的心头肉啊！如果你发现'心头肉'在欺骗你，在糊弄你，你会不会伤心呢？你对那篇密函的解释，实在漏洞百出呀！"

太子不禁惊愕地看着青萝。

"你不懂！有些机密的事不能说！会害到很多人！"

"能说的说，不能说的不说！总比全部撒谎好！"青萝说，"奴婢在荣王府待过，那件事我也略知一二，只要你找出那个名叫'明弘'的杀手资料！你们有密函，荣王那儿，难道没有密函？明弘被你们杀了，他的家有没有搜一搜呢？或者可以找到一些证据呢！"

太子有如醍醐灌顶，惊看青萝。

"现在再去找证据，恐怕什么都找不到！"

"总比不去试一试好，误会像伤口，如果不马上治疗，伤口会溃烂，会化脓，会越来越痛，甚至变成大病……奴婢有过经验！"

太子再度惊看着青萝，心领神会，终于知道该怎么做了，就希望皇天不负苦心人！

若干天以后，太子带着皓祯和寄南，进宫到御书房，请见皇上。皇上见三人神色严肃，对曹安说道：

"曹安！你出去，让卫士守好门，没有朕的同意，不要让任何人进门！"

"是！"

曹安退出房间，关好房门。太子就上前说道：

"父皇，孩儿那天欺骗了您，孩儿知错了！只是那封密函，牵涉到对孩儿忠心耿耿的人，孩儿不敢让他暴露，只得对父皇撒谎！那谎言说得也不太漂亮，因为孩儿实在不是个会撒谎的人！"

皇上不悦地说：

"说重点！"

皓祯就一步上前说道：

"让我代太子说吧！这封密函里面，有太子的名字，还有一个刺客的名字！那刺客名叫'明弘'，要单身一人，刺杀太子！"

"啊？明弘？"皇上一惊。

"是！"皓祯说，"拆开来就是'日月光华，弘于一人'！"

"这封密函，是帮助我们的一位高人，得到消息，传给寄南的！"寄南接口，"这是去年年初的事！我和皓祯立刻采取行动，带着太子，到大嵊山去爬山，果然，那刺客上钩了，武功高强，我们三个大战他一个，把他杀死在大嵊山！"

太子诚挚地看着皇上，发自肺腑地说道：

"事情过去了，我们也不想惊动父皇，反正孩儿常常是暗杀的目标，已经习以为常！可是，这张高人警告我的密函忽然出现在父皇手中，确实让孩儿大吃一惊，当时对答也吞吞吐吐。事后，我知道不能让父皇再误会我，所以，我和皓祯、寄南找到了那个刺客的家，翻箱倒柜，结果发现了这个，另外一封密函！"

太子把手中另一封密函交给皇上。

皇上打开一看，只见上面写着：

"明弘得令，即刻刺杀月王，独自行动！"

"月王又是谁？"皇上糊涂地问，骤然明白了，心中涌起一阵惊悚，"启望那个'望'字中的两个字！"

"对！"太子说，"这就是整个事件的经过！这张密函，父皇不妨交给大理寺或者刑部，甚至交给御史台，从纸张来源，字迹分析，墨迹出处，连标点都不要错过！孩儿想，不难查出是谁写的！但是，恳请父皇千万别交给荣王去查！"

皇上看着眼神坦荡的太子，一时无言。

皓祯就非常非常诚挚地说道：

"皇上，朝廷里都把皓祯、太子和寄南称为太子党，有人千方百计要除掉我们三个！确实，我们情如兄弟，谁都会为对方拼命！皇上，我们三个，也会为皇上拼命！请皇上再也不要误会太子，四王的事，不能重复发生！"

"尤其在荣王大肆抓乱党、几乎大开杀戒的时候，我们再分裂，本朝岌岌可危呀！"寄南接口。

皇上深深点头，看着面前的三个人，然后把那密函藏在身上的衣服里，说道：

"以前看到你们三个在一起，心里总会浮起一句话'三人同心，无坚不摧！'因为比'二人同心，其利断金'还加了一人！现在，朕又想起这句话！"拍拍太子的肩，认真地叮嘱，"朕不想知道那位高人是谁，如果你见着了他，务必帮朕谢谢他！因为他救了朕最器重的儿子！还有，你为了朕，要小心再小心！那些刺客，防不胜防呀！"

"孩儿遵命！"太子笑了，"父皇别为儿臣担心，我还有皓祯和寄南，他们两个，把我看得紧紧的，为了我常常铤而走险，寄南还揍过我呢！"

"什么？"寄南喊道，"本王何时揍过你？现在陛下对你误会解除，你就乱告状，等会儿变成我的'伤口'了！"

"我做证！"皓祯说，"为了某人和某人的弟弟，寄南确实给了太子一拳！"

"嗯！哼！哈！"太子连续发出怪声阻止，"这揍人的事，就谈到此处为止！"

皇上看着面前的三个人，唇边浮起笑意，忽然心情大好，有力地说：

"嗯，哼，哈！启望、皓祯、寄南！陪朕去马场骑马去！朕现在想策马狂奔！尤其是在你们三个的陪同下！"

太子、皓祯、寄南异口同声大力回答：

"是！"

这天，伍震荣在府里气冲冲说道：

"气煞我也！那皓祯和寄南居然找出了我们给明弘的密函，

把我已经到手的好事，又给破坏了！幸好那密函是个耆老写的，抓不住伍家人的把柄！真是惊险！这袁皓祯娶了公主，也不知道好好疼惜，还一直坏我的事，本王真想宰了他！"

项魁就挺身而出地说道：

"爹想宰了袁皓祯，我也想宰了他，我跟他的仇，已经算都算不清了！最好，把他定罪，来个凌迟处死！"忽然想起一个主意，兴冲冲说，"爹！我有个妙计，让袁皓祯人头落地！"

"你脑袋里还能想出什么妙计？"伍震荣轻蔑地说。

"爹也别这么小看我，如果这妙计行得通，不但袁皓祯死定了，爹还能在皇上、皇后面前，立下大功，一举两得啊！"

"哦？一举两得？你快说说看！"伍震荣兴趣来了。

"听说兰馨公主，现在被袁家折磨出病来了，精神不宁，疯疯癫癫的！不如趁兰馨公主现在生病的时候，我们找一个夜晚，派出几个武功高强的杀手，去将军府的公主院，把公主劫持到我们这儿来！"

"劫持公主？然后呢？"

"将军府弄丢了公主，这是多么严重的问题，咱们把公主藏着，爹就跟皇后说，袁皓祯迷恋那只狐妖，说不定把公主谋害了！咬定公主遇害，要袁皓祯交出公主来！袁皓祯交不出人，岂不是死定了吗？"

"公主就藏在本王这儿，本王帮她请大夫治病！"伍震荣有兴趣了，"等到袁皓祯被处死后，本王编个故事，就说在什么地窖山洞里，发现了公主，救活了公主！把一个健康的公主，带到皇上皇后面前！"

"对！皇上皇后看到公主没死，高兴都来不及，也就不会追究事情经过！"

"可是，那公主院有没有重兵守护呢？"

"听说，那公主院只有几个卫士，哪有我们的杀手武功强大？"

伍震荣深思着，事关兰馨，值得一试！他眼中闪着亢奋的光芒。

"唔，就这么办！"他大声说道，"而且，越快越好！"

这夜，一弯新月高挂在天空。

公主院的屋脊，忽然冒出一群蒙面黑衣人，在屋脊上飞跃着。公主院中，几个卫士在打瞌睡。忽然，屋脊上毫无声息地跳下数人，迅速地把几个卫士摆平。

大厅中，还点着灯火，兰馨穿着寝衣，神思恍惚地坐在桌前剪纸，自言自语：

"本公主要剪很多神仙，各路神仙都有，观音如来弥勒佛……还有各种小鬼，帮本公主抓妖……清风道长没用，本公主自己来……"

桌上已经剪了好多乱七八糟的纸人，还有一堆碎纸片。崔谕娘从楼上急急追下来。

"公主！你不是已经睡下了吗？怎么又跑到大厅里来了，这儿很冷，赶快回房去睡觉吧！"崔谕娘就去牵兰馨。

"别碰我！你们表面对我好，心里都想弄死我！走开，我不要你侍候！"兰馨喊。

"奴婢是你的崔谕娘，怎么会表面对你好？公主不要奴婢侍候，还有谁会来侍候公主呢？"崔谕娘快哭了。

就在这时，窗子忽然开了，一阵冷风吹进来。兰馨颤抖地、害怕地丢下剪刀，跳起身子，嚷着：

"来了来了！白狐又来了！"

随着兰馨的喊声，几个蒙面杀手带着武器，跳窗而入，直扑兰馨。兰馨放声尖叫：

"狐狸变成黑色的了！黑狐狸！黑狐狸，本公主不怕你！来呀！"

兰馨抓起桌上的剪刀，就挥舞着对杀手狂挥狂砍，尖叫：

"本公主有神仙护身，谁敢碰我，我杀死你！"

崔谕娘也尖叫起来：

"有刺客啊！救命啊！救命啊！"

宫女们纷纷惊动，也大声喊叫：

"有刺客有刺客！救命啊……"大家夺门而逃。

一个杀手把崔谕娘一脚踢开，扑上去抓住了兰馨，兰馨奋力挣扎。杀手想着：

"上头再三叮嘱，不可把公主弄伤，这公主还有点身手，又如此疯狂，不好办！"就开口道，"公主，你乖乖跟我们走！没人会伤害你！"

"鬼话！骗人的黑狐狸，本公主才不相信你！"

众多杀手从窗口跳了进来，分别快速地打倒宫女和崔谕娘。忽然，被惊动的鲁超穿窗而入，和杀手打成一团。鲁超执剑在手喊道：

"你们是哪条道上的？报上名来！想到将军府来刺杀公主吗？

看剑！"

鲁超一柄长剑在手，剑身白光闪烁，舞出一道道剑影，左封右架，前扫后刺，首先护定了兰馨公主。接着剑法一变，出招攻向黑衣杀手，招招致命、剑剑夺魂；勇武无比，一个人打好几个人，众杀手无法近身。兰馨也乱杀乱砍一气，杀手生怕伤害到兰馨，一时之间，竟然无法得手。

公主院中，呼救的声音尖锐杂乱，隐隐传到了画梅轩。皓祯和吟霜还没睡，吟霜惊喊：

"公主院？有人在喊救命！"

"不好！一定是公主又发病了，我得赶快去看看！"皓祯说。

吟霜回头往屋里跑，急急说道：

"我去拿药箱！你先走，我马上来！"

皓祯一边飞跑而去，一边对吟霜喊道：

"你不许来！你待在画梅轩就好！"

皓祯用轻功，一连几个纵跃，快速来到公主院，就听到里面有打斗的声音，他踢开大门，闯进门去。一见屋里有黑衣人出现，立刻飞身上前，施展"少阳长拳"，身手拳掌、电出如风，步法凝立、灵活快捷，脚踏青龙白虎方位，游走朱雀玄武之间；拳掌交错、砍劈架挡，腿脚无形，左踢右踹，拳拳到位，脚脚不空，数个呼吸之间，就打倒了五六个杀手。按这"少阳长拳"，最适合贴身近战，可以空手入白刃，出其不意、攻其不备。皓祯大吼着：

"这儿是怎么回事？"

只见两个杀手已经制服了兰馨，各自拉着兰馨的胳臂，就想把兰馨带走。

鲁超力敌数人，喊道：

"公子！有人要劫持公主！他们为公主而来，快救公主！"

皓祯一听，立刻扑向公主面前，和两个黑衣人过招。皓祯边打边问：

"谁派你们来的？这儿是将军府，你们以为可以轻易脱身吗？居然敢动公主！你们疯了？赶快弃械投降！"

皓祯说着，已经把其中一人猝不及防地打倒在地。另外一个杀手眼看皓祯武功高强，急切中，用长剑一横，架在兰馨的脖子上。杀手威胁地说道：

"你敢过来，我立刻杀了公主！"

皓祯一愣，生怕伤到兰馨，被迫退后一步。皓祯大喝：

"住手！你们跟公主有什么仇？快放开她！如果伤了她一根寒毛，我都要你的命！"

兰馨在生命威胁下，忽然有点清醒了，大喊：

"皓祯，不要跟他废话，把他杀了就是！我才不怕什么剑横在我的脖子上，大不了就是人头落地，有什么了不起！杀了他！杀了他！"

杀手大惊，剑往后收，剑刃紧紧抵住兰馨的咽喉。

就在如此紧张时刻，吟霜拎着药箱，急急赶到，走进大厅，看到这等场面，顿时目瞪口呆。

同时，将军府的卫士已经赶到，把一众黑衣杀手打得伤的伤、倒的倒，众杀手见性命不保，落荒而逃。室内只有挟持兰馨的杀手，进退不得，还在坚持着。

皓祯还在对杀手喊话：

"放开公主！本将军饶你不死！"大喝，"还不放下你的剑！"

"本公主不怕死，皓祯尽管上来！"兰馨大喊着，还用脚去踢杀手。

杀手一急，横在兰馨脖子上的剑立刻一紧。顿时，兰馨脖子上见血。杀手大喊：

"都退后，我要带走公主！再过来，我就杀了她！"剑又往后收紧。

皓祯一看，情况危急，只要杀手的剑再往后收，兰馨就会没命。情急中，什么都顾不得了，飞身上前，一伸手，竟然徒手去抓那把横在兰馨脖子上的剑。

"放下你的剑！"皓祯对杀手急喊。

皓祯就抓住长剑的利刃，用力往后拉。皓祯的手为利刃所伤，血一滴滴地往下滴。兰馨震惊至极地看着在她眼前的皓祯，门口的吟霜，魂飞魄散了。吟霜痛喊：

"皓祯！你的手会废掉的……"

皓祯继续用力拉那把剑，剑已离开兰馨的脖子。

吟霜瞪着杀手，手中药箱落地散开，一些针灸用的银针散落在地。吟霜想也没想，勇猛地抓起一把银针就刺向杀手的手臂，杀手猝不及防，一疼松手，剑已离开兰馨的脖子。皓祯及时松手离剑，一脚踢开了杀手，紧接着再一脚踢飞了长剑。

杀手的剑，当的一声落地，皓祯手上鲜血直流。皓祯用没有受伤的左手赶紧拉过兰馨。兰馨扑进了皓祯怀里。她混乱惊愕感动地抬头看着皓祯，说道：

"皓祯，你居然徒手去抓那把剑，你流血了，你受伤了……你……你……"

兰馨话没说完，就晕倒在地。鲁超早已上去，把杀手牢牢抓住。

吟霜奔上前来，抓住皓祯流血的手。吟霜说道：

"还好，我带了药箱来，我赶紧帮你止血！"

吟霜就急急忙忙帮皓祯止血，看着伤口，再包扎起来。

"这伤口要缝，先包着，回到画梅轩再处理！我先看看公主！"

被打倒在地，目睹一切的崔谕娘已经爬到兰馨身边。只见吟霜快速地为兰馨扎针，又拿出药膏，为兰馨脖子上的伤口涂上药膏。崔谕娘虽然惊怕，但经过刚刚的大震撼，只是默默无语。吟霜拿了几包药给崔谕娘，说道：

"这个会帮助公主恢复平静，两个时辰一帖！是我特意为公主配的，随时都放在药箱里！"把药膏也交给崔谕娘，"伤口很浅，用这个药膏，一天擦三次，过几天就会好！不会留疤的！"

崔谕娘亲眼目睹吟霜御敌，惊惧地收下了药。

皓祯包着白布的手，很快又被鲜血染红了。

吟霜拉着受伤的皓祯，收拾了自己的药箱，两人就迅速地回到画梅轩。

香绮、小乐全部惊醒了，起身帮吟霜。吟霜捧着皓祯的手细看，香绮在一边用烛火为缝线的针消毒。皓祯又气又急问：

"你刚刚怎么拿着银针去刺杀手，万一有个闪失怎么办？你简直吓坏我了！"

"没办法！我当时只有本能地想救你，会用一把银针去刺那个杀手，还多亏上回兰馨用一把银针刺我，依样学样，你别生气！"

皓祯虽手痛咬牙忍着，还是抱怨着：

"还好你没有出事！下次不可以再做这么危险的事情！"

"好好！我知道！先疗伤要紧，现在你有两道伤口，一道在手指上，一道在手掌下方，你这右手，除了原来的伤痕，又多了两条！我先帮你缝，只怕会留疤！"

吟霜说完，趁皓祯不注意，就对着伤口运气止痛。皓祯大惊，急忙用左手去拉她：

"我不怕痛，你尽管缝！不要再为我消耗体力！"

"好了好了，我现在就开始缝！"

吟霜开始缝合伤口，香绮帮忙，看得心惊肉跳，喊道：

"公子！怎么弄这么两条大伤口？你都不会痛啊？居然用手去抓剑？"

吟霜专心地缝合着，伤口缝好了。吟霜用剪刀剪掉线头。

"好了，香绮，你赶快去睡吧！"

香绮走了，吟霜就捧起皓祯的手，察看缝线。皓祯忍不住警告：

"现在你也不许再伤元气！缝线之前，又用了你的止痛药！如果你再敢对我的伤口消耗你的体力，我会跟你生大气，立刻翻脸，真的！缝了线，七天之后拆线就好了！"

吟霜抬眼看着他，说道：

"我现在确实没有力气再帮你止痛，但是，我过两天就可以！要不然，这手写字练剑都会成问题，一定要彻底治好！"

"过两天也不许！你别在意我的伤……"看着缝线说，"本来只有树干，多了这两条伤痕，有了树枝，更像梅花树了！"

吟霜继续看着他，好半晌无语。皓祯安慰地柔声说：

"怎么了？我不痛，真的！"

吟霜崇拜地看着他，像看着一尊神：

"我只是想……告诉你，那个徒手抓住剑的你，实在是太神勇了！"

吟霜说完，就低头细心地帮他包扎着伤口。皓祯用没受伤的手，轻轻抚摸着她低俯的头颈。

鲁超来到，问皓祯：

"公子！那刺客什么都不肯说，要不要杀了他？"

"把他交给汉阳吧！劫持公主，这是大理寺该追查的案子！"皓祯想了想说。

"是！明早就押解过去！"鲁超退下。

"为什么有人要劫持公主？"皓祯深思地问。

"将军府弄丢了公主会怎样？"吟霜想想说。

"哦！这么说来，依然是伍家人干的？"皓祯恍然大悟地说，"我明白了！我想，这案子送到大理寺，也是一桩破不了的疑案！"

第二天早上，兰馨很晚才从睡梦中醒来，因为吃了吟霜配的安神药。宫女和崔谕娘急忙上前，准备帮她梳洗。兰馨坐起身子，恍恍惚惚地看着崔谕娘。眼前，闪过皓祯徒手抓剑救她的画面。似有似无，疑梦疑真，但是，那个影像非常清晰。兰馨疑惑地问：

"昨晚，是不是驸马徒手抓剑，救了我一命？"

"是的是的！可见……驸马爷心里，还是挺在乎公主的！"崔谕娘感动地说。

"后来呢？是不是那白狐救了驸马？"兰馨回忆着。

崔谕娘愣了愣，只得坦白地点头：

"是的是的，她抓了一把银针，去刺那个刺客！"

兰馨陡然寒意袭来，一个震颤，害怕地说：

"我知道我知道，黑狐狸也斗不过白狐狸！那么多只黑狐狸，还是斗不过一只白狐狸！我怎么斗得过她呢？就算驸马对我好，那狐狸对驸马更好，不是吗？"用双手抱住自己，发抖着，"崔谕娘，我很冷很冷……"

崔谕娘赶紧上前，怜惜地用棉被包住兰馨，再把她抱在怀里。

这次劫公主事件，让伍震荣又彻底打了一个败仗。他把项魁叫到荣王府，气得快要发狂，看到这个成事不足、败事有余的儿子，他简直不知该把他怎么办才好。对着项魁，就愤愤地把手里的杯子对他扔了过去，项魁一闪，杯子落地碎裂。伍震荣喊：

"笨蛋！笨蛋！什么杀手武士，都是一群废物，公主没有到手不说，居然还死的死、逃的逃！还有一个被捕，成了人证！万一他招供了，怎么办？那汉阳又是一个不通气的死脑筋！难道又要本王去跟方世廷疏通！"

项魁缩头缩脑，畏首畏尾地说：

"爹！项魁又没把事情办好！不过，那个人证不用担心，我自有方法让他闭嘴！上次那些乱党，我不是都让他们闭嘴了吗？"

"你最好让他闭嘴，不然我扒了你的皮！"伍震荣的吼声，几乎震聋了项魁的耳朵。

六十九

汉阳的书桌上堆满了各种卷轴，他正专心地核对审查着。灵儿忽然冲进书房，急急地问道：

"汉阳大人，前几天将军府送来的那个刺客，审问出结果了吗？"

汉阳头也不抬地、烦躁地说：

"那个想劫持公主的案子吗？那是个悬案，无法破案！"

灵儿一惊，生气地大声嚷：

"怎么会呢？你没有好好地审问一下吗？皓祯那晚还受了伤，幸亏吟霜会治疗……这么大的案子，要劫持公主，你把这案子吃掉了吗？"

汉阳把笔一放，瞪着她生气地说：

"什么叫'把案子吃掉了'，你说话要小心！"

灵儿气呼呼地、直率地说：

"汉阳大人，你最近很奇怪，长安城抓乱党的案子，你不但不管，还跑到城外去逍遥！伍项魁那个大坏蛋，多少人证看到他严刑逼供，你到现在还没把他抓起来！还有那些被毒死的冤魂，你通通不管！现在又不办公主的案子……你这个大理寺丞有问题，我不当你的助手了！"

汉阳忙碌地翻阅着文件，冷冷地说：

"请便！既然不是我的助手，就出去别来烦我！"

"难道你不能给我一个理由吗？只要你的理由充分，我也可以原谅你！"

"我不需要你原谅，也不需要向你禀报！"汉阳啼笑皆非地说。

汉阳才说完，微服的太子和寄南一起走进房。太子有力地说：

"不向裘儿禀报可以，能不能向我禀告呢？"

"当然还有我这个助手！我们对你都有同样的问题！"寄南接口。

汉阳抬头看到太子，大吃一惊，赶紧起身行礼说：

"太子！你怎么来了？"看门外，"那些卫士怎么没有通报？"

"是我把太子偷偷带进来的！"寄南说，"他扮成我的随从，就进了你这个铜墙铁壁的宰相府！我知道如果不把他带来，恐怕我只能和你在鱼池里大战食人鱼！"

太子紧紧盯着汉阳，有力地说道：

"有人对我说，仰不愧于天，俯不怍于人！我相信了这个人，也相信了他的操守！但是，目前看不到这个人有所作为，请问大理寺丞，我该怀疑这个人吗？"

汉阳把桌上的卷轴整理了一下，放在一个袋子里，对太子、寄南、灵儿说道：

"这儿不是谈话的地方，我们出去谈！"

四人出门，汉阳命人备马，上了马，奔驰到无人的旷野上。邓勇带着两个便衣卫士，远远地跟随保护着。汉阳看到四处无人，就勒马停驻，下马说道：

"太子愿意在这草地上小坐一下吗？"把马背上的袋子取下。

"当然，这儿应该是个谈话的好地方！"太子跃下马背。

寄南、灵儿也下了马，四人在河边草地上坐下。河水潺潺，远山隐隐，清风徐来，绿草如茵，确实是个安静的谈话之处。只是快入冬了，天气有点冷，好在四人都不在乎。寄南坐下就说：

"汉阳，我们就坦率地把问题摊开来谈，你不需要过多地解释，我们只想知道这些日子，你到底查到了什么？准备如何处置？"

"还有为什么你不办那些大坏蛋？"灵儿强调，她恨死那个杀了吟霜的爹，又把她软禁多日，还害死了小白菜的伍项魁！

汉阳抬头看着三人，脸色憔悴，叹了口气，正色说道：

"因为大理寺人犯中毒那晚，我得到密报，不只长安，咸阳、洛阳、太原也在抓乱党，伤亡惨重！我当晚就赶到咸阳，接着又去了洛阳，本来还要去太原，实在放心不下长安，这才赶回来！"

"你所谓的'伤亡惨重'是无辜的老百姓吗？还是真的乱党？"太子震惊地问。

"你们听过民间和朝廷中，都有人参加的一个忠贞爱民的组织吗？好像有个代号，我还没有查出来，可能是用钱币的名称！"汉阳说。

灵儿和寄南同时惊喊：

"啊？钱币名称？"

太子急急问道：

"是这个组织伤亡惨重？"

"不错！"汉阳说，"我飞奔到咸阳，是想把这些爱民的忠贞分子，抢救下来！长安那些死难的，已经救不回了，可是还有很多救得回的！所以我忙，连续奔波了好多天，当时分身乏术，顾不得大理寺了！"

"那……汉阳大人，你救下了那些忠贞分子吗？"灵儿急急问。

"救了一部分，牺牲了一部分！顾此失彼呀！"汉阳沮丧地说。

寄南震撼地看着汉阳问道：

"你同情那些忠贞分子？不把他们看成乱党？"

"我是本朝的官员，当然认同本朝的拥护者，乱党应该指的是想叛变的人！"汉阳清晰有力地说道。

"那你回到长安，怎么还不干掉伍项魁？"灵儿问。

"你们听过一句话吗？'欲擒故纵'！"汉阳说。

"当然听过！你在'欲擒故纵'吗？"太子不得不对汉阳另眼相看。

汉阳把手中一个卷轴打开，摊在地上，说道：

"这张图，也是让我当晚离开长安，飞奔到咸阳去的原因！这是那天监牢里，一个将死的囚犯给我的线索，我根据那线索到了咸阳，找到了这张图！"

太子、寄南、灵儿都去看那张图，太子、寄南脸色大变。太子震惊起立：

"这张图可靠吗？居然如此大胆！"

"这是天大的事，这还得了？"寄南惊喊。

灵儿实在看不懂那张图，还在糊涂中，忽然听到邓勇大喊的声音：

"什么人？要过去先过我这一关！"

四人回头，只见邓勇和几个卫士，已经和一群骑马的蒙面黑衣人打成一团。太子迅速地卷起地上的卷轴。回身就和骑马飞奔而来的黑衣人交手。太子拔剑，一手持剑，一手用卷轴当武器，"白蛇吐芯""黑熊翻背""燕子抄水"三招接连使出，攻其上、中、下三路，和黑衣人打得难解难分。灵儿拿着流星锤，对着黑衣人的马腿一阵"狂风扫落叶"。这招居然有用，黑衣人纷纷坠马，竟然全部直奔向汉阳。太子大喊：

"汉阳！到我身后来！我保护你！"飞蹿过去拦在前面。

寄南也喊：

"汉阳！我挡在你前面，你站在那儿不要乱动！"

灵儿怒骂：

"你们是哪条道上的？居然要打我不会武功的大人！看我风火球怎么对付你们！"抓了一把河边的沙子，抛向黑衣人的眼睛，居然又逐退了两人。

汉阳被三个人保护在中间，动也不动。大家绕着圈子和黑衣人打。邓勇等卫士已经打倒了对手，全部骑马奔来护驾。对方眼看不敌，一声唿哨，全部撤离。

敌人来得及，去得快，转眼消失无踪。

汉阳赶紧拿回太子的卷轴，放进袋子，挂回马背上。太子对汉阳警告地说道：

"以前，刺客要对付的都是我，这次的目标却是你！汉阳，千万小心，只怕你手中的若干证据，已经暴露了！你爹也是你的障碍！"

寄南心有余悸地看着汉阳，严肃地说道：

"从今天开始，我要教你武功！你每天得抽出空来练武！否则，我只能当你的保镖，不能当你的助手了！"

"谢谢好意，现在练武已经来不及！汉阳早把生死置之度外，只求太子和两个助手，不要再怀疑我的任何行动！"汉阳诚挚地说。

"那么，伍项魁还命不该绝？"灵儿问。

太子和寄南看过了卷轴，同声说道：

"是！欲擒故纵！"

皓祯没有参加那四人会议，因为手伤还没痊愈，太子、寄南等人都知道兰馨差点被劫的事。个个对兰馨这婚事，都代皓祯捏把冷汗。怎么皓祯娶了兰馨，会闹出这么多问题？那吟霜简直像在刀口上过日子，大家都后悔，当初应该全力阻止这婚事的。现在说什么都晚了，看皓祯应付兰馨都来不及，许多天元通宝的事，也不敢去烦皓祯。

这天，公主院里又热闹得很。许多宫女忙碌着，在公主院各处，包括大厅、卧房、院子、长廊、花园、楼梯、亭子……贴着符咒。兰馨手握着一把从道观求回来的符咒，指挥宫女到处贴，监督着说：

"贴贴贴！你们一个缝隙都不能放过，严严密密地贴牢了！

包括公主院的厨房都要贴上符咒。院子的柱子上、窗子的窗格里，亭子的顶上……每个角落里都贴！"

宫女齐声回应：

"是！遵命！"赶紧拿着符咒，到处贴着。

崔谕娘走近兰馨，拿着一面琉璃镜说：

"公主，道观的仙姑还给奴婢一个照妖镜，她说这个镜子是西域来的琉璃镜，挂在公主的床头，能防止妖魔鬼怪靠近，也能帮助公主晚上睡个好觉！"

兰馨如获至宝，欣喜地接下琉璃镜，把玩着。

"哦！这琉璃还亮闪闪的，一定很有功力！既然有这么好的东西，快点挂上去呀！有了满屋子的符咒，再加上这个照妖镜，咱们就不怕那个狐妖白吟霜了！"

"是啊！奴婢这就去挂上镜子！"崔谕娘积极地说。

兰馨拿着黄色符咒，亲自到处张贴着，一面贴一面说：

"贴！贴！贴！到处贴！本公主天不怕地不怕，哈哈哈哈……"

在画梅轩里，吟霜带着香绮，把配好的药一包包收进药箱里，再检查药柜里的药材够不够，正在忙碌中，小乐忽然奔来喊：

"吟霜夫人，千万别去公主院！那公主好像越来越疯了！现在把整个公主院都贴了符咒！小的刚刚看了一眼，那公主眼睛发直，到处贴符，像个中邪的人一样！"

"真的？公子知道吗？有没有请大夫给她瞧一瞧！"吟霜关心地问。

"别管她！别管她！谁管她谁会倒霉！"香绮害怕地说。

吟霜深思着，忽然想起白胜龄曾经对她耳提面命地说过：

"吟霜！你记住，咱们学了医，是要济世救人的，这是我们的使命！不管什么疑难杂症，我们都要抱着以身试药的态度去治，尽管以身试药有时会伤到自己，也在所不惜！治疗病人，没有任何借口退缩！"

吟霜就在大家都没注意的时候，抱着药箱，单枪匹马地踏入公主院院门，心想：

"如果我不来试一试，我对不起皓祯，对不起公主，也对不起我死去的爹娘！虽然来一趟可能很傻，我还是要走这一趟！"

吟霜看到满院符咒惊愕无比。宫女们看到吟霜单独进门，也惊愕无比，喊着：

"崔谕娘！崔谕娘，将军府有人来了！"

兰馨和崔谕娘奔出房，一见吟霜，两人都傻了。吟霜就诚挚地说：

"公主！我特地来看看你，我不是白狐，真的！你不要再被白狐这个谣言给害了，你要走出这个幻想，你的病才会好！你看！这些符咒对我都没用，不是吗？"就一边走，一边撕掉那些符咒。

兰馨大惊，喊道：

"符咒没有用！她居然穿过院子，走进大厅，还撕掉符咒！她的功力太大了！"就往房里冲去，喊着，"崔谕娘！照妖镜！赶快给我照妖镜！"

崔谕娘吓得发抖：

"是是是！我去拿，公主小心！"

"公主，你看看我！"吟霜苦口婆心地说道，"和你一样的皮肤，一样的头发，你怎么会认为我是狐妖呢？那些传言才是让你生病的主因，不是我啊！你现在是不是常常心跳得很厉害？是不是夜里睡不着？是不是会出冷汗？是不是很不快乐？"

"你怎么知道？"兰馨惊恐，"如果你不是狐妖，你怎么知道我出冷汗睡不着？你白天黑夜都守着我吗？你随时跟着我吗？"

"不是！我是大夫呀！我说的是你的'症状'，这些都是生病的现象，就像发烧一样！吃药就会好的。如果你肯让我把脉，我会给你开药，吃了之后，你这些现象都会消除！公主，让我帮你吧！"就上前一步。

兰馨惊恐地后退：

"不要过来！不要过来！你想把我怎样？"

崔谕娘拿着照妖镜，飞奔而来，喊着：

"照妖镜！照妖镜来了！"把照妖镜交给兰馨。

吟霜诚恳地、坦然地站着说：

"我站在这儿，我不动！公主，你尽管用照妖镜照我，如果照出我是白狐，你就杀了我！如果照不出来，就证明我是人，那你就听我的话，让我帮你治病好不好？"

"我不跟狐妖谈条件！我根本没有病，是整个将军府病了！是皓祯病了，他们全部被你这个狐妖附身！"兰馨喊着，把照妖镜对吟霜一照，大叫，"照妖镜！照出她的原形！"

吟霜站着让她照，一脸的坦荡与真诚。

"咦！照不出来！"兰馨看看照妖镜，再看看吟霜，惊恐，再叫，"照妖镜！照出她的原形！照出来！照出来！咦，还是照不出来！"

"现在你相信我不是狐妖吗？你所有的方法都用过了，不是吗？你每天生活在恐惧里，生活在痛苦里，这些……我都可以帮你治好，你坐下来，让我把脉行吗？"

吟霜说着，就往前走。忽然间，兰馨飞扑过来，把吟霜打倒在地，恐惧地用镜子拼命打着吟霜的头，喊着：

"我打出你的原形！我打出你的原形！照妖镜，打出她的原形！"

皓祯并没有出门，他在雪如那儿，让雪如检查他那愈合得很好的手伤，听着雪如的叮嘱：要对吟霜好一点，要更加珍惜她一点，要问问她以前在山里的生活，要关心她所有的事，还要早些再怀个小宝宝……正谈着，小乐忽然冲进房喊着：

"不好了！公子，都是我多话，吟霜夫人单枪匹马去了公主院！"

"什么？"皓祯大惊，"她一个人去？鲁超呢？"

"将军把鲁超带出门了，小的也不知道吟霜夫人会去！"

皓祯掉头就跑，嚷着：

"她永远学不到教训！要急死我……"

"秦妈！我们也去！"雪如胆战心惊地喊着。

在公主院大厅中，兰馨压着吟霜，继续用照妖镜拼命打着她。

吟霜躲避镜子，挣扎喊着：

"公主！我跟你说了那么多，你想一想呀！大家都说你是最聪明的公主，为什么会这样傻，相信那些传言呢？"

"竟敢说本公主傻！我就用这照妖镜，打出你的狐狸原形！"

兰馨左手压着吟霜的脖子，右手不停地用照妖镜打着吟霜的头部。吟霜无法呼吸，喊着：

"公主，快放开我，不要打了！"

"照妖镜，快快让这个妖女现形！照妖镜，赶快发挥作用！照妖镜……"

忽然，照妖镜的琉璃被兰馨打破了，碎片四散。镜子突然破裂，一旁观看的崔谕娘和宫女们都震悚无比。兰馨见到照妖镜破裂，更加恐惧，抓起一片锐利的琉璃破片，抵着吟霜的脸颊：

"连照妖镜都收拾不了你！你分明是狐妖！本公主就先划破你这张勾魂的脸！"

就在这紧张时刻，雪如、秦妈、皓祯、小乐冲了进来。皓祯大喊：

"兰馨！住手！"

兰馨手握琉璃碎片，抬头看着急急赶来的雪如等人，又是惊恐，又是愤怒地大叫：

"谁敢过来！每次我收拾这狐妖，你们就赶来救她！"

皓祯飞快地蹿上前来，伸手一招"小擒拿"，抓住了兰馨握着琉璃碎片的手，把她双手反剪到身后。雪如和秦妈就急忙上前，去拉起在地上的吟霜。吟霜被拉起时，从衣服内，掉出了狐毛玉佩，吟霜赶紧拾起玉佩，收进衣服内袋里。兰馨看到狐毛玉佩，惊恐万分，失声尖叫：

"狐毛玉佩！狐毛玉佩！狐毛玉佩……被我敲碎的狐毛玉佩居然还魂了！崔谕娘，你看到了吗？那个打碎的玉佩也会回来！她不是狐妖是什么？"

"奴婢看见了！"崔谕娘颤抖地说。

"看见什么了？"皓祯气愤地说，"玉佩吗？大惊小怪！以前那个被兰馨敲碎的，是我送给吟霜的！"

雪如生气地接口：

"现在这个玉佩是我送给她的，难道我也是狐妖吗？"

兰馨回头看崔谕娘，颤声地说：

"将军府全家都被附身了！他们一个护着一个，死的都能说成活的！怎么办？怎么办？"抱住崔谕娘，恐惧已极。

"公主，不是的，玉佩本来就有两个，你不要怕……"吟霜还想说明。

皓祯对吟霜生气地一喊：

"解释有用吗？越解释越糟！你的经验还不够多吗？跟我走！"

皓祯拉着吟霜就走。雪如、秦妈、小乐都急急跟去。

回到画梅轩，皓祯就气急败坏地看着吟霜，吼叫着说：

"你到底想做什么？你去治疗公主，你以为你是观音菩萨吗？现在只有菩萨能帮助她！你又没武功，又不会打架，就靠你的热心和坚持，有用吗？我一会儿没看着你，你就去自投罗网！"

"我想试一试，我爹说，以身试药是冒险的行为，但是，也是必需的事！我觉得我也好，你也好，将军府也好，对公主都有一些责任，毕竟她是好端端嫁过来的，现在病成这样，我们有责任治好她！"吟霜歉然地解释。

"责任！责任！"皓祯生气地喊，"我说过，不要再唤起我的罪恶感，你就是不听！我也知道有责任，我也努力想去治好她，结果怎样？你不是没看见，居然还要去被她打！你看，头上又被打得红一块、青一块！上次用木剑划伤你的脸，你忘了吗？你是不是嫌自己太漂亮，一定要毁掉你的容貌？"

吟霜看皓祯如此生气，不敢说话，拿着药罐，对着镜子擦药。铜镜模模糊糊，看不清楚。皓祯一把抢过药罐，说道：

"我来！"看看吟霜脸上的瘀伤，更加生气，把药罐重重往桌上一放，"好多事要跟寄南、启望谈，为了你都不敢走开，再这样下去，我们每个人都会疯，你会一个人跑去公主院，一定也是疯了！我也快疯了！我娘也快疯了！我看到你又被公主压在地上打，我真的疯了……"

吟霜一把抱住了他，用脸颊贴着他，哀声说道：

"我承认我太傻！最后一次，再也不试了！只要你不跟我生气！"

皓祯深吸口气，平静了一下自己，再度拿起药罐，推开她，帮她擦药。

皓祯陷在兰馨和吟霜的问题之中，一时分身乏术。太子却有太子的问题，自从看过汉阳找到的卷轴，太子心上就沉甸甸的。这晚，太子背着手，在室内走来走去，心事重重。太子妃看着他，揣测着他的心事。青萝在一边侍候着茶水。

"太子，你已经在这房间里，来来回回走了几百圈，如果心里有事，能不能跟我谈谈呢？"太子妃问。

"没事！你不必担心！"太子心不在焉地说。

"时辰不早了，你还不休息？"太子妃问。

"我想再走走，你先去休息吧！看看佩儿睡得好不好？"

"奴婢刚刚去看过了，白羽陪着他，睡得可香了！"青萝接口。

太子妃深深看了青萝一眼，说道：

"青萝，你不应该是奴婢，早就不应该了！"就含意深刻地看看太子，"那么，我先去睡了！青萝，好好照顾太子！"

"是！"青萝恭敬地说。

太子妃退下了。太子回头看看青萝，说：

"太子妃心心念念，要把你跟我凑在一起，我想，你心里也明白吧！"

"是！青萝明白！"青萝垂下眼睑。

"秋峰的功夫学得如何？"

"谢太子！"青萝笑了，"他学得可好了！现在舞起那大刀，虎虎生风！将来一定是个大将！他说，要永远追随太子，如果要他上战场，他要马革裹尸，报答太子！"

"哎！话说得不对，应该说，如果要他上战场，百战百胜，报答太子！"

"是！奴婢转告他，让他跟太子重说一遍！"看着太子，"太子的心事，青萝能够知道吗？或者青萝可以帮太子分析一下！"

"唉！"太子一叹，"不外是朝廷上的事，百姓的事，奸臣和忠臣的事，皇上的事！社稷的事！"

"皇上和太子，已经误会冰释！那么就是百姓的事，奸臣和忠臣的事，江山社稷的事！太子安心，邪不胜正！"青萝说。

"可是，我看到太多邪能胜正的事！很担心朝廷上，一些正直的人，被奸臣谋害，上次'抓乱党'的事件，留下许多问题！"忽然看着青萝说道，"我们一定要谈这么严肃的问题吗？"

"太子想谈什么呢？"青萝脸一红。

太子走向青萝，轻轻把青萝揽进怀中。

"问你一个问题，必须坦白回答我！"

"是！"青萝低声地回答。

"你喜欢我吗？"太子柔声问。

青萝抬头看着太子，诚实地说道：

"喜欢！很喜欢！非常非常喜欢！"

"以前问过你一次，那时你才来没有多久，现在你已经来了这么久，或者想法会有改变，再问你一次，想当我的'孺子'吗？"

青萝想推开太子，但是太子牢牢不放。青萝就低垂着头，真切地说道：

"太子！青萝上次就说过，敝帚之身，难侍君子！我会永远感恩太子对我的恩惠，但是，绝不敢用我残花败柳的身子，玷污太子的清誉！不，我不能！请太子把对我的错爱，放在心中。我们心照不宣吧！我会珍惜太子，尊敬太子，永远永远跟随太子！"说着说着，眼中含泪了。

太子一叹松手：

"如此女子，让人不佩服也难！去吧，青萝！我也会尊重你的意志，绝对不会勉强你！虽然，我对你用'残花败柳'四个字形容自己，是非常不以为然的！我不会在乎那个！反而因此更加怜惜你，忍辱偷生是件最困难的事，你不能因为坏人对你犯下的罪恶，来惩罚你自己！我也不会因此而轻视你！"

青萝感动到热泪盈眶，轻声说：

"还有四个字，是太子这一生都要面对、逃不掉的！"

"哪四个字？"

青萝清晰地回答：

"人言可畏！"

太子不禁一怔。是啊！如果他不是太子，或者可以逃开种种批判，就因为他是太子，有些禁忌是再也逃不开的！他呆呆地看着青萝，这个小小的女子，有着大大的胸怀！她没有为自身考虑，没有想攀龙附凤，她考虑的，是太子的声望！在这一刹那，他有更深的体悟，男女之间的爱有很多种，一种最普遍，是占有！另一种最艰难，是牺牲！他凝视着青萝的眼光，瞬间两人已用眼神交换了千言万语。

"那么，就终身留在我身边吧！让我能够常常见到你，听到你为我做的种种分析！"太子忍痛说道，"这是我的自私，我失去过你一次，不想再失去你！宁可委屈你，但也尊重你，我不占有你，却不放开你！等到有一天，或者会柳暗花明！行吗？"

青萝跪在他脚下，磕头说道：

"那正是青萝梦寐以求的！谢谢太子的成全！"

太子把她从地上拉了起来，两人深深互视着。半晌，太子说道：

"去吧！在我还能控制自己的时候！"

青萝就行礼退下，轻声说道：

"奴婢告退！"

太子看着她离去的背影，自言自语地说道：

"最起码，她在我身边！比起'盈盈一水间，脉脉不得语'强多了！人，不能贪婪，不能强求！有知音如此，该满足了！"

忽然，他对皓祯有了另一番的了解。就因为尊重兰馨，才不能占有兰馨！只因为尊重吟霜，才不能辜负吟霜！只是，这种境界，几人能体会呢？几人做得到呢？

七十

    这天，吟霜和香绮都穿着一身素服，两人将水果和祭奠的食品放进篮子，准备出门。皓祯下朝回来走进院子，诧异地打量两人。皓祯问：

    "你们要出去？"

    吟霜抬头看皓祯，眼神凄楚，说道：

    "皓祯，你让鲁超准备马车，陪我去一趟我爹的墓地，今天，是我娘的忌日，我娘的墓在深山里，我只好去我爹的墓地，我相信我娘的魂魄，一定徘徊在那儿，我等于祭拜了爹和娘！"

    "要去祭拜你爹娘？那我换件衣服陪你去！"皓祯说。

    正好雪如带着秦妈过来，皓祯就对雪如说道：

    "娘，我陪吟霜去祭拜她的爹，今天是她亲娘的忌日！"

    "亲娘的忌日"几个字，像针一般刺进雪如的心，说不出有多痛！她看向吟霜，接触到吟霜凄然的眼神，吟霜像是需要解释一般，对雪如说：

"我有好多悄悄话，想对我娘说！只能在我爹坟前，说给他们两个听！"请求允许地说，"我已经很久没去上坟了！"

雪如痴痴看着吟霜，惊痛而怜惜地说道：

"悄悄话？想对你娘说？那……我和秦妈，也去祭拜你爹一下吧！谢谢他们为我……养育了这么好的……儿媳妇！"

于是，鲁超驾着马车，皓祯骑着马，大家来到胜龄的墓前。只见墓碑上，猛儿赫然站在上面。吟霜、雪如、秦妈、香绮等人下了马车。吟霜看到猛儿，顿时飞奔而上，热烈地痛喊着：

"猛儿！猛儿！自从我进了将军府，你只有偶然从天空飞过，都没有跟我亲热一下！原来你帮我来守墓尽孝了！"

猛儿就飞到吟霜肩上，用脑袋摩挲着吟霜的下巴，充满依依之情。雪如和秦妈震撼地看着。雪如对秦妈低语：

"这就是那只通灵的鸟儿——猛儿？"

"它认得吟霜夫人，它还会守墓？"秦妈敬畏地说，看着猛儿。

鲁超几乎是尊敬地说：

"它会的事可多了！它一直在默默地保护着吟霜夫人！"

皓祯走到吟霜身边，对猛儿说道：

"猛儿兄，别来无恙！谢谢你几次提醒我去救吟霜！"伸出胳臂，"到我这儿来吧！让吟霜跟她爹娘说说'悄悄话'！"

猛儿就振翅飞来，停到皓祯手臂上。

吟霜摆好了祭品，手持香火，跪在墓前，对着墓碑，虔诚低语：

"爹！娘！吟霜不孝，不能常常来上香，家里一直发生好多事情！但是，我从来没有停止过想爹娘！"说到这儿，声音哽咽，眼泪就流下来，"娘！不知道你在不在这儿，我好多事情只能跟亲娘商量呀，好多心事只能跟亲娘说呀！你不在，我去跟谁说呢？我心里有个缺口，那是皓祯也无法填补的，只有娘，你才能告诉我，一些事情的对和错！我不懂呀，我需要你呀……"

皓祯十分震撼地听着吟霜的告白。不知道那缺口是什么？心乱了。

雪如泪水夺眶而出，原来吟霜有很多心事要跟亲娘说，原来她心上有个缺口，只有亲娘才能弥补的缺口，她就在吟霜面前呀！那缺口是什么？她听着，心碎了。

回到画梅轩，皓祯无法放过这件事。他紧紧地握住吟霜的手，深深看着她：

"你心里有个缺口？是我也不能填补的？这对我是个很震撼的消息，你得告诉我是什么？为什么有这个缺口？现在你娘已经不在世，除了我帮你补，还有谁能帮你？告诉我，我把那个缺口补起来！"

"只是一种说法而已，你别管了！"吟霜逃避地说，头一低，"是我跟我娘的悄悄话，你根本不应该听的！"

"不公平！"皓祯说，"我心里所有的悄悄话都告诉了你，我在你面前没有秘密！如果我心里出现了缺口，我一定让你知道！你这番悄悄话，直接打击到我，这个缺口是我造成的吗？"

吟霜想抽出自己的手，依旧逃避地说：

"不是不是！就是女儿和娘撒娇的话而已，你别追究了！我还要去整理药草，清理银针！好多事要做呢！你不是也要找寄南商讨大事吗？"

皓祯握紧她，不让她走：

"那些大事晚点商量没关系！"皓祯说，"不行！你心里有缺口，我没弄清楚以前，不能让你走！请你告诉我是怎么回事，否则也会是我心里的缺口！"

吟霜无法逃避了，就抬眼哀哀欲诉地看着他：

"就是你！你知道我很怕你吗？像是去帮公主治病，我认为是我的责任，最起码我该试一试，可是你会生气！你太在乎我的安全，对我限制越来越多，我不敢抗拒你，只有顺从！有时我不知道是对还是错，有时也会委屈……还有……我一直顺从你，让我觉得失去了自我，那个自我里，有我爹娘给我的教育……"

皓祯仔细专心地听着，吟霜还来不及说完，秦妈急急地敲门进来说：

"吟霜夫人，夫人请你马上过去一下！想跟你单独谈谈！"

吟霜住口，和皓祯都一怔。皓祯还没弄清楚那缺口的事，秦妈就拉着吟霜的手，把吟霜急急地带走了。秦妈带着吟霜，快步进了雪如的寝室，立刻把房门关上，把门闩闩上，把窗子也紧紧关好。

雪如手里拿着梅花簪痴痴看着，泪眼模糊。雪如一见到吟霜，就扑奔过来，崩溃地抓着吟霜的双臂，泪水溃堤。压抑已久的雪如，终于豁出去了，坚决而热烈地喊着：

"听着！吟霜，我现在要告诉你的，是我和你的秘密！这秘密我死守了二十一年，今天你在墓前跟你娘说的一番话，打倒了我！我不能再隐瞒你了！"就颤声地说道，"吟霜，你不只是我的媳妇，你还是我的女儿！我嫡亲的女儿！"

"什么？娘？你在说什么？我听不懂！"吟霜大震。

雪如就上前，拉开吟霜肩上的衣服，露出后肩的梅花烙。雪如喊道：

"秦妈，拿个手镜来，让她看看她后肩上的梅花烙！"

"什么？梅花烙？娘是说我背上的梅花印记吗？那是我生下来就有的！"

雪如狂乱地摇头，说道：

"不是你生下来就有的，是我用梅花簪烙上去的！"就把梅花簪展示在吟霜眼前，"就是这个簪子！那是丙戌年十月十九日亥时，如果你的生日是十月二十日，那应该是你那神仙父母捡到你的日子！"

吟霜睁大眼睛，不敢相信地说：

"捡到我的日子？娘，你在告诉我，我不是白胜龄和苏翠华的女儿吗？我是他们捡到的？"

"是是是！"雪如拼命点头，"我不知道他们如何捡到你的，但是，你确实是我当初烙下烙印，被你姨娘放在杏花溪，随水漂流而去的女儿！"秦妈含泪用手镜照着吟霜那朵梅花，再用梅花簪比对着："吟霜，你看到了吗？当初我烙下这个梅花烙的时候，就说过一句话'再续母女情，但凭梅花烙'！"

吟霜看着手镜里那个梅花烙，这是第一次，她看到这朵梅花。因为在后肩上，她从来没有亲眼看过！如今，梅花簪比对着梅花烙，一模一样！她有如五雷轰顶，脸色惨变，喃喃地说：

"不是的，不会的，我是白胜龄和苏翠华的女儿！我是他们亲生的女儿！如果我是捡来的，他们会告诉我！他们从来没有说过！"

雪如激动地哭着喊：

"相信我！你的的确确是我和柏凯的亲生女儿！这朵梅花，烙在你身上，也烙在我心上，现在，老天见谅，让我们母女相会……"

这个突然揭发的事实，完全震撼和打击了吟霜。一时之间，她根本无法相信这件事，脑子里昏昏沉沉，心中却像万箭钻心般痛楚起来。不只痛楚，还像浇下了一壶滚烫的热油，把她的五脏六腑，全部烧灼得千疮百孔。她努力想思索，想分析，所有的思绪，都像绞扭成一团的乱麻，带来更深的痛楚。

"不不不！"吟霜拼命摇头，"如果我是你的女儿，你为什么遗弃了我？"

"原谅我！吟霜，原谅我！当时，翩翩也快要生了，袁家三代单传，柏凯连儿子的名字都取好了！我急于要一个儿子，你姨娘出了主意，抱了皓祯来，如果是女儿就换，如果是儿子就不换，结果，你出生了！是娘……烙下烙印，让你姨娘把你抱走！我以为你姨娘会收留养大你，谁知道她为了断绝后患，把你装进木盆放进河水里，娘，从此就失去了你！"

吟霜倾听着，越听脸色越白。忽然间，这事实带来了一个更大的恐惧。她颤声问：

"这么说，皓祯根本不是将军府的儿子？那么，他从哪儿来的？"

"我不知道！"雪如哭着，"是你姨娘从一个牙婆那儿收买的，应该是穷人家的儿子，娘既然把他当亲生儿子，就再也没有追究他的出身！”

吟霜眼光发直，这打击太大太大了！不是她能招架的！她看着手镜里的梅花烙和梅花簪，心里千回百转，每个真相里都包含了无数的危险，无数的惊天动地，无数的痛楚……不！这不能是真相！绝对不能是真相！她有点惊醒了，喊着说：

“娘！你说的这个故事，我没有一个字相信！我不知道你为什么要编出这样残忍的故事来！我是你的儿媳妇，不是你的女儿，我背上的梅花印记，是生下来就有的，和这个梅花簪一点关系都没有！请你不要再编故事，我走出这房间，就会忘掉你说的每个字！你还是皓祯的亲娘，是我的婆婆！”

雪如哭着，抓着吟霜的手，哀恳地喊：

“吟霜！你一定要相信我，是真的！我现在说的都是实话，秦妈当晚看着你出生，可以做证！我知道你一时无法接受，自从你被清风道长作法，我帮你清洗，第一次见到那梅花烙，我就差点要说出口！吟霜，原谅我！我知道我根本不值得原谅，但是，我的确是你的亲娘！”

吟霜的思想开始清晰，她愣愣地瞪着雪如，用力甩开了雪如的手，眼中冰冰冷。

“如果这个故事是真的，这是多大的骗局！皓祯根本不是将军的儿子，皓祥才是独子！皓祯的地位何在？你说出这个故事，是想让皓祯彻底毁灭吗？如果他知道了真相，他还能活吗？他深爱的爹娘，崇拜的爹娘，都是假的！他只是一个买来的儿子，他的心会痛成怎样？碎成怎样？你想过吗？”

雪如惊痛地喊道：

"原来……你想的都是皓祯……"讷讷地、怯怯地、啜泣地说，"我没想那么多，我只看到那个想对亲娘说话的女儿，我就是你的亲娘啊！你心里有缺口，告诉我啊！我就在你面前啊！"

吟霜瞪视着雪如，激动却坚决地喊道：

"我没有听到你的故事，请你再也不要对任何人说起！我不是你的女儿，以前不是，现在不是，从来都不是，永远都不是！"

吟霜喊完，就拔开门闩，夺门而去了。

剩下雪如，哭倒在床榻上，秦妈过来抱住她，两人一起哭成一团。

吟霜奔回了画梅轩，冲进了房间，泪盈眼眶，情绪崩溃，一下子就匍匐在床榻上。皓祯惊跳起来，赶紧上前去看她，摇着她的肩问：

"你怎么了？娘找你去谈什么？脸色怎么那么坏？你哭什么？"

吟霜用手推着他：

"你出去！"泣不成声，"出去！我要一个人静一下！"

"发生了什么事？"皓祯大急，"你如果不说，我去找我娘问清楚！"

吟霜立即从床上坐起来，紧紧地把皓祯抱住，把脸孔埋在他胸前，恐惧啜泣地喊：

"不要去！不要去！千万不要去！"

皓祯心惊胆战地、猜测地说：

"我娘……是想填补你心里的那个缺口吗？"

吟霜哇的一声，就哭出声来，半晌，擦擦泪说道：

"皓祯，别管那个缺口了，那个一点意义都没有……我……我要告诉你，我心里没有缺口了，只有你只有你只有你！你已经把什么缺口都填满了，我现在脑子里、心里，担心害怕的都是你！"

"是吗？"皓祯迷糊地问，"你不是说，我让你心里有缺口吗？我一直在这儿思前想后，我想我是太霸道了一些，都是我爹娘宠坏的，我改！"

吟霜更哭，在他胸前拼命摇头：

"不要改，我喜欢你的霸道！我喜欢你所有的一切！永远不要改变，不要为任何事情改变，我就要现在这个你！充满自信，充满正义感，爱国爱民也爱我的你！"

皓祯困惑着，却被这样的吟霜深深感动着，拥着她说：

"你不太对劲，我不知道你怎么了？不管怎样，你心里那个缺口，我还是要弄明白！然后把它补起来！我以后不再那么自私，我会为你的立场去想！我不会再剥夺你的自我，你那对神仙爹娘，给你的教育一定是最好的，我改！真的！"

吟霜心碎神伤，紧紧依偎着皓祯。神仙爹娘，神仙爹娘！你们怎么不说？那朵梅花烙，会害死皓祯的！早知如此，宁可在深山里孤独一生，保全皓祯！想到这儿，又犹豫起来，真的吗？此生如果不遇到皓祯，岂不白来一趟？她混乱了，迷失了，只知道她的心很痛，为雪如痛，为皓祯痛，为自己痛，并且，为那不可知的未来，深深恐惧！

吟霜是该恐惧的，因为袁家还有一个儿子，可能他才是袁柏凯的独子！袁皓祥！永远被忽视，被皓祯的光芒遮住，在暗影中生存的皓祥！这晚，在一家灯红酒绿的小酒馆里，皓祥和项魁正在喝酒，皓祥已经醉醺醺。

项魁给皓祥倒酒，套着皓祥的话：

"这么说，公主在将军府并不幸福喽？"

"什么幸福？我哥皓祯除了狐狸精白吟霜，对公主正眼都没瞧过！最冷的冷宫，也比公主那儿热，要不然，公主怎么会生病呢？"

"公主生病啦？什么病？"项魁惊问。

"疯了！把整个公主院，都贴满了符咒，人也完全失神了，昨天我和我娘还去看她，她拿着一个破碎的琉璃镜，到处照来照去，还对着我娘照，嘴里不停地说着，要照出狐妖的原形！"

"这么惨呀！如果皇上知道了，你们将军府就完蛋了！"项魁说。

皓祥一惊，酒醒了一半：

"将军府完蛋？公主的事，可不关我和我娘的事！我们一直是拥护公主的！"

项魁得意着，劫公主不成，现在这条消息，可以翻身了！心想：

"这下可有好戏看了！那袁皓祯三番两次公开跟本官作对，现在本官去报告一下，袁皓祯，你就等着砍头吧！"

第二天，皇后就从伍震荣那儿得到消息。

"兰馨那丫头疯了病了？这消息可真？上次为了下蛊事件，她还跑到宫里来大闹，说话咄咄逼人，还是一心向着皓祯，看不出什么疯了的痕迹！了不起就是对那个狐妖愤愤不平而已！"

"如果不严重，下官会如此着急吗？"伍震荣说，"兰馨有皇后殿下的个性，要强好胜，不肯认输！她想征服袁皓祯，可是驸马心不在她身上，她就算心里有多少苦，也没地方发泄！再加上那狐妖就在身边，随时威胁她！皇后殿下！再不救兰馨，恐怕就来不及了！趁此机会，也把袁家那股势力，给消灭掉吧！"

"这事，恐怕一定要皇上出马才行！"皇后想想，"对！那袁柏凯掌握军权，在朝廷上势力强大，和驸马已经摆明是拥李派，如果兰馨真的有任何差错，本宫就趁势把他们给灭了！本想兰馨嫁过去，可以吸收袁家这股势力，看来是大错特错！"

"只怕皇上又会向着袁家，说什么儿女之事，父皇母后少插手！"

"本宫这就去跟他说明利害！就算夸张一点也无妨！告诉他兰馨快死了，看他还沉得住气吗？他还是很喜欢，很在乎这个女儿的！"

伍震荣点头：

"皇后的话，皇上总是言听计从的！这次，一定要让袁家尝到厉害！他们多次公然和本王作对，已经无法无天！那狐妖在中秋作法，变出蝎子蟒蛇欺负项魁，现在又害了公主，怎能从轻发落？你就押着皇上，说去就去！"

皇后郑重地点头，眼里，闪着愤怒的光芒。

就在皇后计划押着皇上去将军府时，公主院里的兰馨正披头散发，穿着寝衣，坐在院子的地上堆着泥人，脸上、头发上都沾着泥土。

院子里已经堆满了一些小泥人，每个人大约两尺的高度。小泥人一圈围着一圈，围绕着整整两大圈。兰馨就在最内圈的正中央，神思恍惚地坐在泥泞中，继续做泥人。崔谕娘带着宫女慌乱地从屋里出来，见到兰馨在堆泥人，一脸惊讶。

"公主，你不是在睡觉吗？何时溜出来的？在做什么呀？"崔谕娘满脸疑惑地问。

卫士无奈走近崔谕娘报告：

"公主已经在院子堆泥人，堆了一个晚上了，不让我们靠近，也不许我们出声！"

兰馨用沾满泥土的手指头捂着嘴说：

"嘘嘘！你们不要吵！这些泥人马上醒来了，他们摆了'天旋阵'，专门降妖除魔，要对付那个白吟霜！你们放心！我们公主院得救了！"

崔谕娘看到已经疯了的兰馨，悲从中来，蹲在兰馨身旁流泪：

"我可怜的公主！你怎么变成这样？公主……"

兰馨忙着堆泥人，一面说：

"崔谕娘，你哭什么？不许哭！本公主已经得救了，昨夜我做了一个梦，梦里的神仙告诉本公主，只要我们在院子里摆一个泥人阵，就可以消灭那个狐妖了，你不用害怕！"积极地捏土，"泥人快做好了！快做好了！"

崔谕娘擦着眼泪，扶着兰馨：

"公主，别捏泥人了，咱们去洗脸换衣服，你身上都是泥土呀！"

兰馨甩开崔谕娘：

"本公主不能离开这些泥人，你看到了，这一圈圈都是保护本公主的阵法，你不要破坏了我的泥人阵！怕死的就在这个圈圈里，不怕死的就出去！"推着崔谕娘，"你走开！你走开！不要烦我！"

崔谕娘无奈地退出圈子，怜悯地望着兰馨。

宫女在崔谕娘耳边说道：

"怎么办？公主好像真的疯了！"

崔谕娘对宫女狠狠打一耳光，骂道：

"放肆！你再胡说，我把你的嘴缝起来！"对宫女、卫士们说道，"你们该忙什么，通通忙去！就让公主在这儿玩一会儿！"

这时的袁柏凯正在大厅喝茶，有点奇怪地看着雪如，问道：

"雪如，你这两天不舒服吗？怎么神思恍惚的？"

雪如没听到似的，呆呆地看着窗外，柏凯摇头放下茶杯。

忽然间，袁忠慌张地跑进客厅通报：

"大将军！皇上……皇上……他……"

"皇上？皇上他怎么了？你好好说话呀！"

"皇上和皇后刚刚派了马前卒来通报，要来咱们将军府探望公主！不过，不上咱们大厅，直接要去公主院，他们大队人马，已经到了三条街之外了！"

雪如这才如梦初醒，慌张地问：

"皇上来了？三条街之外？不就已经快到我们大门口了吗？"

"无事不登三宝殿，皇上突然无预警地来，恐怕不是什么好事，快叫皓祯、吟霜准备接驾！"一想，"也快快通知公主院！"

吟霜正在画梅轩里，心事重重地挑着药草。皓祯拿着一个文卷，眼光却落在吟霜身上。小乐急匆匆地奔进屋里通报：

"公子公子！皇上和皇后要来探望公主，不上将军府大厅，直接上公主院！"

"什么？皇上皇后要来探望公主？现在公主在干吗？"皓祯急问。

"听说在堆泥人！堆了满身的泥巴，崔谕娘都拉不走！"

"堆泥人？"皓祯更惊。

"糟了糟了！"香绮喊，"公主疯疯癫癫的，给皇上看到就惨了！"

吟霜这才从心事重重中惊醒，急忙看皓祯：

"皓祯，你快去想办法让公主换套衣服！不管如何总是要干干净净地接驾吧！你用哄的、用骗的都好，就是一定要让公主正常地见见她的爹娘呀！"

皓祯点头，急忙往公主院奔去。

公主院里，兰馨又堆了更多的泥人，已经堆第三圈的泥人了。皓祯踏进院子里，见一圈圈的泥人大惊失色。皓祯才要踏进最外圈的泥人阵里，兰馨就起身对他大声喊：

"你不许过来！是不是白吟霜派你来破坏我的阵法？你走开！你若踏进一步，本公主就杀了你！"

"好好！我不进去你的阵法、你的圈子，那你可以出来跟我好好谈谈吗？至少换件干净的衣服，我们好好地聊一聊！"皓祯耐着性子说。

"你又想聊亲人那一套是吗？本公主再也不会上当了！走到

今天，我们是敌人，不是亲人！"兰馨赶着他，"你走你走！"

崔谕娘拿着兰馨干净的衣服，凑近皓祯身边，急促说道：

"驸马爷，你快想想办法，快让公主更衣才行啊！皇上皇后马上到了！"

皓祯无奈，心里转着念头，怎样才能说服兰馨去更衣呢？紧张中，喊道：

"兰馨，你这泥人阵没什么了不起！"皓祯高高抓起一个泥人，"你看，我随手一抓，它就碎了！怎么保护你？"皓祯将泥人摔在地上："别弄这泥人，赶快去换件衣裳要紧！"

兰馨一见皓祯捏碎了泥人，勃然大怒，冲出泥人阵，踢倒了更多泥人，冲向皓祯：

"你还我泥人！你这可恶的袁皓祯！你毁了我的阵法！我要杀了你！"

兰馨双手泥土，抓住皓祯猛打，皓祯只想擒服兰馨，被兰馨抓得满身是土。兰馨又哭又喊又打：

"袁皓祯！我恨你！我恨你！我要杀了你！"

皓祯与兰馨纠缠，喊着：

"兰馨，你快住手，你要让你父皇母后看到你这般疯狂的模样吗？快住手！"

院子大门忽然大开，皇上皇后带着浩浩荡荡的人马，一拥而入。皇上皇后立刻吃惊地看着皓祯与兰馨。皇上震惊，大喊：

"兰馨！你这是在干什么？"

袁柏凯带着一众家眷，雪如、翩翩、吟霜、皓祥也涌入了公主院。袁柏凯走到皇上面前赶紧行礼：

"微臣叩见皇上皇后，陛下圣安！殿下金安！"

雪如、翩翩、吟霜、皓祥等家仆及崔谕娘、宫女卫士等也跟着下跪。

兰馨转头看向皇上，悲从中来，哭喊：

"父皇！父皇！"冲向皇上，抱着皇上大哭，"父皇你终于来了，快救救你的女儿，你的女儿什么法子都用了，全部没用！全部没用啊！"

皇上拉开满身脏污的兰馨，仔细端详，心疼地说：

"怎么会变得这副德行？你现在还像个公主吗？"

皇后大怒大吼：

"崔谕娘，你是怎么照顾公主的！你该当何罪！"

崔谕娘赶紧下跪也跟着哭喊，因皇上皇后驾到而壮胆了：

"皇后娘娘明察呀！娘娘要帮公主做主呀！陛下，公主……公主会变得今天这个模样，都是将军府害的！陛下要帮公主讨回公道啊！"

皇上怒喊：

"袁柏凯！要不是朕亲眼所见，还不知道你将军府居然把兰馨折磨成这样！"大吼，"袁皓祯！朕废掉你的驸马头衔，立刻斩首示众！"

吟霜脸色惨变。柏凯、雪如一听，如五雷轰顶，两人跪行两步，对皇上磕头。

"陛下，请息怒！皓祯罪该万死，请看在下官屡次立下战功的情分上，饶他一死！"柏凯说道。

"陛下，上次皇后来，说过亲家就是一家人，现在小夫妻失和，陛下一句话斩首示众，让人情何以堪？都是为人父母呀！"雪如哀声喊道。

皇后怒道：

"把兰馨虐待成这样，算什么亲家？皓祯！你到底怎样对待公主？居然两人公开扭打？你不知道兰馨是公主吗？你不知道怜香惜玉吗？"

皓祯往前一站，傲然挺立，悲切地说：

"皓祯对不起公主！但是，殿下刚刚看到的，并不是扭打，而是微臣想让公主回房，换一件干净的衣服见驾！公主病了是事实，微臣也想治好她！只是能力太渺小！或者多给微臣几个月可以改善状况，如果陛下赐死，皓祯也只能领死，但不知皓祯之死，能让公主的病痊愈吗？"

皇上被皓祯问倒了，急忙推开抱着自己的兰馨，问道：

"兰馨！你要不要驸马死？父皇帮你出气，斩了驸马可好？"

兰馨看着满院子的人，看看皇上，又看皓祯。兰馨眼前，闪过皓祯徒手抓剑救她的画面。吟霜用深切的眸子，紧紧地盯着兰馨，眼里带着最虔诚的祈求。

"父皇要杀了皓祯？"兰馨迷糊地问。

"对！这样的驸马，不如杀了！"皇后大声说。

"母后也要杀了皓祯？"兰馨更加迷糊地问。

"是！你的意思怎样？如此忘恩负义的皓祯，杀了都不能让本宫泄恨！"

兰馨看着皇后，忽然大笑道：

"哈哈哈哈！母后，你知道兰馨和你的意见，永远是相反的！

你说杀，本公主就说不杀！"

皇上、皇后傻眼了。柏凯趁机说道：

"陛下！就算皓祯犯了大罪，也该先审再判刑！不审定罪，又是死罪，恐怕会让天下人议论纷纷！不如请陛下和皇后，移驾将军府大厅，喝杯茶，让陛下和皇后，慢慢了解真相，看看皓祯是不是还有一线生机？"

皇后看看四周贴满符咒的景象，说道：

"不忙！本宫想先参观一下这公主院！"

一句话让袁家人个个提心吊胆，因为现在的公主院实在萧条凌乱，但是无人敢再提异议。于是，皇上和皇后就带着兰馨走在前面，袁家众人随后，大家在公主院各个角落走着。皇上看到各处飘摇的黄色符咒，看到卧室里墙上还贴着小人，心惊胆战地问：

"兰馨！这些都是你贴的吗？"

"宫女们、卫士们、崔谕娘……都帮着贴，但是没用没用，一点用处都没有！"兰馨说，忽然想起，"崔谕娘，我的照妖镜呢？"

"在在在！"崔谕娘赶紧递上已经破裂的琉璃镜。

兰馨举着琉璃镜，对皇上炫耀着：

"父皇，这是道观给我的照妖镜，可是也没用！我拿着总比没有拿着好！"

皇上和皇后四面走了一圈，两人神色沉重。柏凯等袁家人跟随在后，人人惴惴不安。走完一圈，皇后看着兰馨说道：

"兰馨，你去梳洗一下，不管你是生病还是怎样，你依旧是公主！公主就要维持公主的体面！崔谕娘，帮她弄干净，换一身像样的衣服！"

"是!"崔谕娘应着。

皇后一脸寒霜说道:

"参观够了!皇上,我们去将军府大厅喝茶吧!本宫要好好地审一审将军、夫人、驸马和那位鼎鼎大名的白吟霜!"

皓祯一惊,吟霜脸色惨变。

七十一

宰相府里，寄南、灵儿、汉阳三人正准备去大理寺，在庭院里向外走。鲁超忽然急匆匆冲进庭院，对三人喊道：

"窦王爷不好了，将军府出大事了！皇上皇后到了将军府，说是要将少将军斩首示众！请窦王爷、汉阳大人快去救救我们少将军吧！"

寄南、灵儿、汉阳一听大震。

"怎么会呢？"寄南震惊不已，"到底发生什么事情了，这么严重？"

"好像是为了公主生病的事！"鲁超急急说，"请三位快去，晚了就来不及了！"

"我就知道又是公主闯的祸！"灵儿喊着，就往门外冲。

"快走！如果皇后也去了，皓祯凶多吉少！"汉阳说，大叫："鞴马！"

"鲁超！"寄南急喊，"赶快去通知太子！要他快马赶来救皓祯！"

三人立刻骑上马，快马奔向将军府。

将军府的大厅里，是一股肃杀气氛。兰馨已经梳洗过，换了干净的衣裳，坐在皇上和皇后的身边。柏凯、雪如、皓祯、皓祥、翩翩、吟霜等站在皇上和皇后身前。崔谕娘、秦妈、袁忠、宫女卫士两边肃立。这比大理寺、刑部的审判庭还要肃穆。

"皇上，你看明白了吗？"皇后看皇上，郑重地问道，"兰馨在这儿不是公主，甚至不是正室，只是一个吓破胆的小媳妇！"

"朕看明白了！"皇上面色凝重，生气地说，"不用审判了！兰馨简直是生不如死！"大吼："这将军府就应该满门抄斩！"

皇上一句话，袁家每个人都脸色大变，翩翩和皓祥立刻跪下了。翩翩哭喊道：

"陛下饶命啊！这公主院的事，皓祥和我最关心，每天都去问候，不信问崔谕娘！这些和我们无关呀，都是白狐作祟，要斩也该斩白狐呀！"

"启禀陛下，皓祥母子不但无辜，还是向陛下通风报信的人！"皓祥说道，"陛下应该奖励皓祥，怎能一概而论呢？在袁家有人卑微，有人高贵！皓祥就是卑微的那个，说什么都没有人重视，公主生病的事，还是皓祥去告诉伍项魁的！"

皓祥话才出口，柏凯大惊回头，就狠狠给了他一耳光。

"原来'满门抄斩'是你的杰作！"柏凯怒骂，"反正死到临头，无所畏惧，我先杀了你这个逆子！"

皓祥怒喊：

"皇上在此，爹，要打也轮不到你！"

柏凯立刻给了他第二个耳光，气势凛然地说：

"即使皇上在此，也管不了我教训逆子！"就看着皇上说，"陛下，满门抄斩，请陛下第一个斩了袁皓祥！我以这个儿子为耻！"

"柏凯！"翩翩悲喊道，"你这是什么话，这么多年，你把我们母子当成什么？难道只有皓祯才是你儿子吗？你欺人太甚！"

皇后大怒，厉声喊道：

"你们通通住口！现在是皇上和本宫要审你们，不是你们自家人吵架的时候！死到临头，还这样嚣张！"就喊道，"白吟霜，过来！"

吟霜脸色一惨，上前跪下，匍匐在地，说道：

"民女白吟霜叩见皇上皇后！"

皓祯的眼光直勾勾地看着吟霜。皇上命令地说：

"抬起头来，让朕看看这狐狸是个什么样？"

吟霜被动地抬起头来，忧伤地看着皇上。皇上打量吟霜，纳闷地喃喃自语：

"长得挺端正的，怎么看都不像狐狸！"

皇后怒看皇上一眼。心想，狐狸还能让你一眼看出来吗？什么皇帝？气死人！

院子里，寄南、灵儿、汉阳急奔到大厅外。寄南边跑边说：

"汉阳，你是大理寺丞，可能比我这个小小的窦王爷有用，现在已经不是据理力争的时候，本朝律法有用没用也不知道……"

"皇上要砍头，律法就什么用处都没有！本官尽力而为吧！不过，皇上对寄南一向另眼相看，恐怕寄南的话，皇上会听进去吧？"

灵儿听到门内皇后的声音，惊道：

"谁的嗓门这么大？"

寄南瞪她一眼说：

"那是皇后！你进去少开口，你只是个小厮！这是生死攸关的事！"

同时，太子带着邓勇也火速奔进庭院。太子着急地问寄南等人：

"到底是什么情形？"

"太子赶到，皓祯有希望了！听说要满门抄斩呢！"寄南说。

"满门抄斩？"太子大惊，"母后小题大做也罢了，难道父皇也这样吗？"

大家急忙进门，看到皇后正在审吟霜。寄南、灵儿、汉阳、太子不便现身，站在后面观望，只见皇后正在发威，厉声喊：

"白吟霜，上次本宫已经警告过你，要你小心！你居然一再伤害公主，把公主惊吓成病，你自己说，该当何罪？"

"皇后娘娘！"吟霜一叹，"公主是自己吓自己，清风道长奉命来捉妖，因为民女是人非妖，逼不出狐狸形象，道长开始妖言惑众，公主信以为真，这才病倒的！民女从小学医，只要公主肯让民女诊治，一定可以治好！"

皇后一拍矮桌，砰然一响：

"大胆！已经把公主吓成这样，还敢振振有词！本宫知道，所有的病源都从你开始！诱惑驸马，离间驸马和公主的感情，恃宠而骄，独占驸马……这些是不是事实？"

吟霜还没回答，皓祯再也忍不住，一步上前说道：

"皇后殿下！吟霜只是一个弱女子，绝对不是狐妖！不能因为皓祯曾经有过捉白狐放白狐的故事，就硬扣给吟霜一个白狐的罪名！至于离间感情，恃宠而骄真不知从何说起？如果有罪，也是皓祯情不自禁所犯的罪！与吟霜无关！"

皇后又一拍矮桌：

"你还偏袒着她！"看着皇上，"皇上，该怎么发落，皇上拿个主意吧！"暗示地，"满门抄斩可能也太重，一个一个来，皓祯逃不掉！但是，先把这白狐斩了再说吧！"

皓祯大惊，痛喊：

"陛下开恩！如果吟霜因白狐而问斩，请先证明她是白狐！"

汉阳忍不住了，急忙站出来出声：

"陛下！那清风道长已经被汉阳拿下，正关在大牢内，他曾对吟霜作过各种法，都没有逼出什么狐狸原形，本官可以做证！"

太子也忍不住了，大喊：

"父皇！这吟霜夫人曾经救过儿臣一命！她是一位医术高超的女大夫，儿臣可以做证，她绝对不是白狐！"

寄南更加忍不住了，跟着喊道：

"皇上，吟霜的父亲是神医白胜龄，当初为了公主的百鸟衣，被伍项魁杀死，如果吟霜是狐，怎会救不活她的父亲？"

皇上看到三人一惊，问道：

"你们三个都赶来了？都振振有词帮吟霜做证？"

"是！"太子说，"我们都赶来帮吟霜做证！父皇，死罪是何等大罪？身为皇上，万万不可随便砍别人的头！上次长安城发生抓乱党事件，死了很多无辜百姓，市井之中，对父皇都有微词，如果宫中再传出白狐谣言，伤害会更大！父皇三思呀！"

皇上被太子的话深深震撼了。此时，兰馨已经按捺不住，起身疯疯癫癫说道：

"白狐是杀不死的，白狐是赶不走的！父皇母后，你们不要再白狐白狐地叫，她会生气的，会附在我身上，到时候我也变成白狐！"忽然惊喊，"崔谕娘，本公主的照妖镜呢？照妖镜！照妖镜！"开始不安地满屋子兜圈子："我的泥人阵！"就往门外奔去，"我要去摆我的泥人阵！"

"兰馨！回来！"皇上大惊，喊着，"来人呀！拦住公主！"

皇家卫士立刻冲了出来，拦住兰馨。兰馨受惊，更加疯狂，拼命冲撞着卫士围成的人墙，大喊大叫：

"放我出去！放我出去！我的泥人阵，还没有摆好！我要我的泥人阵！"哭着看皇后，"母后，你又来跟我作对！你永远跟我作对……"

"兰馨！"皇后惊喊，"本宫是来救你的，怎么说本宫来跟你作对呢？"

"你们来杀袁家人，就是跟我作对，谁都不可以杀袁家人……"兰馨哭道。

"赶快把兰馨带回宫去治疗吧！她已经疯了！抓住她！抓住她！"皇后喊。

皓祯和汉阳同时冲了过来，汉阳就近，一把抱住了兰馨，心痛地说：

"公主公主！你怎么病成这样？本官是汉阳呀！"

兰馨一看汉阳，痛哭起来，边哭边喊：

"汉阳！汉阳！好多人要抓我！"一抬头又看到寄南，大哭，"寄南，救我救我！"再看到太子，哭喊："太子哥！大家都要害我，我要我的泥人阵！"

太子搞不清状况，着急地说：

"泥人阵？什么泥人阵？皓祯，你就给她吧！"

"不能给她，是她自己捏的一堆泥娃娃！"皓祯说。

灵儿同情起兰馨来，赶紧说：

"泥娃娃在哪里？我去拿，先让她平静下来再说！"

兰馨又哭喊道：

"泥人阵保护不了我，谁保护父皇呀？父皇，你要保护好你的宝座呀，不要给别人抢去呀……太子哥，要保护父皇呀……"

皇上看兰馨疯疯癫癫，还想着要保护父皇，眼眶都湿了，喊着：

"女儿啊！你在说些什么？现在的问题，不是父皇的宝座，是你的健康呀！皇后，我们先把兰馨带回去治病，至于这袁家如何判罪的问题，就再研究吧！"

皇后怒喊：

"还研究什么，这白吟霜明明是狐，而且是罪魁祸首！皇上如果不杀她，也要治她，把她送到尼姑庵里去，有菩萨镇住她，让她削发为尼！"

皇上急于带走兰馨，就说道：

"好好好，就这么办！"就大声宣布，"袁柏凯听旨，三日之内，把白吟霜送进青云庵，削发为尼，不得有误！如果违旨，满门抄斩！"

吟霜和皓祯两人惨然变色。柏凯、雪如、寄南、灵儿、汉阳、太子等人个个张口结舌，手足无措了。太子还想讲话，皇上已经起身，大声说道：

"兰馨，跟朕立刻回宫！"

"起驾！"皇家卫士们大声喊道。

转眼间，皇上皇后带着兰馨、崔谕娘、宫女等人，在卫士簇拥下，浩浩荡荡地走了。

紧接着，太子、皓祯、寄南、汉阳、吟霜、灵儿等一众人，都聚在画梅轩讨论目前情势，将如何应变？灵儿焦虑地说：

"现在怎么办？怎么办呢？袁家是逃过一劫了，但是吟霜要削发为尼，这分明是要活生生拆散鸳鸯，这种生离，不是比死别还痛苦吗？"着急，下决心说，"不行！我不能那么自私，我要坦白招供蝎子毒蛇……"

灵儿话还没有说完，寄南急忙双手从后捂住灵儿的嘴，低声说道：

"你不要在这里增加问题！现在皇上生气的不是那个，是公主病了的事实！"放开灵儿，义愤填膺地对大家说，"我觉得皓祯和吟霜的处境，非常危险！要不然，一不做二不休，皓祯和吟霜你们快逃吧！"

"逃？"皓祯凄然说，"我们能逃到哪里去？现在将军府外面，伍项魁正见猎心喜，布满重重的羽林军，我们怎么逃得出去！"

"什么？"太子大叫，"伍项魁居然把羽林军带来包围将军府？我去命令羽林军，全体回宫归队！不管怎样，我是太子！如果伍项魁敢反抗，我就把他斩了！毒杀无辜百姓，已经是几十个死罪！"

"太子！"汉阳说，"现在斩了伍项魁，麻烦更多！看来皇后这次是有备而来，早就算准这一步，绝不让吟霜有逃脱的机会。"

吟霜落寞地接口：

"如果我出家为尼，能换得将军府的生路，又能换回公主的健康，那这种牺牲……也算值得，或者我就应该承认我是白狐！"

"这算什么牺牲？"皓祯凄然大喊，"我绝不会让你遁入空门！你不承认是白狐，皇后都要砍你的头，你承认了还有活路吗？"

灵儿挣脱寄南，拉着吟霜：

"你千万不要傻！你如果胡乱承认，肯定会被当众烧死！"握紧吟霜的手，"现在逃命要紧啊！"看向皓祯："你们将军府有没有什么密道可以逃出去的？"

灵儿建议抗旨逃亡，突然想到汉阳在场，大家都担忧地看向汉阳。

汉阳见众人都看着自己，冷静地说：

"别顾虑本官了，我知道吟霜她不是白狐，你们要是有什么密道就快走吧！吟霜的医术高明，遁入空门实在可惜！"

寄南拍汉阳的肩膀：

"果然汉阳是明理之人，现在情况紧急，一切就不多说了，吟霜、皓祯既然要走，不如我和裘儿也和你们一起走吧！"

"对对对！"灵儿大力击掌同意，"我们四个人一起走，一路上才有个照应！”

"不行！"太子说，"你们都走了，把我一个人留在长安，我这太子还有好日子过吗？反正我也不在乎太子的地位，如果大家都要走，不如我带着你们走！看谁敢拦我的路！"

"好了！"皓祯说，"你们大家都不用为我们着急烦恼了，我不会离开将军府的，这里还有我的爹娘，如果我和吟霜苟且偷生逃走，那岂不是陷我父母于危险境地！"

"是！皓祯说得没错！"吟霜悲哀地说，"既然一切因我而起，就让我面对我的命运吧！我遵旨到青云庵，全家就有救了！"

皓祯坚定地说：

"吟霜，我绝对绝对不会让你削发为尼，你是我袁皓祯的妻子，陪着你的应该是我，而不是青灯古佛！"回头看向汉阳和太子，"启望，汉阳，现在还有一个机会，汉阳，你进宫去说服兰馨，只有你能让她笑，我相信你有这个力量！启望，你……"

太子大声地说道：

"我知道你的意思，我立刻进宫，去说服父皇取消这无理的圣旨！你们都不要慌张！等我！"就对汉阳说道，"别耽误时辰，我们马上进宫去！"

太子和汉阳就立刻进宫了。

太子直接进了皇上的书房，激动地说道：

"父皇！请赶紧取消让吟霜去青云庵的命令！吟霜是皓祯的如夫人，两人情深义重，这样一道圣旨，不只断送了吟霜的未来，也等于断送了皓祯的命！失去皓祯，儿臣等于失去一员大将，朝廷失去一位忠臣！父皇，万万不可！"

皇上盛怒地看着太子，不可思议地说：

"兰馨才回来，你不去探视生病的妹妹，还来为吟霜求情！你有没有脑子？现在，皓祯为了吟霜而冷落兰馨，害得兰馨病成这样，只有除掉吟霜，才能救你的妹妹！难道你对兰馨，没有一点同情吗？"

"我当然同情兰馨！但是我也同情吟霜和皓祯！这是他们闺房中的事，父皇不能为了袒护自己的女儿，就以皇上的身份，下旨让吟霜出家呀！这是皇上最不喜欢的事，以上欺下！何况，这对佛门，也是莫大的亵渎！"

皇上一怒起身，瞪大眼睛问：

"怎会又亵渎了佛门呢？"

"当然亵渎了佛门！"太子有力地说，"父皇！那吟霜尘缘未了，也非佛门子弟，我朝对宗教开放，道教、佛教、大食法[1]、景教、祆教、摩尼教……各种'夷教'[2]都有，父皇把一个信仰不明的夫人，送到佛庵里去，那青云庵又无法拒绝，这岂不是给青云庵难题吗？"

"这个……"皇上语塞，"朕倒没想到！实在有点不妥！"

太子急忙建议：

"所以，儿臣建议赶快取消这道圣旨吧！毕竟是圣旨，方方面面都要顾到！如果要惩罚皓祯，用别的方法也可以！例如，永

---

1. 大食法，即伊斯兰教（回教），因当时称阿拉伯为大食。
2. 夷教，外来宗教，通称"夷教"。

远不许他再纳妾……"

太子还没说完，皇后带着莫尚宫赶到。一进门，皇后就气势汹汹说道：

"太子真会帮吟霜脱罪，还建议永远不许皓祯再纳妾！皓祯早就被那白狐迷住了，怎会再纳妾？皇上已经下旨，谁也无法更改！太子！听说你把荣王的义女劫持到太子府，还想封为孺子，你这闺房生活，也够糜烂！"

太子怒视皇后，顶撞道：

"母后在说青萝吗？母后为了玉带钩的事件，不是亲眼看到荣王一剑刺伤青萝的事？青萝怎么又变成荣王的义女了？荣王多变，善变，母后小心！"

太子语气暗示明显，皇后大怒，对太子吼道：

"你有什么资格帮吟霜求情？"转眼看皇上，眼神立刻变得哀恳，"皇上！救救你的女儿兰馨吧！"

皇上被吵得头昏脑涨，对兰馨也充满怜悯，皱着眉头对太子挥手：

"圣旨已下，君无戏言！太子你管好自己的事，这件事就不要谈了！不管合适不合适，就让吟霜削发为尼！朕已经网开一面，没有追究皓祯，你也别把事态再扩大！"

太子看着面有得色的皇后，气得脸色发青。

太子碰了钉子，汉阳也没多好。他直接去了公主寝宫，崔谕娘让他进房，他就看到刚回宫的兰馨，正在满室徘徊。

"公主！汉阳紧急求见，希望公主发挥一下你的霸气！"

"霸气？"兰馨心不在焉地说，"我哪儿还有霸气？"不安地到处张望:"崔谕娘!崔谕娘!你在哪里?窗外是不是有人啊?"

崔谕娘匆忙走近兰馨公主,安慰着说道:

"奴婢在这儿!你不要害怕,窗外都是保护你的卫士!没有坏人,别怕别怕啊!"

兰馨忽然发现汉阳,就对汉阳说:

"汉阳,你看,就算在皇宫里,我也觉得不安全!"

"公主,请恕下官直言,安全感是靠自己建立的,若是心中没有坚强的意志,纵使有千军万马保护,也于事无补!"

"是吗?"兰馨迷糊地说,"千军万马都没有办法保护我?"想了想:"对!白吟霜的法力太强大了,我斗不过她!"

汉阳直言不讳:

"你不是斗不过白吟霜,而是你的心被蒙蔽了!你自从进了将军府,开始虐待白吟霜起,你就把自己的心丢了!"

"我把我的心丢了?哈哈哈!"兰馨笑,"如果本公主没心了,不早就死了吗?"

"是的!你现在就和死了没有两样!"

"大胆!方汉阳,你居然敢诅咒本公主!掌嘴!"

"公主,如果你还有心,就不会被恐惧打倒;如果你还有心,怎么会斗不过一个区区的白吟霜?你认为她有法力,难道你就没有吗?"

"我也有法力?"兰馨甩甩袖子,"我哪来的法力?你是不是看我病糊涂了,要来糊弄我?"

"白吟霜的法力来自哪里?你知道吗?是来自爱,她爱身边每个人,她征服了身边每个人!你呢?你让恨把你原来那颗善良的心，全部蒙蔽了！你确确实实也有法力，但是这个法力，必须从你的心念开始，一旦你有热情、有正义、有爱心，你的心就充满魔力！"

"你说了一大堆，我听得糊里糊涂，你就干脆告诉我，应该如何施法力就对了嘛！本公主一向没有耐心的！"

"好！最简单一件事情！从做善事开始，你就是在施法力了！"

"做善事？"

"请求皇上放了白吟霜，别让她出家为尼，这个法术你一旦施展了，你会收获很多很多的爱与崇敬！"汉阳诚诚恳恳地说。

兰馨一想，突然大怒，将茶杯摔在地上喊：

"方汉阳！你分明是袁皓祯找来的说客，你不要利用我对你的信任来糊弄我，本公主还没有病到是非不分！"推着汉阳出门，"你滚！你出去！再为白吟霜求情，我就翻脸不认人了！"

汉阳被推出门外，兰馨砰然一声关上了房门。汉阳气馁，想着：

"想来，要挽救两位女子的前途，我方汉阳的能力实在太小了！"

太子和汉阳都碰了钉子，眼看吟霜势必削发为尼。雪如心碎，手里握着那梅花簪，一心一意想说出真相，只要真相大白，证实吟霜是人，那"白狐"的罪名就不攻自破。但是，秦妈私下拉着她，把她拉到无人之处，紧张地说道：

"夫人！不可不可，万万不可！吟霜就算进了青云庵，还有出来的希望！如果你说出真相，不但救不了吟霜，可能还毁了全家！别让大将军恨你，别让皓祯无地自容，别让翩翩得意，更别让皓祥逮着报仇的机会！还有皇后，她会用欺君大罪的名义，灭掉将军府的！那你是得不偿失啊！上次吟霜也分析过利害给你听，她不会承认你的，如果因此伤到了公子，吟霜也会恨你的！当初你遗弃了她，现在不能再毁了她最爱的丈夫啊！"

雪如知道，秦妈说的句句是实话，握紧那梅花簪，她的心，就像飘落的梅花花瓣，成为片片飞雪了！

这晚，画梅轩的梅花树已经开花了。满树的白梅绽放在枝头。皓祯和吟霜穿着冬季披风，依偎在梅花树下，两人有着无尽的愁绪和落寞。皓祯痴痴地望着吟霜说：

"你不要绝望，皇上说三日内，那么这几天一定会有转机的，我相信汉阳、寄南和太子还会继续努力，说不定峰回路转，我们绝对不会就此分离的。"

吟霜红着眼眶，忧伤地说：

"我想通了，也认命了，这一切一定是上苍的安排……"想起伤心事，"让我们的孩子留不住，让我必须离开将军府，只有我离开了，你才能够拥有一个平静的人生、美好的前程！就把我们这一段，放在你心里，让它停在最美好的阶段吧！"

"现在都什么时候了，你还在说这种话，难道我对你一点意义都没有？你那位神仙母亲的遗言呢？我就是你要找的，命中注定的人！你看我的手心……"皓祯激动地摊开手心，展示出像树的疤痕，"这不是你娘留给你的线索吗？我还帮它添上树枝了呢！"

吟霜含泪转头，不忍去看皓祯手心上的疤痕。

"吟霜吟霜，不要否定我们的相遇，不要否定我们的感情，现在我们就在梅花树下，梅花正为我们绽放，我们的誓言也没有改变！记住，你是梅花我是梅花树呀！"

　　吟霜心中一痛，紧紧依偎着皓祯。一阵风过，花瓣飘飞在两人身上，片片如雪，点点如泪，凄美而忧伤。

七十二

　　宰相府里的夫人采文，最近心神不宁。她看着伍震荣常常来找世廷。又看到寄南、灵儿和汉阳越走越近，这也罢了，连太子也会突然闯进宰相府找汉阳，朝廷上到底发生了什么事？她是个逆来顺受，恪守本分的女子。对世廷的事，汉阳的事，朝廷的事……都保守地不敢过问。但是，每当她心里有事时，她一定会到祠堂里去上香。好像在这世上，已经没人能够了解她，也不会有人关心她的心事。只有祠堂里的列祖列宗，还有她逝去的婆婆，才会听她细诉衷情。这天，她又去祠堂了！又对逝去的婆婆说了很多知心话，刚刚上完香，转身要离开祠堂。纪妈匆匆过来，对采文说道：

　　"夫人！后门有个老乞婆，一连三天都在那儿等，说是要见夫人！我给了饭菜也给了钱，她就是不走！坚持要见宰相夫人！"

　　"啊？要见我？"采文惊讶地说，"老乞婆总之是可怜人，去看看也好！"

采文带着纪妈从后门出来，一个衣衫褴褛、背脊伛偻的老妇就迎上前去。采文关心地问道：

"老婆婆！你找我吗？我就是宰相的夫人！你需要什么帮助吗？"

老妇仔细凝视采文，不胜感慨地说道：

"哦！终于见到你了！二十一年了，宰相夫人大概早就忘了我！"

"我们见过吗？"采文惊愕地问。

"二十一年前，我们见过一面，我就是当初那个牙婆啊！"

采文脸色大变，转头看向纪妈，声音颤抖地说：

"纪妈，你去帮我拿件披风，天气好冷！"

纪妈应声离去。采文就一把攥住了老妇的手，急急地、祈求地说道：

"你需要什么，我都给你！只要你保密！二十一年前的事，不要跟任何人说起！我求你了！"

"你甚至……不想知道那孩子的去处吗？"老妇问。

"你……你知道那孩子的去处？"采文大震。

"是！"老妇说，"当年你追着马车哭，我也是做娘的人，心里跟着你痛，都是穷人家，才会这样做呀！我就想着，不知这孩子会到什么样的家里去？我就悄悄跟在马车后面，进了长安城，看着那孩子，被抱进一个大户人家的后门里去了！"

采文脸色惨白，用手扶着门框，勉强支撑着自己，激动到一塌糊涂，屏息地说：

"长安城？原来就在长安？"用手抓着胸前的衣服，几乎不能呼吸了，"大户人家？大家都说，外甥多似舅，我每次见到他都疑惑，怎么长得跟我弟弟一样？但是不可能呀！他爹娘那么疼他……"盯着老妇问道："那家姓袁？是不是？将军府，是不是？我那孩子，被送进了将军府，是不是？"

老妇点头，含泪地说：

"这是秘密，不该跟你说的，我也一直没说，可是我病了，快要死了，不让你知道，我不能合眼呀！我只想来告诉你，他过得很好！真的很好，你可以安心了！"

采文一个趔趄，身子紧紧地贴在门边的墙上，泪水夺眶而出，低声喊道：

"老天可怜我，让我知道他的去向！牙婆，谢谢你来告诉我，我会安排你的住处，安排你日后的生活，如果你有儿孙，也接来一起住！这事，就是你我两人知道，好吗？你再也别对任何人提起，好吗？"

老妇拼命点头，说道：

"二十一年，宰相府，将军府，那孩子没有白白失去，夫人，都值得了！"

"想了二十一年，哭了二十一年！"采文说道，"现在知道他是皓祯，我却不能相认啊！值得吗？他成了驸马，成了骁勇少将军，是皇上的爱将，怎么我还是这么心痛呢？值得吗？我不知道啊！"

值得吗？现在的骁勇少将军，正被羽林军重重包围在将军府里。他已不是驸马，也不是皇上的爱将！将军府门前，项魁得意扬扬地拿着懿旨，坐在一个高台上，对羽林军神气地喊道：

"给我看紧了，什么人都不许进出！除非他们交出那个妖女白狐！"

项魁正神气活现地说着，太子带着邓勇，大步来到。太子大喝一声：

"羽林军听令，立刻撤军回宫！这是本太子的命令，谁再守在这儿，军纪处分！"

羽林军看到太子，吓了一跳，立刻行军礼，齐声应道：

"太子威武！羽林军听令！"就要撤军。

项魁挥舞着懿旨大喊：

"谁敢离开，就是违背皇后懿旨，杀无赦！"

太子一个飞跃，就跃到项魁面前，一招"平地飞龙"，一个擒拿扣，锁住项魁右臂，把他拉下高台，大骂道：

"你这个作威作福的左监大人，敢不敢在你的羽林军面前，跟本太子大战三百回合？我们公平作战，我打赌十招之内，让你趴在地上当狗！"

项魁得意忘形，嚷嚷着：

"我五招之内，就能把你打成泥鳅！但是，本官不想打！"

太子把项魁的手一扭，就扭到身后去，项魁顿时痛得哇哇叫。太子怒声问：

"想打还是不想打？想打我们就公平地打！不想打我就把你的手先废掉！"再用力一扭，项魁痛得大叫：

"哇！打打打！"

太子放开项魁，一招"推窗望月"，立刻一拳狠狠打向项魁胸膛，把项魁打倒在地。太子大喊：

"才一招就趴在地上当狗，太没用了！起来再打！"

项魁缩在地上，从腰间拔出一把匕首，就滚了过来，想用匕首去刺太子的脚。太子脚一踢，就把他踢得飞了出去，匕首脱手，差点刺伤一个羽林军。项魁乱喊：

"太子用踢的不算！说好是打……"

项魁话没说完，太子把他从地上拉了起来，一招"大蟒缠身"，左右开弓，打得他身子像陀螺般乱转，太子不让他倒地，左一拳，右一拳，足足打了九拳才松手。项魁被打得鼻青脸肿，趴在地上哼哼地叫。

太子对众羽林军说道：

"你们都是证人！公平打架！一招倒地，九招趴下！刚好十招！以后你们遇到敌人，就要这样打！干脆利落，不能拖泥带水！"

众羽林军大声欢呼，齐声叫好：

"太子打得漂亮！太子教导有方！太子威武！"

邓勇这才高声喊道：

"还不让出走道来，太子要进将军府！"

羽林军赶紧让出走道，行军礼让太子大步进门去。太子就这样威风八面地进了将军府，走进大厅，面对柏凯家人以及灵儿、寄南。太子说道：

"启望没有完成任务！想必你们也知道了！父皇几乎被我说服了！可是，皇后出现，我又功亏一篑！现在，必须另想出路！那羽林军有皇后懿旨，看来不会退兵，至于伍项魁，我已经先帮袁大将军，教训了他一顿！伯父，你的左骁卫……"

柏凯正色地打断：

"左骁卫是保护京城的军队，怎能因家庭私事，来和羽林军作对？何况，左骁卫都驻扎在营区，也远水救不了近火！上次伍震荣来闹，也只调了练武场的一百多人而已！"

皓祥愤愤难平，上前说道：

"爹！连太子这招也不管用了，赶紧送走这个妖孽才是上策！也好让外面的伍项魁和羽林军撤走呀！"瞪着吟霜，"这白吟霜根本就是拖累我们袁家的祸水！"

皓祯气愤起身，大吼：

"皓祥！是伍项魁指使你来催促的吗？你和谁狼狈为奸我不管，但是不准你说吟霜是妖孽祸水！"

"怎么不许说了？"皓祥偏要说，"昨儿个我们全家差点满门抄斩，不都是拜白吟霜所赐！这个家会弄得鸡犬不宁，"指着皓祯，"都是因为你带进来了这个祸根！你还好意思对我大吼大叫！"

"皓祥！现在你们家里有难，何况吟霜还是你的大嫂，应该是团结对外的时候，你不要这么张牙舞爪，帮助外人打击家人！"太子按捺不住说道。

吟霜见众人为自己争吵，难过至极。灵儿和寄南，眼露凶光瞪着皓祥，忍着一肚子气。翩翩上前说道：

"太子殿下！你是太子，我们不敢得罪！但是，我家事也不是你能了解的！请不要为这个妖不妖、人不人的白吟霜辩护！"

"二娘！"皓祯怒吼，"请你说话客气一点！吟霜是我的妻子，她该何去何从都不干你们母子的事，你们通通闭嘴！"

"怎么不干我们的事？"皓祥嚷着，"就是你这个最自私的长子，仗着爹的疼爱，硬拉着我们全家当你们的陪葬品，我袁皓祥不会任你摆布的！"转向烦恼至极的柏凯，"爹！不能再犹豫了，早一点送走，我们全家才能保命啊！"

"是啊！"翩翩接口，"大将军，难道非要闹到我们袁家都灭了，你才满意吗？"

寄南仗义执言：

"大将军，请容小辈说句话，皇上既然给了三日的期限，那么时辰未到，我们不该这样就放弃！"看着太子，"启望，我们再进宫去如何？"

灵儿急急推着寄南：

"大家都说，皇上对你最好！或者皇上会听你的话！"

"对对对！太子、寄南，你们行行好，现在我们袁家上下都无法进宫求情，只有你们可以，不管要付出什么代价，只要能挽救吟霜，我们袁家在所不惜！"雪如哀求着。

"什么袁家在所不惜？"皓祥大叫，"你们想付出代价被砍头，不包含我们母子！"

柏凯威严地说道：

"好啦！你们都不要再吵了！现在的局面你们还看不清楚吗？越是去求情越可能遭殃！我们袁家是看在兰馨对皓祯的不舍上，才能暂且保命，现在吟霜好歹还有一条活路，若再激怒了皇上和皇后，说不定她连活路都没有了！"

寄南痛心止步。吟霜已泪流满面，身子摇摇欲坠。柏凯无奈地望着吟霜说：

"圣命难违！你也别怪我们将军府无情……"一叹，"早晚都得走，今天你就去青云庵吧！免得羽林军守在门口，对将军府实在是莫大侮辱！"

吟霜跪向柏凯，说道：

"爹！您说得对，圣命难违，大家不要再为我求情，也不要再吵了……"茫然无奈地磕下头去，"爹、娘，请你们多保重了！"

皓祯和雪如同时凄厉地大喊：

"不！她不能走！"

吟霜起身，用手捂着嘴，努力不让自己哭出来，奔向画梅轩。皓祯、寄南、太子、灵儿、雪如、柏凯等人，也追向画梅轩。

不久之后，吟霜含泪，已收拾好简单的衣物，众人围绕，除了皓祥、翩翩，个个面容惨烈。雪如哭倒在柏凯的脚下。秦妈、香绮、小乐、鲁超等众家仆也泪流满面。

雪如对柏凯说道：

"如果你要把吟霜送走，也一并把我送去青云庵吧！"痛悔地说，"反正我一身罪孽，我也该去庙里忏悔赎罪！"

吟霜跪倒在雪如身前，哭喊：

"娘！不要说了！你让我安心地走吧！娘！请为我保重！"

"雪如，你这是做什么？"柏凯问，"什么忏悔赎罪？难道你还分不清楚事情轻重吗？如果吟霜一个人能换来我们全家保命，那是吟霜救我袁家数十条人命，胜造七级浮屠啊！"

"爹！"皓祯痛喊，"如果要用吟霜交换我们袁家的苟且偷生，那我不如就死在你的剑下！"

皓祯瞬间抽出柏凯身边的长剑，立刻被寄南夺走。寄南凛然地喊：

"皓祯！你要冷静啊！事情还没有严重到你死我活，你怎么能如此轻视你的生命呢？汉阳去和兰馨谈，或者还有转机呢？"

太子沉痛地说道：

"汉阳昨天进宫，和兰馨谈得非常不愉快，不要指望汉阳！他还有好多大事要忙，我们必须想出新的办法来！"

柏凯悲痛无奈，拍着皓祯的肩：

"皓祯，你是一个男子汉，就应该懂得大义大勇，吟霜都比你懂事！你不要再儿女情长了，会造成今天的局面，你也有责任！"

"吟霜有什么错呀？皓祯又有什么错？为什么好人要受这么多苦难？坏人却在外面招摇，人心是怎么了？怎么那么没有天理呀！"灵儿不平伤心。

"好了！"皓祥不悦地说，"你们这些外人不要在我们袁家假惺惺了，外面监送官也等得不耐烦了！"大喊："来人啊！把白吟霜押出去！"

吟霜叩别柏凯和雪如：

"爹，娘，吟霜带给袁家的痛苦，也会随着我离去而恢复平静，儿媳不孝，先走了，你们的恩情，只有等待来生再报了！"

雪如终于崩溃，痛哭失声：

"不！我不能等，我不知道还有没有来生让我赎罪，我不能再等了！也不能再错了！"一把抓住柏凯，用力摇晃，冲口而出，"救救你的女儿吧！她是你的女儿！亲生女儿呀！她不是白狐，是我们的女儿啊！"

柏凯莫名其妙，皓祯混乱不解，太子等众人全部惊愕！吟霜扑向雪如，大喊：

"娘！你不要胡说！不是的！不是的！我不是你的女儿！"

"吟霜！不要再瞒你爹了！我不能再让错误延续下去！柏凯！吟霜是你嫡亲的女儿，你不能断送她一辈子呀！"雪如哭着喊。

"娘！我求你不要再说了！"吟霜大喊，"不要再说了！不是不是的！"

皓祥抓着吟霜的手：

"你这可恶的狐妖，临走之前还在对大娘作法，居然让大娘说出这么可怕的话，皇上简直是太仁慈了，应该就直接把你赐死！"

"对对！我是白狐，你快把我送走吧！娘说的话，全都是假的，全都是受我的蛊惑控制！"吟霜慌乱急切地说，"我招了，我就是皓祯放掉的那只白狐！"

雪如大惊，冲过来抓着吟霜，激动万状地喊：

"你为什么要承认自己是白狐？你宁愿承认是白狐，而不承认是我的女儿吗？不要这样……"摇着吟霜哭喊，"娘不能再瞒下去了！娘快要崩溃了……"

柏凯忍无可忍地暴吼一声：

"够了！"大步上前把雪如一握，"我真是不敢相信，你因为舍不得吟霜，竟然捏造出这种谎言，你是不是疯了？"

雪如豁出去大叫：

"我没疯！我没疯！我在二十一年前捏造了一个谎言，我欺骗了你二十一年，我现在告诉你的才是事实，是真相啊！"一手握着吟霜，一手抓着柏凯，泪眼婆娑地说，"这是咱们的女儿，真的是咱们的亲生女儿……"

皓祯悲痛地喊道：

"娘！你这样说也救不了吟霜，不要再编故事了！"

"我没有编故事……"

"不！"柏凯咆哮地说，"我不要再听一个字，翩翩说得没错，你根本是得了失心疯，入了魔了！"将吟霜手腕一扣，"这个魔就是她！"

吟霜神情惨然地一震。柏凯面孔抽搐，咬牙道：

"咱们将军府一刻也容不得你！"

秦妈见纸包不住火，对柏凯扑通一跪，落泪喊：

"大将军！瞒着你二十一年的秘密，终于还是得见光了，吟霜夫人确实是您和夫人的亲生女儿！奴婢是活生生的人证，吟霜夫人身上的梅花烙，也是铁证呀！"

"梅花烙？"柏凯疑惑。

皓祯一听"梅花烙"三字，脸色顿时变白。

太子、寄南、灵儿、翩翩、皓祥等众人错愕万分。雪如哭着，拉着吟霜就往自己寝室跑去。众人莫名其妙地跟着。雪如边跑边喊：

"梅花烙！你们跟我来，让我告诉你们什么是梅花烙！让我证明，吟霜不是白狐，因为她是我亲生的，是我烙下梅花烙，失去的女儿……"

片刻之后，在大厅里，吟霜被动地裸露出右肩，露出了梅花，众人围成一圈，吟霜背对着大家。雪如举起手上的梅花簪子，落泪说道：

"丙戌年十月十九日亥时，我就是用这根簪子，在她肩上烙下了这个记号，作为日后相认的根据！"

皓祯再也忍不住，一个箭步冲到雪如与吟霜身边：

"这究竟是怎么回事？告诉我！"

雪如与吟霜抬起布满泪痕的脸望着皓祯，再对望，心知无法再逃避了，彼此忐忑与惶恐。雪如鼓起勇气对皓祯说道：

"你……你不是我亲生的……"

皓祯脑中轰然一响，踉跄一退。柏凯怒吼：

"你胡说！"旋风似的冲了过去，"你胡说！"

雪如直挺挺地站着，竭力维持着镇定：

"皓祯是姊姊偷偷抱来的孩子，在我产下吟霜那天，我秘密地做下了一件事，就是把女儿换成了儿子！因为将军府需要儿子继承香火！"

皓祯面如死灰，身子摇摇欲坠得几乎站不住，吟霜从他身后把他一抱，哽咽一喊：

"皓祯……"

太子、寄南、灵儿则完全吓呆了。

柏凯咬咬牙，毫不考虑地劈手就夺走了梅花簪子。

"就凭一根簪子和吟霜肩头上一个形状相似的疤痕，你就要我相信这一切，我告诉你，这全都是鬼话！"气得用力折断了簪子。背着雪如，面孔却抽搐得厉害，实在强忍着内心深重的打击，悲愤得说不出话来。

吟霜痛楚地看着震惊的皓祯，紊乱已极，完全不知所措。皓祯努力想整理自己零乱的思绪，喃喃说道：

"梅花烙……梅花烙……原来这朵梅花，是这样来的……我明白了……"

就在这一片惊疑中，皓祥忽然扬声怪笑起来：

"哈……哈……哈……哈……"

全体惊看皓祥。皓祥凄厉地喊着：

"梅花簪子可以折断！"指着吟霜，"可她身上的梅花烙却抹不掉！"夸张地站到雪如面前，抱拳行礼："大娘！我对你真是佩服得五体投地，咱们一家子叫你给耍了二十一年，现在真相大白，难怪爹不愿承认，这实在太让人难堪了！"

雪如转开脸去，不愿看他讥讽的嘴脸，柏凯则转过身来，一张脸孔铁青着。

皓祥跨步至皓祯面前，继续说道：

"对了！我这位文武全才，皇上器重的皓祯哥哥怎么说呢？嗯？"做出一个猛然醒悟的表情，"哟！这会儿再喊你哥哥，变得不大对劲儿了，你听了也怪别扭的吧？"

皓祯脸孔煞白着，还在震惊中，呆怔着不能言语。柏凯以一种严重警告的语气说：

"你给我住口！"

皓祥悠然转身，近乎疯癫地对柏凯嚷嚷着：

"呵！这样天大的秘密给抖了出来，你居然还叫我住口？"指着皓祯，激动起来，"这是个假儿子！"手上上下下地指着皓祯："彻头彻尾的冒牌货……打我出娘胎起……"指着自己鼻子吼着，"我！这个真儿子就被这个冒牌货欺压至今，你们知道我现在是什么感觉吗？呵？"握着拳头，憋足了气地呐喊："我一辈子都没这么悃过……"

柏凯以迅雷不及掩耳的速度冲上去，把皓祥推倒在地。翩翩触电似的浑身一震。柏凯对皓祥厉声地喊：

"你现在给不给我安静下来？"

皓祥狠狠地瞪着柏凯，翩翩已过来拉起他，并低语着：

"够了！别闹了吧！"

皓祥气不打一处来，甩开翩翩的手：

"你怎么还像个小媳妇儿似的？不是当初换儿子的话，你已经母凭子贵，早做了大夫人了，你懂不懂？你叫人给坑了，咱们母子都给人坑了……"

啪的一声，柏凯拔出长剑重重放在桌上。

"谁敢再说一句，皓祯是假儿子，我就要他的命！"

翩翩紧紧攥着皓祥胳臂，两人都呆住了，震慑住了，眼中有着不相信，有忌惮，更有着受伤和打击。

雪如与吟霜亦噤若寒蝉。皓祯再也忍不住，冲出房门离去。吟霜大喊：

"皓祯！你别走，你听我说！"

灵儿给吟霜一个抚慰的眼神，便和寄南追向皓祯而去。太子也跟着追去。

皓祯在花园中疾走，太子、寄南和灵儿跑近皓祯身旁。寄南急忙安慰：

"皓祯，今天袁家的冲击实在太大了，你也别多想，皓祥那张嘴本来就很坏！找机会我好好教训他一顿！"

"你娘这个故事实在太玄，你自己应该明白，你从小是如何被袁家对待的！你家一向用梅花当家徽，说不定你娘为了救吟霜，编出这个故事！"太子也分析着。

"夫人这故事编得好呀！"灵儿说，"你想，只要她咬定吟霜是女儿，就不是白狐了，那么，也不用削发为尼了，我也不必抖出蝎子蟒蛇的事，这也是好事一桩嘛！你别生气了！"

皓祯终于开口：

"我有什么理由生气？生谁的气？我的娘？吟霜？还是皓祥？"

柏凯与雪如赶来，柏凯走到皓祯面前，握着皓祯肩膀，低沉有力地说：

"你是我的儿子！"

皓祯神情僵硬，目光涣散。太子、寄南和灵儿识相地离开，走向庭院一隅。

太子神情严肃地看着寄南和灵儿，说道：

"寄南、灵儿，这件事太严重了！虽然我刚刚安慰皓祯，说这故事不是真的，但是，我看到夫人那神情，看到那梅花烙，我想，故事一定是真的！而且，这事马上就会传到宫里去，皓祯是驸马，又逼疯了兰馨，我只怕这次，皓祯凶多吉少！"

"那要怎么办呢？最坏的情况是怎样？"寄南着急地问。

"皓祯是皇后的死对头，更是伍震荣的死对头！只怕皓祯难逃一死！"

"太子！"灵儿惊喊，"你不能让皓祯死，他是你的兄弟呀！你赶快想办法！"又去推寄南，"王爷，你也想办法，怎样才能救皓祯和吟霜？"

"寄南，你和灵儿留在将军府，必要的时候，不妨逃之夭夭！留住生命，才能有未来！我们还有大事未了，来日大难，恐怕还要我们才救得了！现在只有我可以自由出入将军府，那伍项魁被我痛打一顿，不敢拦我，羽林军更不敢拦我！我这就出去想办法！"太子沉重地说。

"我明白了！我守着皓祯和吟霜，拼死保护他们的安全！"寄南说。

"我先走一步！你们也要拼死保护自己的安全！"太子说完，一个跳跃，就上了墙头，邓勇不知从何处冒出来，也上了墙头。

两人迅速地消失在墙外。

庭院里，柏凯、雪如、吟霜、秦妈都围绕着皓祯。柏凯的手，重重握着皓祯的肩。

"皓祯！看着我！"柏凯把他一摇。

皓祯神情动了动，眨眨眼，看向柏凯。柏凯用力地，似乎要把自己全身的感情都放进去，坚定地说：

"你是我的儿子，我亲生的儿子，从我看到你第一眼开始，你就是我的骄傲；当咱们父子并辔而驰、挽弓而射的时候，你是我的骄傲；当你随我打仗、官拜骁勇少将军的时候，你更是我的骄傲，二十一年也好，多少年也好，你永远是我的骄傲！"

皓祯只觉得整个人被掏空了似的，张着口，却不知自己想要说什么，蓦地就湿了眼眶。柏凯继续说：

"听着，你娘太爱你了，她知道你不能失去吟霜，所以为了替你挽留吟霜，她无所不用其极，跟吟霜合起来演这么一出戏，她们其情可悯，用心也苦，可是用的法子实在是愚不可及，完全影响不了我，你也要跟我一样，不受影响，懂吗？"

雪如默默不语，发展至此，既醒悟又后悔。

皓祯无法回答任何话，柏凯回头一看雪如，严峻道：

"你这个糊涂的女人，你简直是太不知轻重了，你要编怎样天大的谎言，我都不在乎，可你居然对皓祯说他不是你亲生的，你实在太过分了，他裹在襁褓里、依偎在你怀中的模样，你忘了吗？他开口第一句学会的是叫你一声娘，你忘了吗？这二十一年里不计其数的点点滴滴，难道……难道你统统都忘了吗？"

柏凯痛心疾首的陈述，听得雪如是泪如泉涌，最后忍不住地失声哭了：

"我没忘，我一样都没忘啊！皓祯……"伸着双手奔向皓祯，握着他痛哭流涕，"抱歉，我……我怎么会对你说那么残忍的话，你……你就当我是急糊涂了，昏了头吧！"痛苦又纷乱至极地说："原谅我，你当然是娘亲生的儿子，你当然是的！"

皓祯眨眨眼睛，回头，看到站在那儿心神俱碎的吟霜。

皓祯一把握住吟霜的手腕：

"跟我去房里！我们两个要单独谈谈！"拉着她就走。

柏凯、雪如、灵儿、寄南全部怔着，没有人阻止。

皓祯拉着吟霜进入画梅轩卧房，摔上了房门。吟霜被动地、含泪地看着他。皓祯定定地看着她，一眨也不眨地看着她，哑声地问：

"你什么时候知道真相的？爹娘那些话我都不要听，我要听你说，你什么时候知道你是袁家的女儿？你瞒了我多久？你说！"

吟霜眼泪一掉，坦白地说道：

"是……清风道长作法那天，娘发现了我后肩的梅花烙，但是，她告诉我真相，是在从我爹墓地回来那天！"

皓祯痛楚地咽了口气：

"是你说你心上有个缺口的那天？"

"是！娘想帮我补那个缺口，才告诉我的……"顿时崩溃地把皓祯一抱，哭着喊，"皓祯，皓祯！老天用换儿子的方式，让两个永远不会相遇的我们，相遇在一起！只要想到我这样才能遇到你，我就充满了感恩！谢谢老天，让娘把我换成了你，否则，我如何拥有你？如果没有你，我的生命还有什么意义？"

皓祯大受打击，说道：

"所以，你才是这个家庭里的梅花，我却不是这个家庭里的梅花树！我是荒草，是杂草，是随风飘进来的野草……"

"不是的！不是的！不要这样说，我是梅花你是梅花树！我们注定要相遇的，上苍只有用这种方法才能撮合我们，我还是白胜龄和苏翠华的女儿，你还是袁家的皓祯！不要为这事受打击，我们还有很多问题要面对！"

皓祯凝视着她，用手指拭去她面颊上的泪珠，沉痛地说道：

"原来，这二十一年里，我占据了你的位置，让你流落在外，让你跑江湖看诊为生，让你被坏人欺负，即使跟了我这个假公子，还要受到种种虐待，做丫头，做小妾……"越说越痛楚，"我在不知情下，偷走了你的人生！"

吟霜急切地喊：

"没有没有！你没有偷走我的人生，你给了我最美好的人生……"

"我不只偷走了你的人生，我也偷走了皓祥的人生！"

七十三

采文匍匐在祖宗牌位前，哭得稀里哗啦，说道：

"娘！当初你做主，让我失去了那孩儿，二十一年来，你知道我哭干了多少眼泪，每夜每夜，每日每日，我都在想念那个无缘的孩子！现在，上天可怜我，让我知道了他的下落，原来这二十一年来，他离开我就只有几条大街，母子也几度见面，却相见不相识！娘！世廷一直认为那孩子生下就死了，我……我……我多想去认那孩子啊……我要怎么办呢……"

采文正哭得凄惨，汉阳找了过来。

"娘！纪妈说你一早就在这儿哭，你怎么了？又想祖母了吗？娘，我最近忙得天翻地覆，实在照顾不了家里，爹一早就被荣王找去，我觉得也没好事！我……"

汉阳话没说完，在卫士大声地"太子到"的通报声中，太子带着邓勇急急地直闯过来。太子着急地说：

"汉阳！经过跟你的几次深谈，现在只有来找你！皓祯生命危险，我们得赶快想办法去救他！"

"什么？皓祯生命有危险？"汉阳冲口而出，"难道伍项魁敢闯进将军府去杀人吗？"

采文一听，脸色苍白，从地上站了起来，直奔过来，连行礼都忘了，看着太子，惊慌失措地问道：

"皓祯怎会有生命危险？他病了吗？他跟公主不和，触犯了皇上吗？太子！请告诉我！"

"宰相夫人，此事说来话长，皓祯确实得罪了皇室，现在生命悬于一线，不过此事和宰相府无关，夫人不必为此操心！"对汉阳使眼色，"有地方让我们两个谈谈吗？"对采文施礼："救人要紧！我和汉阳有事商量！启望告辞！"

采文身不由己地追着他们喊：

"救得了皓祯吗？救得了吗？"

太子回头，肯定地嚷道：

"救不了也得救！他是我兄弟，是本朝举足轻重的人！是我舍命也要相救的人！"

汉阳拉着太子就走。

采文整颗心都跟着去了。

汉阳跟太子骑着马来到旷野。邓勇骑马跟在后面保护。汉阳大惊地说：

"什么？你要借我那张图一用？这是什么计策？"

"我拿那张图给父皇看，让他明白，来日大难是什么？绝对不是皓祯的身世问题，而是本朝的命脉问题！我朝在此时此刻，需要的是忠心的大将之才！皓祯父子，能保住我朝江山！这样才能说服父皇，饶皓祯一死！"

"不行不行！那张图怎能轻易拿出来？那是我们的大秘密，你不要为了救皓祯，弄得方寸大乱！何况，你何以见得皓祯会被处死？"

"皇后要他死，伍震荣要他死，你爹可能也要他死！伍家个个都要他死！兰馨发疯回宫，皓祯等于已经死了一半，如果再来一个'身世不明''欺君大罪'，他岂不是死定了？"

"现在我那两个助手在哪儿？"汉阳整理着思绪。

"我让他们守在将军府，必要的时候，说服皓祯带着吟霜逃走！可是羽林军守在那儿，要突围有点困难！不过，我太子府有东宫十卫，各种武士都有，可以调来一用！"

"万万不可！"汉阳大急，"你的东宫十卫纪律严明，到时候可能要大战羽林军，绝对不能出面，万一暴露身份！你这太子也成了谋逆！"

"所以我要借你那张图用用！"太子说。

"这张图是绝对不能拿出来的！"汉阳坚持，"我们还要按图索骥，还要追出对方的大本营！如果这张图在皇宫暴露，让对方有了防备，我们会全盘皆输！"

太子吸口气，耐心地解释：

"汉阳，我知道你跟皓祯不像我，我跟他等于手足之情！如果救不了他，我身为太子，会永远无法原谅自己！"

"太子别急，我们下马，好好地计划一下吧！那皓祯，我也敬之如兄弟！"汉阳看太子，认真地说，"不过，我只会办案，还不曾研究过如何突围！有件事太子一定要答应我，如果皓祯他们突围，太子一定要待在太子府避嫌！绝对不能跑去帮忙！"

太子郑重地点点头。

当太子和汉阳在旷野上，紧急商讨营救皓祯的时候，皓祥正在他的房里发疯，对翩翩咆哮着：

"大娘揭开了这么天大的秘密，爹居然不肯相信，还出手推我，想用剑杀我，这算什么，把咱们娘儿俩当傻子耍吗？"

翩翩心思紊乱已极，激动道：

"原来咱们真当了二十多年的傻子！回首这些年来备受冷落，腰杆儿始终都挺不直的日子，想来就千万个不甘心啊！"

翩翩忍不住哭了，皓祥神情一动，上前把翩翩一握，积极有力地说：

"所以啦！现在是咱们母子转败为胜、扬眉吐气的时候了！爹想掩盖事实，门儿都没有！我才是正统的袁家人，咱们要跟爹争，争这二十一年的公道，不能再像今儿那样默默认栽，任由爹袒护那个假儿子，而动手教训他唯一亲生的儿子，这口气，我无论如何都咽不下去！"

皓祥愤慨陈述中，翩翩听得神情大动，颇有认同之意。门外，柏凯听得震动一退。

"可咱们争得过吗？我瞧你爹那么坚决……"

皓祥非常激动地说道：

"他是老糊涂了，还死命地当皓祯是宝！"激愤已极，神情狰狞地怪笑起来，"哈……这下可是滑天下之大稽，他以为血统纯正的宝贝儿子，原来是个杂种，而受尽他鄙视的，却道道地地是他的种，真是太讽刺了！哈……"

砰然一声，房门被一脚踹开，柏凯一张脸铁青，出现在母子二人面前。

皓祥的笑声戛然而止，翩翩亦大吃一惊，本能就冲上前，张臂拦在皓祥前面，青儿、翠儿吓得对柏凯扑通跪下。翩翩对柏凯急声道：

"你别发脾气，他……他这也不过是发发牢骚罢了！"

被护在身后的皓祥，一时也瞠目结舌着。青儿和翠儿各喊各的：

"大将军！原谅皓祥吧！大将军息怒呀！"

柏凯痛心达于极点，浑身都为之颤抖了，指着皓祥：

"我怎么会有你这样的儿子？胸襟狭窄，自私自利，无知又尖酸刻薄，在全家面临着生死存亡的关头，你不知同舟共济，一味只顾着你自己……"

皓祥受不了地打断道：

"我不顾自己的话，谁顾我？你？你眼里只有皓祯，即使明知他不是你的儿子，你仍然那么重视他，你就只看见他受了伤，至于我和吟霜，是你真正的一对儿女！可你在乎咱们的感受吗？你才自私！"

柏凯踉跄一退，痛心疾首地说，

"你……你若是有一点儿人性，就不会在这节骨眼儿上同室操戈，好歹他也做了你二十一年的兄长，他已经一无所有，你还需要跟他争什么呢？你……你若是有一点儿人性，就该明白我推你、吼你，不单为了保护皓祯，更为了保护咱们一家子，倘若我真糊涂，现在也不会急匆匆地赶来安慰你跟你娘了！”

这番批评，听得皓祥脸色大变，火冒三丈，他一把拨开翩翩，往前一站，冲着柏凯激动地嚷着：

“安慰？你一脚把门踹开，凶神恶煞似的模样，你这叫作安慰？打你开口到现在，你对我只有辱骂和轻视，充满愤怒与恨意，当你安慰皓祯的时候可不是这个样儿，你怎么可以这样对我呢？他不过个杂种！一个不明来历，卑贱低下的杂种啊！”吼得面红耳赤，额暴青筋。

柏凯死死地、静静地看着皓祥，心寒透顶，半晌后，他哀莫大于心死地低沉着声音，不带感情地说出：

“有子如你，才是我家门不幸，我要一个有人性有良知的儿子，即使不是我的血脉！如果你有皓祯一半的心胸气魄，你都会是我的骄傲！今天知道了真相，我最痛心的是你！你明白吗？为什么我亲生的不如皓祯？你从小不长进，才会失去我对你的信心和爱！你懂吗？”怒目一瞪，抓着皓祥衣襟，厉声道，“关于皓祯的事，如果你敢泄露一字半句……”

皓祥怒吼接口：

“原来你是来对你的亲生儿子灭口？真是好一个亲爹呀！哈哈哈！如果你要豁出去了，我奉陪！”

“袁柏凯！”翩翩大叫，“你到底是不是人啊！你居然想杀你儿子灭口是吗？”捶打柏凯，“放开我儿子！我跟你拼了！”

翩翩与柏凯扭成一团，皓祥趁机迅速地溜了出去，边走边吼：

“娘！亲生不如杂种，老天会来收了这个残酷的老头子……”

翩翩与柏凯的扭打中，皓祥已逃得不见踪影。

皓祥逃出了家门，和伍项魁一阵交头接耳，项魁一听，简直喜出望外，立刻亲自陪着他进宫去见皇后。皇后正在寝宫外面的偏殿里，伍震荣也在。听了他报告的事，皇后大惊失色，喊道：

"什么？假儿子？皓祯不是袁柏凯的亲生儿子？白吟霜才是袁家的亲生女儿！"

皓祥跪在皇后面前：

"是的！皓祥如实禀报，不敢有所欺瞒！还请皇后为我们母子做主！"

"哈哈哈！"伍震荣大笑，"真是天助我也！皇后，不须咱们苦思对策，袁柏凯这一家子总算玩完了！"

皓祥不安地看向伍震荣，说道：

"荣王，你们答应过我，要动袁家，不包括我和我娘呀！"

"放心啦！"伍项魁笑着，"有我爹担保，你还有什么好担忧的！等皇上一下旨，咱们就有好戏看了！"

"袁柏凯、袁皓祯胆敢犯下欺君之罪！不必等皇上下旨了，现在就传本宫懿旨，全力捉拿袁皓祯和白吟霜！"

皇后话才说完，皇上一脚踏入偏殿。

皇上迅速地扫了众人一眼，见荣王、项魁都在，又见皓祥，不悦地说道：

"皇后这儿，在开什么秘密议事大会？那将军府，不是已经有皇后懿旨，被羽林军包围了吗？"

皇后立刻接口说道：

"现在袁柏凯那儿，又有全新的发展！皓祯根本不是袁柏凯的儿子，是个冒牌货！皇上来得正好，赶紧下旨，把他们全家捉拿赐死，个个都犯了欺君大罪！"

皓祥冲口而出：

"不包括我！我是来报信的！"

皇上一怔，疑惑地看着皓祥，惊愕地思索：

"皓祯是袁家抱来的？此事大大可疑！皓祥，你和你哥不和，尽人皆知！此时来通风报信，你是想陷害全家吗？怎有这样的弟弟？就算是真的，你也是袁家养大的！"

伍震荣赶紧接口：

"皇上！此事千真万确！听说太子当时也在，亲眼目睹了证据！"

"太子怎么会牵扯到袁家的家务事里去？既然太子知道，等朕问过太子再说！"

皇后着急，大声说道：

"皇上！你还不抓皓祯？要等他们逃跑吗？"

"羽林军不是包围着将军府吗？他们怎么逃？难道我们的羽林军如此不堪一击？那袁柏凯忠心耿耿，即使闹成这样，也没用左骁卫对付羽林军！朕信得过他！至于假儿子一事，还要彻查！说不定皓祥才是假的！这事，皇后最好不要插手，朕自有定夺！"看众人一眼，"你们，也可以散了！"说着，大步出门去。

皇后无可奈何，咬牙切齿地大声说道：

"加派羽林军，牢牢守住那个将军府！"

寄南好歹是个靖威王，很快就得到消息，知道皓祥进宫告状的事。在画梅轩大厅中，扼腕地大叹特叹：

"想不到这可恶的皓祥，真做得出这种卖祖求荣的事情来！这下是欺君大罪非砍头不可了！"

"所以我说嘛！"灵儿说，"早劝你们要远走高飞就是不听！我们不是还有护国大业吗？如果你们被皇上砍头了，那我们天元通宝的弟兄该怎么办？木鸢又从不露面，以后谁带我们去伸张正义？"

皓祯还陷在身世的痛楚中，喃喃地说道：

"护国大业、保李行动、灭伍计划……现在离我都很遥远，好像是几千几百年前的事……"

寄南一跃，就跃到皓祯面前，抓住皓祯胸口的衣服一阵乱摇，生气地喊：

"你还是我们大家的袁皓祯吗？你还是黑白双煞的那个煞星吗？你还是出生入死的英雄人物吗？一个身世问题就把你打倒了？是谁生你，是谁养你，有什么重要？重要的是，你是我们大家无法缺少的将领！你醒醒吧！"

皓祯挣开寄南，一吼：

"可是这身世问题，已经把全家逼到绝路了，你懂吗？"

吟霜走过来，伸手握住皓祯的手。

"我们都振作起来吧，大家商讨商讨，现在还有没有生机？最起码，你不要再痛苦了，行吗？"

"好！我振作！"皓祯吸口气，"但是要我逃走，让爹娘独扛欺君之罪！我做不到！"

"如果进退都要闹得杀头，那么我们为何不拼一场，也许就被我们杀出一条血路来了呀！"灵儿激昂地说。

"我们？"吟霜惊疑地问，"你的意思是……你和寄南也打算一起逃走？可是你们奉命要在宰相府，那右宰相名为'管束'，实际就是'监视'！如果你们也闹失踪，不是更加坐实你们和我们的关系！"

"已经管不了那么多了，本王爷早就想离开宰相府，现在正是时候，我们就保护你们一起逃出长安城！"寄南说。

皓祯终于镇定下来，能够分析思想了，说道：

"吟霜说得对！将军府和宰相府同时丢了人，那肯定让皇上气得跳脚！到时候连你也一起砍头，说不定还株连了汉阳！"

"砍头就砍啊！谁叫咱们是一起出生入死的好兄弟！"寄南豁达地说，"至于汉阳，方世廷和伍震荣关系那么密切，一定会把责任推得一干二净，不会牵连汉阳的！你别操心那么多！"

正讨论着，柏凯和雪如严肃地走进大厅来。柏凯说：

"皓祯，带着吟霜一起走吧！不用管爹娘了！"

"爹、娘，这个万万不可啊！皇后一心想除掉我们袁家，绝对不会放过将军府的！"吟霜着急地说。

"就是因为皇后处心积虑，你们才更应该离开，听娘的话，你们赶紧和寄南离开长安城！有寄南陪着你们，娘会安心的！"雪如说。

"你们不要为爹娘担心，爹还是护国大将军兼左骁卫上将军，还有神威军支持，这点即使是专权的皇后，都还要顾虑三分。皇后就是想逮到机会，连根拔除将军府的势力，为了以防万一，皓

祯和吟霜更应该保命！万一爹娘有什么闪失，你们才有机会回来
拯救我们将军府！"

"可是，爹娘这样会……"皓祯犹豫。

柏凯搭着皓祯的肩膀，注视着他的眼睛，郑重地嘱咐：

"皓祯，咱们将军府的使命还未了，万一爹无法达成的事情，
你一定要帮爹完成，我们这面保国的大旗，已经高高挂在天际之
上了，不能对不起我们的列祖列宗和本朝的社稷，你只准成功，
不准失败！"

柏凯正说着，鲁超奔进门，喊道：

"将军，公子！不好了！咱们将军府，被更多的羽林军整个
包围！密不透风！"

众人大惊失色。寄南跌脚大叹：

"就说要你们快走快走！这下好了，要走都走不成了！"

突然，窗棂上咚的一响，众人奔到窗前，皓祯从窗格上拿起
一个金钱镖。打开纸笺，只见金钱镖上写着：

"午夜东隅突围——木鸢。"

皓祯念着内容，抬头看众人：

"木鸢终于出面了？他安排好了？东边羽林军里，有我们天
元通宝的兄弟？木鸢也要我们走？在这样重重包围的羽林军之
下，他还能射进金钱镖？可见……"

"可见，羽林军里有木鸢的人！"寄南振奋接口。

柏凯下决心地说：

"就这么办！没时间再犹豫了！"

距离午夜还有一段时辰，大家紧张地准备行装、急救药囊、武器等。柏凯进房来，在众人面前打开一张地图，说道：

"皓祯，你们就往东北方向走吧！从蒲州出发到河东道的代州！代州府的府尹王大人是我故交，不过你们亡命天涯，要隐姓埋名，不要去打扰他们！只是以备万一！如果碰到困难，说不定有用！"

"爹！你的路线都设想好了？"皓祯感动。

"原来大将军已经有安排和设想！那好，咱们就去代州府！"寄南惊喜道。

"这回出门不比以往出任务，何时能够回到长安也是不得而知，你们四个就好好彼此照应吧！鲁超会跟着你们，保护你们！"

皓祯对着柏凯跪下，说：

"爹，此路漫漫，皓祯不能在家尽孝，请恕儿子不孝！"

柏凯扶起皓祯：

"千言万语都不必说！只希望有朝一日你们都能平安归来！时候不早了，你们快点准备行装吧！"

雪如和秦妈紧张地收拾着皓祯和吟霜的行装。雪如说：

"天气很冷，快要下雪了！把我那件羊毛披肩拿来，随时可以披着保暖，夜里还能当被盖，这样出去等于逃难，餐风饮露都可能的，厚衣服一定要带！"

秦妈拿着一件男用斗篷：

"这件将军的斗篷，就给公子带去吧！"

两人正忙碌着，忽然有人敲门，吟霜急急进门，反身就把房门闩上。

"娘！我有几句话要跟您说！"

"是！"雪如站起身，对秦妈说道，"关好窗子，到门外守着！千万防着皓祥和翩翩！"

"是！"秦妈急忙关窗出门去。

吟霜见屋内无人了，就用双手握住雪如的双手，急促地说道：

"现在我们必须逃亡，未来的命运，我们谁也不知道！和娘再相见的日子，是哪一天也不知道！我必须在离别前，把我的感觉告诉娘！"

"你说！我等着你的判决，无论是爱是恨，我都接受！"

"当初，你因为我是女儿而抛弃了我！这个事实，确实重重地打击了我！我想，我怎样也无法去接受一个抛弃我的母亲。何况我的神仙爹娘，对我宠爱有加，如果我认了你，等于背叛了把我养大的父母！再加上皓祯的缘故……我不能认你！这就是我知道身世那天的心态！"

雪如眼泪一掉，点点头。

"可是，在我心里，对你有同情、有怜悯、有爱，就是没有恨！我想，当初那个烙上梅花烙、把我放弃的你，一定是心如刀绞的！"

雪如顿时泪落如雨，拼命点头，说不出话来。雪如哭着，把吟霜紧紧一抱：

"娘明白了！你爱皓祯胜于一切，愿你的爱能弥补我给皓祯添上的伤痕，一路上你们要好好地照顾自己，皓祯和你都是我的心头肉！"

吟霜就对雪如跪下，双手放在身前行大礼，落泪说道：

"谢谢娘的照顾，请娘为了我们两个，珍重再珍重！健康地等我们回来尽孝！"

雪如滑落地，心痛已极地抱住吟霜的头，两人一起落泪。

寂静的暗夜里，皓祯、吟霜、寄南、灵儿四人换上远行劲装，带着武器，五匹马上，都放着包裹行囊。鲁超一身夜行衣，在旁紧张地东张西望。吟霜担忧地看向屋里，低语告别：

"从此一别，不知何时还能再见，爹娘、香绮、小乐你们要保重了！"

"现在该担心的是咱们自己！东边突围！"灵儿指着东边方向。

"吟霜，赶快上马！午夜快要到了！你现在骑马的技术应该没问题吧！"皓祯说。

"你放心！我骑得和你一样好！"

五人就各骑着一匹马。皓祯对寄南小声地交代：

"等会儿突围以后，就照我们的计划走，如果途中我们失散了，记得在蒲州的溪口村会合！"

"知道了！咱们快出发吧！"寄南说。

"这时候，木鸢安排的天元通宝兄弟应该都在待命，咱们冲向东边吧！"鲁超说。

就在此时，一声大喝传来，皓祥出现。

"好啊！幸亏我从宫里赶回来了，可给我抓到了，你们半夜偷偷摸摸，是要潜逃吗？站住！"

皓祯、寄南等人大惊，此时，柏凯一声不响地出现在皓祥身后，用剑柄敲昏了皓祥。柏凯低沉说道：

"时辰到了！快走！突围时小心！"

"爹！珍重！"皓祯和吟霜同声说。

五人骑在马上，最后一次回顾。墙边，雪如满眼含泪，在秦妈陪伴下目送着。寄南、灵儿、鲁超、皓祯、吟霜都是一身劲装，背着武器袋，手里拿着武器。只有吟霜没有武器，马背上，挂着沉重的医药袋。寄南低喊：

"东边！冲啊！驾！"

五匹马就疾冲而去。冲出东边偏门，羽林军迅速地围了过来。

"天元通宝！让路！"皓祯喊道。

若干不是天元通宝的人，依旧围了过来，喊道：

"站住！谁也不能过去！将军府的人，全部封锁了！"

鲁超、寄南、皓祯、灵儿同时拔剑，杀了过去。双方人马激战起来。只见若干天元通宝的羽林军，纷纷出现，迅速地打倒了那几个挡路的羽林军。一切快速解决。一个天元通宝的羽林军行军礼说道：

"天元通宝兄弟们恭送少将军、窦王爷！一路平安！"

"谢了！兄弟们！后会有期！"皓祯说道。

皓祯等人，就冲过重围而去。

柏凯知道皓祯等人已经突围而去，就把刚刚从地上爬起来、还想去追皓祯的皓祥，一路拖进了皓祥的房间，他一手抓着皓祥胸前的衣服，另一手一拳头对皓祥打去。柏凯骂道：

"你有没有一点良心？先去皇后那儿告密，再去后门口拦阻皓祯和吟霜！他们好歹是你的哥哥和嫂嫂，即使不是哥哥和嫂嫂，也是姊姊和姐夫！你真心想要他们死吗？"

翩翩过来拉扯着柏凯，嚷着：

"放手！放手！这个儿子你不要我还要！我们将军府因为野种引来了祸端，你不怪皓祯，反而来怪皓祥！难道你真的疯了吗？"

柏凯大怒，转身给了翩翩一个耳光，大吼：

"谁是野种？我三令五申，要你们母子不许乱说！这个祸，是你的好儿子皓祥引进门的！"

皓祥愤愤地说道：

"现在我们每个人的脑袋都不保了！你们做父母的，还把主犯放走！明摆着就是要我和我娘陪葬，我明天再去皇宫告密，就说爹和大娘放走了皓祯和吟霜……"

皓祥话没说完，柏凯盛怒地扑了过来，抓住皓祥一阵摇撼：

"如果你从小肯念书，就知道什么是忠孝仁义，我会多么珍惜你！但是，你只会让我失望！我们和伍家一向是对立的，你居然倒向伍家，你还配当我的儿子吗？"

"配不配又怎样？早知道会因为皓祯而砍头，我娘是嫁错了人，我是投错了胎！我才不稀罕当你的儿子！"皓祥喊。

柏凯气得发昏，对着皓祥拳打脚踢。青儿、翠儿吓得跪向柏凯，哭着磕头。

"大将军饶命呀！饶命呀！"

翩翩尖叫着：

"皇上还没砍我们的头，你先把儿子打死了！皓祥被你打死，皓祯逃命去了！你身边还有谁帮你送终？"

柏凯气得快疯了：

"我怎么会有你们这一对母子……"

雪如闻声而来，急忙上来劝架：

"柏凯！柏凯，不要打了！好歹是你的儿子……将军府已经被羽林军包围，明天大家是生是死都不知道，现在就团结一点吧……"

雪如话没说完，柏凯对着皓祥挥拳，雪如一挡，这拳竟然打在雪如下巴上，雪如应声倒地。柏凯大惊，喊道：

"雪如！雪如……你居然帮皓祥挡这一拳……"

七十四

当皓祯等人"午夜突围"的时候，宫里的兰馨正在睡觉。她睡得并不安稳，辗转反侧，梦呓连连。忽然，她从床榻上坐起身来，四面看看，惊叫：

"我在哪儿？这是哪里？这不是我的床榻！"

崔谕娘急忙奔过来，拍着她，哄着她：

"公主公主！这是你的床呀，咱们回宫了！你父皇和母后把你接回宫了，难道你忘了吗？"喊宫女，"赶快把灯点亮一点！公主怕黑！"

宫女们睡眼惺忪，赶紧起身点灯。一盏一盏灯都亮了起来，兰馨坐在床上迷糊地巡视着四周，摇头说道：

"这不是我的房间，我要回我的房间睡！"

"公主！你再看看清楚，这是你宫里的房间呀！你出嫁以前，都住在这儿呀！"

兰馨赤脚跳下了床，跑到窗子前，摸着窗棱，惊惧地说：

"怎么没有贴符咒？道观给本公主的符咒呢？"又去摸门框，"这儿也没有！"到处摸着："符咒呢？我的房间都有贴，这明明不是我的房间！"就上前抓住崔谕娘，拼命摇着她，"为什么你说这是本公主的房间？你也联合起来骗我！"

崔谕娘惊吓，喊着：

"公主！不是不是！你完全不记得回宫的事了吗？"

"回宫？"兰馨思索着，努力回忆，"哦！母后把我带回来了！"突然恐惧大叫："母后是不是把皓祯杀了？是不是把将军府给灭了？"

兰馨喊着，打开房门，就冲了出去，一路飞奔着喊：

"母后！母后……父皇……父皇……"

崔谕娘和宫女们赶紧追着兰馨跑。崔谕娘边追边喊：

"公主！赶快回来呀，现在深更半夜，你要吵醒宫里每个人吗？"

兰馨这样一阵喧闹，宫里长廊各处，一盏盏灯都亮了起来。皇后这晚正好也留宿在皇上的寝宫，寝宫里的灯也亮了起来。皇后和皇上惊醒，皇后起身。

只见房门砰的一声冲开，兰馨穿着寝衣，光着脚丫，直闯进门。莫尚宫和崔谕娘追在后面，各喊各的：

"公主请留步！皇上皇后都休息了！"

兰馨直奔到床前，就摇着皇上，喊道：

"我想起来了！父皇，伍震荣要杀袁柏凯！"

"什么？"皇上大惊问。

皇后跳下床去捂着兰馨的嘴：

"兰馨！你病得头脑都不清了吗？怎么半夜三更在这儿胡言乱语？赶快睡觉去！崔谕娘，莫尚宫，把她拉回床上去！"

兰馨大力地推开皇后，皇后不敌兰馨的力气，摔在地上，直叫哎哟。崔谕娘和莫尚宫赶紧来扶皇后。兰馨就急道：

"父皇！要小心伍震荣父子！他们到处抓乱党，要抓皓祯和他爹，不能杀……不能杀！可是可是……"

皇后厉声打断：

"可是你该上床了！你要气死本宫吗？好不容易把你从泥巴堆里救出来，现在你不玩小泥人了？又变了花样？你的白狐怎样了？"

兰馨顿时泄了气，沮丧地说道：

"白狐是打不死的，母后，你不要抓白狐，也不要下蛊，如果你下蛊，到处都会有虫虫的！宫里也会有虫虫的！"

皇后突然打了一个冷战，害怕得伸手握住胸前的衣服。兰馨混乱地说道：

"那些虫虫会咬你，会让你痛得满床打滚，我不骗你！我亲眼看到了，母后，千万千万不要下蛊！"

皇上摸不着头脑，问道：

"兰馨，你到底在说些什么？你要告诉父皇什么？"

兰馨苦苦思索，是的，她有重要的话要告诉父皇，但是，是什么呢？她喃喃说道：

"我要告诉你……皓祯对不起我，吟霜是白狐……但是袁柏凯和皓祯都是你的忠臣……在你身边，几乎没有忠臣了！"

皇上震撼地听着，像是从梦中惊醒。皇后再也受不了，大声喊道：

"把兰馨公主拉回她房间里去，关好门别让她乱跑！"

宫女和崔谕娘、莫尚宫一拥而上，拖着兰馨回房去。兰馨一面被拖着离开，一面大喊着：

"父皇父皇！我还有一件重要的事情要告诉你……我还没说完……"

砰的一声，皇后把房门关上了，心惊胆战地想着：

"早知道，就把她留在将军府！原来这么麻烦！这可真是个大问题，她知道的事还真多，如果随时来个半夜大叫，本宫防她都来不及！"

皇上躺在床上，真的深思起来，说道：

"袁家的欺君之罪，朕有必要再查清楚，让朕再想想吧！"

"啊？还要想想？"皇后惊讶地问。咬牙看着皇上，多少枕边细语，皇上都没听进去，兰馨的疯狂大喊，却让皇上听进去了？这皇上，越来越难控制了！

冲出将军府的皓祯、寄南、灵儿、吟霜、鲁超分骑着快马，绕过了城市中心，从住户稀少的边缘地带，奔向城门口，一路穿过树林，越过小桥，终于来到了城门口。因为绕道耽误不少时间，大概已是丑时了。

城门在望，皓祯与吟霜看着寄南和灵儿，四人心有灵犀地一个对望之后，带着鲁超，五人策马冲向城门。骤然间，城门立刻关闭，同时涌出了重重官兵。项魁从重兵的队伍中走出来，大笑说道：

"哈哈哈！我爹料想你们会来这招，果然是一帮贪生怕死的鼠贼，看你们往哪里逃，来人！把他们通通抓起来！"

项魁话声才落，一群蒙面的黑衣人带着各种兵器从天而降。鲁超对皓祯大喊：

"少将军快走！弟兄们赶来为你开道！你们尽管冲出城门！"

大批的官兵和鲁超等黑衣人大打出手，为皓祯等人开路。皓祯叮嘱吟霜：

"拉紧马缰，我们快马冲出去！"

一群官兵攻上来，皓祯乾坤双剑铮然出鞘回击，锐不可当地刺倒不少官兵。皓祯一面打，一面护着吟霜，在黑衣人的驰援下，双双冲出了城门。灵儿和寄南分骑在马上，各持着刀剑，对官兵势如破竹地砍了出去。灵儿斗志如虹，骂道：

"这个臭蛤蟆，临走前还要让我练武，我就杀你个片甲不留！"

灵儿一边持剑应付官兵，同时也灵巧地射出几个连环飞镖，击倒了想袭击吟霜的官兵。寄南杀到了前方，玄冥剑利落地刺倒了几个阻止皓祯前进的官兵。寄南对皓祯大喊：

"一路向前，快走！"

寄南与皓祯边冲边砍地杀出了重围。

伍项魁见到皓祯与寄南等人冲出城门，也快速上马，带着骑兵队，追向了皓祯。项魁对骑兵们大喊：

"捉拿朝廷重犯袁皓祯、窦寄南！还有那个狐狸精！一个都不能让他们跑掉！"

大批骑兵队，快马追向皓祯等人。

鲁超也带着若干黑衣人快速跳上马，追出了城门。鲁超大喊：

"保护少将军！快追！"

皓祯急速地驾着马，一边拉着吟霜的马缰飞奔。灵儿和寄南殿后，保护皓祯和吟霜快马飞驰。但是伍项魁带领的骑兵大队，也快马追向皓祯等人。鲁超等黑衣兵团又赶过来阻止骑兵大队。几路人马，在马背上互相袭击砍杀。

突然左边一个快马骑兵，超赶过皓祯的马之后，撒出了一张大网，让右边的骑兵接住。两骑兵横拦的一张大网，让皓祯和吟霜冲不过去。

"吟霜，我们绕道！往左边！"皓祯喊。

皓祯去拉吟霜的马缰，吟霜的马直立而起，吟霜惊叫一声滑落在地。

伍项魁赶来，大叫：

"抓住地上那个姑娘！"

皓祯飞马过来，低俯身子，就一把抓住吟霜的手，拉上自己"追风"的马背。寄南和灵儿飞骑过来和追来的项魁及骑兵大打出手。灵儿喊着：

"皓祯，先带吟霜冲出去，我们挡住他们，跑掉一个是一个！"

皓祯大叫：

"鲁超！保护寄南和裘儿！"

皓祯就带着吟霜，冲出重围，不安地问：

"吟霜，你还好吗？刚刚摔下马，有没有受伤？"

"没有没有，真的没有！"吟霜赶紧说道，"可是我那匹'嘶月'跑掉了，上面有我的药箱怎么办？"

"放心，'嘶月'是我们袁家军训练有素的军马，它会找到我们的！"皓祯说。

灵儿、寄南和项魁打得天翻地覆。

鲁超带着一群黑衣人和众骑兵也打得天昏地暗。

只见寄南连续打倒了几个骑兵，拉住了正在狂奔的"嘶月"。寄南飞骑到皓祯身边，大笑着说：

"哈哈！好久没有这么痛快地打架了！吟霜，你的马给你送来了！皓祯，接着马缰，我再去帮灵儿和鲁超！"

皓祯急忙接过马缰，带着吟霜往前飞骑而去。

骑兵团已经冲出了黑衣兵团的围剿，跟着伍项魁追向灵儿。寄南飞骑赶来，大叫：

"鲁超，不要恋战，去保护公子和吟霜！"

"是！"鲁超应着，打倒几个骑兵，追向吟霜和皓祯。

于是，项魁带着大批人马，都追向了灵儿和寄南。项魁对骑兵大喊：

"抓到一个是一个！快把这芝麻王爷和他的断袖小厮拿下！"

灵儿视死如归，对寄南说：

"甩不开这群浑蛋，咱们就和伍项魁算个总账吧！"

"这还要你说，我今天不让他见血，我就不叫窦寄南！"

寄南和灵儿与骑兵团交战，边打边跑。只见旷野越来越荒凉，也不知道跑向了什么地方，骑兵紧追不舍，两人拼死抵抗，前方地势高耸，马儿狂奔，忽然间，马儿长嘶一声，两人一看，竟然被逼到山崖绝路处。灵儿、寄南的马，差点踩空坠崖。两人赶紧勒住马儿。伍项魁和骑兵队赶到，一步步把寄南、灵儿逼近山崖边。项魁下马，幸灾乐祸地说：

"我就说你们无路可逃了吧！还是乖乖束手就擒吧！你们这

对断袖兄弟！"

灵儿火大，看到项魁，各种冤仇齐聚心头，跳下马用男声大骂：

"什么断袖兄弟！你这阴魂不散的鬼东西，有种下马和我单挑呀！"

如此近距离，伍项魁依然没有认出灵儿，一来天还没亮，光线不足；二来想也没往灵儿身上想；三来灵儿的"男声"实在太逼真；四来打架已经来不及，根本没办法分心。听到灵儿挑战，他轻蔑地说道：

"哼！一个小小随从，有什么身份与本官单挑？"

寄南跳下马，霸气地喊：

"她没身份，那么就由我这个有身份的王爷来会会你喽！"举剑出手，使出一招"二分天下"，"看招！"

寄南声到剑也到，项魁大惊急闪，持剑乱砍一通。寄南快手快脚，玄冥剑的剑花乱点、剑锋到处，连续划伤了项魁的手臂。项魁哎哟哎哟直叫，猛烈回击，却砍不到寄南，见自己武艺远远不如寄南，勃然大怒，对旁观的骑兵大吼：

"看什么看！把他们两个通通抓起来呀！全上！"

骑兵下马与寄南、灵儿开打。寄南、灵儿寡不敌众，两人背靠背并肩作战，被逼到山崖边缘。艰险的地势下，灵儿防守顾此失彼，手臂突然被划上了一刀，灵儿一痛，脚步不稳，项魁一脚踢向灵儿的肚子，灵儿惊慌坠落山崖。千钧一发中，寄南扑倒在地，就地一滚，伸手拉住灵儿一只手。寄南大喊：

"裘儿！抓住我！"

灵儿一手抓紧寄南的手，往下看是万丈深渊，落石纷纷掉落，悬崖深不见底，灵儿惊恐地喊："寄南！"

项魁蹲在寄南身边，戏谑地说道：

"啧啧啧！本官只看过男女鸳鸯，还没见过断袖鸳鸯！既然这么难分难舍，本官就成全你们！"拿出长刀说，"下去吧！"

伍项魁对寄南拉着灵儿的手，一刀砍下，接着再用力将寄南也踢下山崖。

寄南的手臂鲜血直流，依旧紧紧抓着灵儿的手不放，两人一起坠落。寄南大喊：

"裘儿！"

灵儿同时大喊：

"寄南！"

项魁在崖上得意地大笑：

"哈哈哈！本来想活捉你们，既然你们这对狗男子这么恩爱，就一起去见阎罗王吧！哈哈哈！"

悬崖边的空中，寄南拉着灵儿，随着彼此的呼叫声，两人向悬崖下不断坠落。

灵儿和寄南坠崖，吟霜和皓祯还在飞骑狂奔。鲁超殿后，眼观六路，耳听八方，保护着吟霜和皓祯。皓祯说道：

"这样一阵飞跑，应该已经摆脱伍项魁了！"

"寄南和灵儿把他们引开，不知道他们两个怎么打得过这么多人，我们五个人，应该还是不要分开才对！"吟霜说。

"说得也是！不过灵儿和寄南都很机智，我们的路线和计划

也都拟好，希望到了下一站，大家可以会合！"皓祯十分担心，
却安慰着吟霜也安慰着自己。

鲁超忽然大叫：

"公子！小心右边，有弓箭手！"

鲁超刚喊完，一排弓箭对吟霜和皓祯激射而来。眼看躲不过
这么多支箭，忽然从山谷中蹿出一队约十人的斗笠大队，个个手
持长剑。众长剑组成阵势，筑成一道剑幕，在千钧一发之际，将
那些雨点般射来的箭，迅速地拦截打落。但仍有无数支箭射向皓
祯和吟霜。皓祯下马，把吟霜也抱下马背，就用身子护着吟霜，
用乾坤双剑飞舞出剑花，武力全开，把箭都打落于地。鲁超也下
马，飞奔过来，一起挥舞长剑，打落那阵箭雨。

一批箭打落，第二批又激射而来。斗笠怪客对皓祯喊道：

"弓箭手众多！带吟霜向东跑！这儿我来抵挡！"

"谢了！天元通宝兄！"

皓祯就把吟霜抱上马背，"追风"与"嘶月"一阵飞骑，摆
脱了弓箭手的埋伏范围。皓祯不禁伤感痛骂：

"还埋伏了弓箭手来对付我！没料到为国尽忠，居然被羽林
军包围，现在还被重重追杀！幸好有斗笠怪客，否则会葬身在弓
箭手手中！"

鲁超又大喊：

"公子小心，后面有追兵！"

后面，伍项魁带着骑兵队伍，追了上来，大喊：

"袁皓祯、白吟霜，你们投降吧！窦寄南和他的小厮，已经
被我逼到'万仞崖'，坠崖而死，剩下你们两个，不要再作困兽

之斗，纳命来吧！"

皓祯跳下马，扑了过去，一剑"燕子抄水"，剑锋横扫项魁的马腿，马儿倒地，项魁也跟着滚落地。鲁超急忙过去护着吟霜，挡掉第二批刺杀而来的羽林军。皓祯持剑，一剑就对项魁刺去。项魁就地一滚，惊险避开，跳起身子。

又有分散的弓箭手乱箭射来，差点射中项魁。项魁又惊又气，大叫：

"弓箭手停止！谁是主子，谁是敌人，你们认不清吗？"

散乱的弓箭手，赶紧停止。随着项魁追来的骑兵，却围着皓祯打。皓祯打倒若干人，就直奔项魁，骂道：

"你的胡说八道，才骗不了我，寄南和他的小厮，大概把你打得落荒而逃，才改变路线，跑到这儿来追我的吧？"

项魁大笑：

"你还不相信？寄南对那个小厮，原来挺有情的，小厮掉下悬崖，他居然去救，本官就成全了他们两个，一刀砍在寄南手上，他们就双双殉情了！"

吟霜听得心惊胆战，怒瞪项魁：

"不会的！他们两个绝对不会死在你手上！"

项魁太得意了，忽然举起手来喊道：

"暂时休兵！让这对白狐夫妻死得明明白白！"

骑兵都停止了打斗，皓祯、吟霜、鲁超也稍获喘息。项魁喊：

"把窦寄南和他小厮的马牵来，给少将军和白狐夫人过目！"

便有两个骑兵，牵来灵儿和寄南的马。马上还驮着两人的行李和包袱。皓祯和吟霜一看，两人大惊。吟霜颤声地说：

"皓祯，这是他们两个的马！"

皓祯瞪着项魁，悲愤已极地喊：

"你偷了他们的马？你了不起只是一个偷马贼！寄南和裘儿绝对不会死！如果他们死了，你拿尸体来看！"

"哈哈哈哈！"项魁大笑，"万仞崖下有他们的尸体，等到你们死了，魂魄可以去找他们相聚！别走错路，是万仞崖！摔下去的人，从来没有活口！何况他们已经被我打得遍体鳞伤！"对手下一声吆喝："一起上！捉活的！这个驸马还可以到公主那儿去邀功，这个白狐会巫术，有用！"

顿时，官兵把吟霜和皓祯围得密不透风，皓祯护着吟霜，打得十分辛苦。吟霜也早已下马，两匹马儿在大战中，已不知去向。两人背靠背，皓祯看看情势不妙，鲁超在外围苦战，寡不敌众。天元通宝的兄弟，也越战越少。斗笠怪客不过十来人，显然还在和众多弓箭手苦战。他心中飞快地转着念头，一面看看天色，发现随着曙色，有浓雾正在飘浮过来。皓祯就对吟霜急道：

"吟霜，让我去面对皇上，你快跑！你活着才有救我的机会！去宫里求兰馨，她虽然恨我，但是毕竟做了一场挂名夫妻，她尽管刁蛮，良心未泯！用你的善良，用你所有的能力救我，看到那片雾没有？利用它，快走！"

吟霜听到皓祯这番话，知道逃不掉了，悲愤至极，急道：

"皓祯，我没办法丢下你……我办不到！"

皓祯低语：

"我把敌兵引开，你尽量跑！鲁超会保护你的！"

"哈哈哈！"项魁大笑，"白狐夫人不是有妖术吗？你再变个戏法让我瞧瞧啊！"

皓祯双剑锐不可当地挥向项魁面门，大叫：

"我的连环剑，要把你碎尸万段！"

项魁大惊，不敢迎战，回头跑，喊着：

"大家去打呀！"

皓祯就一夫当关地全力进攻。

大雾涌了过来，瞬间，浓雾把众人全部罩住。项魁喊道：

"起雾了！大家别散开，围住袁皓祯，别让他跑了！"

皓祯在雾中飞跑，边跑边喊：

"来追我呀！看你们追得到还是追不到！"

项魁带着众追兵，向着皓祯追去。

吟霜在浓雾中分辨不清方向，慌乱地和皓祯分散了。厮杀声和马蹄声都听不见了，安静让她更加恐慌，她不断地奔跑着喊着：

"皓祯！皓祯……你在哪儿？你在哪儿？"

回答她的，只有浓雾中隐隐飘荡而来的回音。

这场大战，虽然出动了天元通宝，依旧让皓祯和吟霜分散，让寄南和灵儿坠崖……追杀他们的，竟然是他们效忠的李氏皇军！英雄儿女泪，乱世儿女情！此时此刻，他们坚信的忠孝仁义，又在何方？

七十五

万仞崖，那确实是个"死亡谷"，掉下万仞崖的人，没有人生还过，这都是事实！当项魁对皓祯和吟霜炫耀时，也没有夸大。皓祯是知道万仞崖的，看到寄南、灵儿的马，听到他们坠崖的消息，心中已充满不祥的预感。如果寄南、灵儿为他而死，他又怎能独活？救吟霜，那时，他只想救吟霜，才会对吟霜吩咐了一番话，对自己的生死，早已置之度外。

但是，掉下万仞崖的人，没有人生还过，那是指"掉下去"的人。灵儿和寄南命大，掉下坠崖时，寄南受伤的一只手紧抓住灵儿，另一只手却在胡乱挥舞中，抓住了一条藤蔓。两人就悬在那儿晃着，寄南伤口上的血，沿着手臂，流到灵儿的手臂上。寄南放眼看去，看到不远处有一个凹进去的山洞，就对灵儿喊着：

"灵儿，看到右边那个山洞没有？我把你甩过去，你想办法跳到那山洞里！千万别摔下去！"

灵儿看向那个山壁，吃力地说：

"好！我尽力跳过去！"

"什么尽力，你一定要用你吃奶的力气！"寄南说，又抱怨着，"没想到你这么重，我甩不甩得过去还不知道呢！看你的运气吧！"

寄南使出全力将灵儿甩到那个山壁，山洞空间不大，灵儿惊险地跌进山洞里，摔痛了屁股，一面喊着哎哟，一面爬起身，站在山洞边缘，对寄南喊：

"换你了！跳得过来吗？"

不待灵儿说完话，寄南奋力地轻功加跳跃，也跃进山洞。用力过猛，把灵儿又撞倒在山洞里，寄南生怕灵儿的脑袋碰到石壁，赶紧用没受伤的左手托住灵儿的头，紧拥着她倒进山洞中。幸好山洞中积满落叶，灵儿才没有被他的体重压伤。他几乎扑伏在她身上，两人脸孔对着脸孔，大难不死，惊魂未定，双双凝视着彼此的双眸，片刻后，灵儿终于崩溃，抱着寄南大哭，说道：

"我以为我们这次必死无疑了！我以为我再也听不到你骂我、嫌弃我的声音了！我以为你再也不能打我的头了！"

寄南死里逃生，紧抱着灵儿。冬日的寒风吹袭着，寄南感受到灵儿身体的温暖，不禁深情地盯着她，手指擦拭着她的眼泪，最后情不自禁地拥吻了她。灵儿先是惊讶一愣，接着融化在寄南的深吻里。她的心怦怦跳着，一股热浪，从心底涌到面颊涌到嘴唇，本能地回应着寄南的吻。这一吻，来得如此热烈，如此刺激，如此惊心动魄。尽管寄南曾经在风月场合打滚，这一吻竟胜过人间无数！寄南吻完，盯着她说道：

"我以为我没有机会对你这么做了！"

灵儿羞红着脸问：

"你……你一直想这么做？想……亲我？"

寄南凝视着灵儿：

"嗯！常常想，又常常不敢想！怕你不知道会不会突然猛打我一拳！或者给我一记风火球！现在这个地方这么小，你要打我，我也没地方逃了，你想打，就打吧！"

"打！当然一定要打！"灵儿说，"如果我们还能活命逃出这个山洞的话！我会找你算账的！"看到寄南的手伤："我先看看你的伤口！"

寄南和灵儿挪动了身子，在有限的空间中，让彼此能舒服地坐下。

灵儿检视着寄南的刀伤，从口袋里掏出药囊，找出药膏帮寄南擦药，又用药囊里的棉布条，包扎寄南的手臂，一边包扎一边说道：

"还好吟霜的'急救药囊'我们都随身带着，你这伤口应该缝线，这我就没办法了，先马马虎虎包扎一下再说！"

寄南看着伤口说：

"还好天气太冷了，血也流不动了，居然都不流血了！"看灵儿的手伤，"你的伤呢？我也帮你包扎一下！"拉过灵儿的手，帮她擦药包扎。

"我只是皮肉伤，没关系的！"灵儿感觉好冷，瑟缩着身子，"风怎么越吹越大？好冷啊！"双手摩擦身子："咱们好不容易没被摔死，会不会在这里冻死啊？"

寄南握着灵儿的手，惊喊：

"你的手怎么冷冰冰？我抱着你，就不会那么冷了！"

寄南就紧紧地抱着灵儿，担心地看着灵儿苍白的脸色，着急地、心痛地想着：

"一直把你当小厮看，毕竟你只是个姑娘，灵儿，千万千万要挺住！"

当寄南和灵儿困在山洞中时，在旷野引开项魁的皓祯，发现雾散了，吟霜已经不见，项魁带着许多追兵将他团团围住。项魁说：

"看你还要往哪儿逃？"

皓祯看看那些围住自己的追兵，除了羽林军，里面还有许多伍家的杀手，天元通宝的兄弟不在，斗笠大队也不在，知道自己插翅难飞。这是他的宿命！他站住，一叹：

"好吧！不打了，我跟你回长安见皇上！"

项魁对众羽林军嚷道：

"去把他绑起来！"又对皓祯喊道，"还不把武器放下！"

皓祯见对方人多势众，长叹一声，手中双剑落地，抬头挺胸说道：

"不用绑我，给我一匹马，我跟你回去就是！"

"想得美！"项魁得意地冷笑，"你现在是我的俘虏了！俘虏就要有俘虏的样子！来人呀！用绳子把他的双手绑起来！"

皓祯两手被绳子绑在一起，长长的绳子，另一头系在项魁的马鞍后面。项魁骑着马，就这样拖着皓祯往前跑。皓祯的背部贴着地，眼睛看着天空，一路的石头沙砾，摩擦着他的背脊，幸好是冬天，他的衣服厚重，即使如此，没有多久，衣服磨破，石头直接撞击着他的背部，他唯一能做的，是利用自己的功夫，尽量让头部撑在绳索上，以免撞得头破血流。

就这样，皓祯被项魁一路拖向长安城，羽林军和伍家卫士胜利地随行。

吟霜在浓雾中和皓祯分散了，听着皓祯远去的声音，她慌张地喊着：

"皓祯！皓祯！"

听不到皓祯的答复，却听到四周沉寂下来，追兵全部去围捕皓祯了。她心慌意乱，没有皓祯，没有寄南，没有灵儿，她怎么办？她不住喊着，毫无目的地奔跑，浓雾渐渐散去，她四面张望，找寻皓祯，依旧喊着：

"皓祯！皓祯！"

突然鲁超骑马奔来，手上另外牵着"嘶月"。鲁超下马奔向吟霜：

"吟霜夫人，您还好吧？有没有受伤？"

吟霜四面观望，着急地找寻：

"我没事，没事！可是……皓祯呢？皓祯呢？鲁超，你看到皓祯没有？"

鲁超四面打量着：

"这里四下无人，怕是少将军真的引开追兵，然后被伍项魁的人马抓走了！"

吟霜回想，深吸了一口气：

"皓祯说他要回去面对皇上……要我去求公主……"走向马儿，"那我们也快回长安！我们要想办法营救皓祯！不知道现在将军府怎样？我们还能回到将军府吗？"

"我们从东边突围出来的，那儿的羽林军，是木鸢安排好的，都是我们天元通宝的兄弟！我们现在还是从东边进去！"

"那我们赶快回去吧！"吟霜急切地跳上马背。

吟霜和鲁超就疾驰在旷野中。跑了一段，来到许多马蹄杂沓的地方，"嘶月"走到一处，就停下了脚步，吟霜看去，一眼看到地上的"乾坤双剑"，心脏怦然一跳，知道皓祯一定被俘了。她咬紧牙关，不让泪水夺眶而出。鲁超已经跳下马，拾起双剑，惨然地看着吟霜。只见吟霜眼神坚决凄楚，点头说道：

"我们就先回将军府，再去营救皓祯吧！"

天空中，开始飘起雪来。

灵儿和寄南相拥在山洞里，望着外面的细雪纷飞。灵儿感慨：

"怎么样也没想到，我们两个最后会葬身在这里，我还以为我会牺牲在战场上的。"

"如果我们真的要在这里结束一生，那我真的死而无憾了！至少我是拥着一个我喜欢的女子，告别这个天下，我这一生也值得！"

"你喜欢的女子？你何时开始喜欢我的？"灵儿好奇地问。

"忘了！好像是在咸阳办案的时候，又好像是你诈死的那时候，可是又好像第一次在长安大街，见到你驾着马车横冲直撞的时候！"

"原来你第一次见我就有好感……"灵儿感动地想着,"可是,小白菜不是你的老相好吗?"

"小白菜?"寄南一叹,"唉!我们确实好过一阵,但是后来就变成工作上的热血伙伴,像姊弟亲情那种关系!"想到小白菜之死,相当伤感。

"哦?好过一阵为什么会变呢?"灵儿昏昏欲睡地问。

"随着年龄,人都会变的!我风花雪月,从来没有专情过,直到碰到一个断了袖子的你,才把我的生活弄得乱七八糟!反正都快要死了,也不用和你争面子了……"正经地说道,"我问你,你有没有喜欢过我?"

灵儿没有回答,寄南低头一看,忽然发现灵儿陷进昏睡里,大惊,喊道:

"灵儿!灵儿!你可别死,这是我第一次向你表白,你千万不要没听完就死掉!"

灵儿迷迷糊糊地呓语着:

"爹,裘家班灵儿没法照顾你了,爹……"

寄南慌乱地搓着灵儿的手脚,拍着灵儿的面颊:

"醒来醒来!我去洞外找出路!你等着我……"脱下衣服,裹住灵儿,"你等着我!"

寄南把灵儿放在地上,就冲到洞口,差点跌落到万丈深谷里。四面一看,峭壁高耸,完全无路可逃。寄南挫败地回到洞里坐下,再把灵儿紧紧拥入怀。寄南喊着:

"灵儿,我想我们两个已经没办法活着出去了!这样也好,不能同年同月同日生,但却可以同年同月同日死!我真笨,和你同住一室，整天打打闹闹，都不曾向你表明我的心迹！"猛烈地摇着灵儿，凄然大喊，"灵儿，我命令你醒来！要死，也听完我的表白再死！"

灵儿恍恍惚惚地回应着：

"不要……打我的头……不要……骂我笨……"

寄南泪水夺眶而出，紧抱着灵儿摇着：

"不打你，不骂你，再也不打你，再也不骂你，只要你醒来！"

皓祯、吟霜、寄南、灵儿就陷在大雪纷飞的绝望里，各自找寻仅有的希望。皇宫中，太子紧急被皇上召来，询问有关皓祯的身世。因为将军府里的各种传言，已经传得铺天盖地。听到太子的述说，皇上惊呼道：

"梅花烙？吟霜的后肩上，真有一个梅花烙？"

"其实看不清楚，就是有点像梅花的印记而已！"太子急急地解释，"显然将军夫人太喜欢吟霜了，偏偏吟霜身上又有这么一个印记，就编出这故事来救吟霜！只要这样说，吟霜就不可能是白狐！"

"为了救吟霜，不惜牺牲皓祯吗？"皇上惊疑，"这样一说，皓祯岂不是成了来源不明的人物？不是袁柏凯的儿子，却娶了兰馨，这欺君大罪，等于坐实了！哪有这么笨的'编故事'？"

太子着急沮丧地冲口而出：

"不管这故事笨不笨，反正伍项魁已经带着众多羽林军，去追杀他们几个了！现在，皓祯也好，吟霜也好，裘儿也好，寄南也好……在那么强大的武力下，恐怕个个凶多吉少！"

"他们四个都逃跑了吗？包括寄南，也跟他们在一起吗？"皇上大惊，心慌意乱。

"差一点连我也跟他们在一起！"

"你说什么？"皇上震动已极。

太子义正词严，悲切地说：

"父皇说过，周易中说'二人同心，其利断金'，因为儿臣和皓祯、寄南情同兄弟，父皇感动，把它改成'三人同心，无坚不摧'！当皓祯、寄南有难时，启望不曾跟他们同在，已经快要急死了！现在他们如果有任何闪失，儿臣就是孤木一枝了！"

"那么，他们现在情形怎样？你还不赶快去打听一下！速来回报！"皇上大急。

"儿臣立刻就去！不过父皇必须明白，他们的生死，远远比他们的身世重要！"

皇上挥手跳脚：

"快去！快去！"

太子去打听"大逃亡"的情形，伍震荣却在宰相府，对方世廷得意扬扬地说道：

"哈哈哈！我家那个办事不牢的小子伍项魁，居然开窍立了一个大功，不但击毙了窦寄南和他的小厮，还活捉了袁皓祯！"

采文手中的茶杯，顿时落地打碎，惨烈惊呼：

"活捉了皓祯？"

汉阳也惨烈惊呼：

"什么？击毙了寄南和裴儿？"

世廷无法置信，问道：

"寄南和裘儿，前天还活蹦乱跳的两个人，怎么一转眼就走了？"

"这不可能！"汉阳急道，"荣王怎能把寄南和他的小厮打死？这事我没办法接受！他们两个是下官的助手，有什么罪？要被朝廷的军队击毙？"

"他们帮助朝廷重犯袁皓祯和白吟霜出逃，等同是朝廷的钦犯，而且一路持械拒捕，像窦寄南这种公然与皇上作对的乱臣，死有余辜！"伍震荣说。

世廷瞪着伍震荣，急道：

"荣王，你这就太造次了！那寄南是宰相府受皇上圣命托管的人，项魁怎么可以将他们击毙？不管怎样，也得活捉呀！这话是真是假？"

伍震荣得意着：

"当然是真，还有什么假？世廷你也别在乎那个圣命，皇上不会在乎寄南的！何况袁柏凯也死到临头，居然犯了欺君大罪，现在人人都知道了，皓祯原来是抱来的，根本不是袁家的骨肉！这故事太离奇了，大理寺也没遇过这样的大案子吧！现在好了，这帮眼中钉终于可以拔除，世廷，我们都可以松口气了！"

采文面如死灰，声音颤抖，一直重复说着：

"被活捉了……被活捉了……"完全失魂了。

"那么袁皓祯现在被抓到哪里呢？"汉阳急问。

"当然是在你们大理寺的大牢里了！"伍震荣犀利地瞪着汉阳，"不过这案子不须你来插手，皇上和皇后亲自审案！"对世廷说：“好了，本王另有要事，不能久留！你那两个麻烦人物，本王总算帮你解决了！哈哈哈哈！”

伍震荣笑着离去，众人都太震撼了，也忘记送。

采文面色如死，整个人都像被掏空了一般，皓祯，他是换来的儿子已经曝光！他一定恨死了把他遗弃的爹娘！那么优秀的孩子，她还来不及认他！来不及让他知道，他的爹娘是谁？来不及告诉他当初的经过。现在，他被活捉了，关入大牢，他会落得什么下场呢？怎么可能这样？怎么可以这样？她跌跌撞撞地奔进祠堂里去了。

伍震荣从宰相府出来，就直接进宫，面见皇上。这次，太子党等于全军覆没，皓祯的欺君大罪，寄南的死有余辜，就算皇上再如何袒护他们，也无力挽回了。

皇上听了荣王的报告，一个踉跄，跌落在矮榻上，脱口惊呼：

“什么？寄南被羽林军击毙了？”脸色惨白，“荣王，你怎可将朕封的靖威王给打死？你……你……你！你给我把尸体找来！朕要见到尸体，才能相信！”

皇后在一边说道：

“死了就死了，还找什么尸体？那小小的靖威王，生活放荡，养着小厮，你还把他当个宝？死了才干净！”

忽然之间，皇上勃然大怒，拍桌怒吼：

“你们知道什么？小小的靖威王，曾在永业村拿出自己家当救蝗灾，也曾在桐县为老百姓抓贪官，还曾在驴儿坡不计前嫌救皇后……”指着伍震荣，“你是不是公报私仇？寄南屡次提出你的过失，朕也不曾追究，你！居然杀了寄南？现在朕下旨命令你，立刻去把寄南给朕找来，朕要活着的他，不要死的！"

伍震荣大惊：

"皇上！他怎么死的，下官还没弄清楚，那么多羽林军打打杀杀，只怕找来也是一堆残骸了！陛下为何如此在乎他？"

皇上气急败坏地嚷道：

"朕在乎他，就是在乎他！因为他真心爱着百姓！因为他……"眼中含泪了，"就是兰馨说的那句话，是我身边少有的忠臣！还不止于此……"对伍震荣怒瞪："你还不去找他？就算你是不可一世的荣王，我还是当朝皇上！你还要命不要？"

伍震荣一惊，突然感到皇上的威力了，赶紧回答：

"臣遵旨！臣马上去找！"和皇后交换视线，心想，"这个昏君是怎么回事？突然变了个样！活的窦寄南，我哪儿去找？"

活的窦寄南，正手忙脚乱地想救快要冻死的灵儿。两人在寒冷中紧紧依偎，他搓着灵儿的手，恳求地看着她苍白的脸，喊着：

"醒来！醒来！你会冻死的！睁大眼睛，看着我！"

灵儿神思恍惚地说道：

"很冷，很冷……我……是不是要死了？"眼睛始终闭着。

"胡说！你不会死！我不许你死！睁开眼睛看看我啊！"

灵儿呓语：

"窦寄南，小心那食人鱼……"

"怎么办？怎么办？"寄南心急如焚，"她快死了，这样下去，她挨不过一个时辰！"急促地拍拍灵儿的面颊，忽然提高声音，生气地吼着："灵儿！我问你，你既然心里有我，为什么又去勾搭汉阳？"

　　灵儿被寄南这样大声一吼，醒了，睁开了眼睛，看着寄南。

　　寄南看到灵儿睁眼，心里一喜，更大声地问：

　　"你给我说清楚！为什么勾搭汉阳？"

　　灵儿真的醒了，虽然衰弱，却生气地说：

　　"我什么时候勾搭汉阳了？你别给我乱扣罪名！"

　　"你有！你就是有！"寄南咄咄逼人地喊，"我看得清清楚楚，听得清清楚楚！什么'大人，大大人，小的，小小的……'你就是勾搭汉阳！你想一箭双雕吗？"

　　灵儿眨着眼睛，忽然想了起来，那天是和汉阳在书房说笑，她说汉阳是"大人，大大人"，自己是"小的，小小的"，还举了一个例子，对汉阳说：

　　"大人，大大人，大人一品高升，升到三十三天上，给玉皇大帝盖瓦！小的，小小的，小的罪该万死，死到十八层地狱，帮阎王老爷挖煤！"

　　结果，严肃的汉阳，当场扑哧一声就笑了出来。现在，灵儿才知道寄南都偷听到了，就生气地喊：

　　"原来你都在偷听、偷看我的行动，你这个王爷，实在太没风度！和汉阳比起来，他就是'大人，大大人'，我就是'小的，小小的'，行吗？懂吗？我欣赏他不行吗？"

　　寄南提高声音：

　　"那我呢？他是'大人，大大人'，我是什么呢？"

　　"你呀！你是什么？"灵儿想想，"你了不起就是个'气人，气死人'！"

寄南一伸手，打了灵儿的头。

"你又打我了！当心我一脚把你踢到悬崖下面去！"

寄南松了口气，眼中充泪了，柔声说道：

"吵吵架，你就不想睡了！你整个人冷冰冰，一直说梦话，真害怕你会冻死，我们两个都不能死。我们得活着，等会儿再想办法求生！"就紧拥着她，深深看着她的眼睛说道，"我不是'气人，气死人'，我是'情人，有情人'！今生认定你了！"

灵儿眨巴眼睛看着他，感动至极，眼角滑下一滴泪。

"你一定要等到我们快死的时候，才对我说这么重要的话？"

"摸不透你的心，不敢说！怕被你打出门去！"

"说得太肉麻，我鸡皮疙瘩都起来了！"灵儿说，"不过很好听！"

寄南就把她紧紧抱住。雪在洞口飘飞，两人如同生死诀别时。

皓祯被送进大理寺监牢，陈大人经手，跳过了汉阳。他坐在大牢一隅深思着，衣服被马拖走得支离破碎，背上伤口众多，疼痛无比，脸上也有小箭伤。他忧心地想着：

"吟霜，你能不能逃出这场灾难呢？当时只想救你，才要你去求公主的！你不会真的再去找公主吧？鲁超会把你平安送到代州吧？"

皓祯正想着，狱卒送来非常粗糙的馒头和一碗脏兮兮的水来给皓祯，毫不客气地丢在牢门口。皓祯冷眼看了一眼馒头和水，毫无食欲，对狱卒说道：

"你们拿走吧！本将军不吃！"

"哼！"狱卒冷笑，"已经是阶下囚了还本将军咧！你爱吃不吃，随你便，等一会儿老鼠叼走了，冤枉的是你自己！不知好歹！"

汉阳和太子已经悄然来到狱卒身后，太子怒气冲冲，用剑柄敲了一记狱卒的脑袋：

"小小狱卒，居然敢在这儿仗势欺人！"

狱卒挨揍转身，一见到太子和汉阳，吓得屁滚尿流，赶紧下跪：

"太子殿下，汉阳大人，小的知错了，请见谅！"拼命磕头。

"把这硬邦邦的馒头撤下，从现在开始，三餐给少将军三菜一汤外加热米饭，现在就去重新送来饭菜！快去！"汉阳命令道。

太子厉声喊道：

"汤要清炖鸡汤！三菜要两荤一素！鸡汤要全鸡！"

"是是是！小的立刻就去！"狱卒说完飞奔而去。

汉阳对另外一名守门的狱卒命令：

"开门！"

狱卒开了门，汉阳和太子走入牢内。皓祯迎向两人，如见救星，着急地说道：

"启望，汉阳！你们有吟霜的消息吗？当时我们分散了！不知道吟霜是生是死！还有寄南和裴儿……"

"伍震荣到方宰相那儿炫耀，据伍震荣说，寄南和裴儿双双遇难了！不知道是不是真的？"太子问。

"我没有亲眼看到，当时我们都被伍项魁的人马冲散了，听说他们是跌落了'万仞崖'。"皓祯求助地说道，"启望，我困在这儿，什么都不能做，你们赶快帮忙，打听吟霜下落！去万仞崖找寻寄南、裘儿！"

"我这就去！"太子说，"皓祯，父皇那儿，我去为你备了案，你不要绝望，身世问题不至于让你送命！父皇知道你是忠臣，他并不像表面那样迷糊，他心里是明白的！他知道你对我的重要性！"

"我已经把自身的生死置之度外，现在最重要的，是救寄南、裘儿和吟霜！"

"好好好！"汉阳说，"我们马上去，救人的救人，打听的打听！但是请你也要答应我们，保持体力，坚强面对！"

"等会儿三菜一汤送来，你必须吃得精光！"太子有力地说。

皓祯落寞地点头，与太子、汉阳相望，一切尽在不言中。

吟霜终于在鲁超的保护下，回到了将军府东边的偏门。羽林军只剩下三三两两，大部分都撤退了，这三三两两也在倚着墙打瞌睡。鲁超和吟霜牵着马走了过来，吟霜穿着披风戴着帽子，遮住大半个脸孔。一个羽林军迎上前来问：

"什么人？"

"天元通宝！"鲁超低沉地回答。

羽林军让开，鲁超就牵着两匹马，带着吟霜溜进偏门去。

片刻以后，吟霜依旧穿着逃亡时的衣服，只卸下了披风，坐在画梅轩的大厅里。皓祯的"乾坤双剑"，交叉放在桌上。香绮哭着，急急送上热茶，小乐哭着，急急把火盆移到吟霜面前。香绮哭道：

"小姐小姐！我以为我再也看不到你了！看你冷成这样，赶快喝口热茶！"

"公子去了哪儿？公子怎么没跟你一起回来？"小乐问。

此时，鲁超小心翼翼、蹑手蹑脚地带着雪如和柏凯进门来。鲁超对吟霜说：

"大将军和夫人来了，我去外面把守，你们好好谈谈。"说完低喊，"小乐，香绮出来，我们各自把守一个方向，千万别让二公子靠近！"

香绮和小乐就急忙出门去。

吟霜看到雪如和柏凯，恍如隔世，迎向两人，双膝一软跪落地，痛喊道：

"爹！娘！很抱歉！我们没能逃出去！四个人出门，现在只剩我一个回来！"哭着磕下头去，"我对不起爹娘！"

"你快起来吧！别跪着。"柏凯急忙说，双手把吟霜扶起。柏凯和雪如都含着泪，真情流露地双双抱住吟霜。柏凯充满感情地说道："说什么抱歉呢！没逃出去也是天命，我才认了你，还没把你仔细看看清楚，还没跟你说上一句父女间的话，你就走了，现在还能看到你，真要谢谢老天！"

"鲁超把经过都告诉我们了！"雪如拭泪，"我知道你满心想着怎样救皓祯，我们再来想办法！你这一天折腾，想必什么都没吃，一定饿坏了吧！我已经让秦妈去厨房帮你弄点吃的，你先吃点东西再说！"

吟霜急问：

"爹娘有皓祯的消息吗？"

"是!"柏凯忍着泪,"他已经被捕,现在关在大理寺的大牢里!"

吟霜一痛,脸色惨白,说道:

"我要进宫去见兰馨公主,我必须去见她一面,只有她才能救皓祯!"

"兰馨?"柏凯惊讶地说,"她恨死了你,你要进宫去见兰馨?那岂不是自投罗网?何况那皇宫里,人人要我们袁家人死,你进去还能出来吗?"

"就是!"雪如说,"我们另想办法吧!好不容易你又回家了,我们大家还有多少日子可活,谁都不知道,我们就多相聚一天是一天吧!"

"不!"吟霜坚持地说,"我要进宫见兰馨,那是皓祯交代我的!我一定一定要进宫见兰馨!"

风雪停了,阳光露脸。灵儿和寄南两人在山洞口,看着外面的峭壁发呆。寄南说:

"现在,要想想怎么脱困,才能享受外面的阳光!"看着灵儿,"你还很衰弱,让我搂着你,千万别摔到悬崖下面去!"

灵儿依偎着寄南,看着四周:

"我们一直卡在这山洞里,上不上,下不下,到底怎么办呢?"

正当灵儿、寄南苦恼之际,山崖上,太子、汉阳、邓勇带着一批官兵正在到处搜寻灵儿和寄南。太子对众官兵命令着:

"悬崖下也好,石头缝里也好,你们到处仔细搜寻,不能放过任何蛛丝马迹!"

一位官兵奔来通报：

"禀告太子，山崖下都已经搜索过了，并没有见到任何尸首！"

"很好！"汉阳说，"没见到尸首证明人还健在，你们继续在这四周搜索！"突然大喊，"窦寄南、裘儿！你们在哪里？"

所有官兵跟着大喊：

"窦王爷！裘儿！你们在哪里？"

山洞里的灵儿和寄南听到了呼喊声。灵儿喜悦地问：

"寄南，你听你听，是不是有人在喊咱们？"

"寄南、裘儿！你们在哪里？"太子大叫。

"咦！好像是太子老哥的声音，他亲自来找我们了！快！我们快回应他！"寄南大喊，"启望！我们在山洞里，快来救我们！"

山崖上邓勇趴在悬崖边缘，发现了灵儿、寄南，正伸出双手在山洞口挥舞。

邓勇惊喜大喊：

"太子殿下！"指着悬崖下的山壁，"他们在那儿！"

太子和汉阳伸头一看，两人大喜。

"快！快拿绳索把他们救起来！"

邓勇和官兵七手八脚快速垂下绳索给寄南和灵儿。

寄南用绳索，把灵儿绑在自己身上，两人带着伤，被官兵拉上了悬崖。

寄南喘息着，感激地说：

"汉阳！启望！你们怎么会找到这里来的？以为再也见不到你们了！灵儿差点在山洞里冻死了，有没有热水，赶快给她喝一口！"

太子一怔，喊道：

"热水！哪儿有热水？邓勇！没有就赶快起火烧一锅！"

"是！"邓勇喊道，"弟兄们！赶快烧热水！"

寄南解开绳索，把灵儿放下。汉阳急忙找来毯子，把灵儿紧紧包住。灵儿坐在石块上，裹着毯子，晒着太阳，感动哽咽着说：

"太子，汉阳大人，现在看到你们就像看到大菩萨，快让我对你们磕几个头吧！"

"见到你们大难不死我真高兴，但是现在我都笑不出来，皓祯被抓进大牢了！"太子又喜又忧地说。

"皓祯还是没有逃出这个劫难？"寄南大叹。

"那吟霜呢？也被抓走了吗？"灵儿急问。

"吟霜没有被抓走，但我暂时也没有她的消息，现在伍震荣父子都以为你们死了，你们打算何去何从呢？"汉阳问。

"我终于知道我命不该绝的理由了，当然回长安去救皓祯！"寄南说。

"没错！回长安！同生死共患难！"灵儿接口。

七十六

　　将军府的一场大难，在深宫里的兰馨完全不知道。早上，崔谕娘侍候着兰馨喝药。兰馨有气无力，爱喝不喝。崔谕娘哄着说：

　　"公主，这药最好趁热喝，都快要凉了！"

　　"凉了就让它凉了吧！药吃再多，又有什么用呢？"忍不住长叹问，"有将军府的消息吗？"

　　崔谕娘面露难色，欲言又止：

　　"这将军府……公主还是不要知道的好！"

　　"什么意思？为什么我不要知道？你快说！"

　　"公主你这阵子生病，精神时好时坏，奴婢就怕说了又害你身体更糟呀！"

　　"本公主都成这样了，我还能怎么糟？"发脾气一吼，"你快一五一十地告诉我，将军府到底出了什么事情！"

　　"是是！公主别生气！且听奴婢慢慢道来！"

　　崔谕娘便对兰馨诉说了皓祯身世的曝光经过。兰馨这次倒是非常安静，仔仔细细地听着，听完崔谕娘整个述说，震惊无比，精神也集中起来：

"这么说，皓祯已经关在大牢里了？他居然不是袁家的孩子？那他到底是谁家的呢？他怎么进了将军府的呢？"

"现在谁能管得了他是谁家的？总之他已经不是咱驸马爷了，恐怕整个将军府也快要不保了！公主，其实这样也好，咱们从此和袁家一点关系都没有，公主也解脱了！公主就好好养病吧！"

兰馨把桌上的药，端起来慢慢地喝着，深思地说：

"那白吟霜不是白狐？她才是袁柏凯的女儿？这是真的吗？事情怎么会变成这样呢？她身上有梅花烙，原来她是人……"清醒地把药碗一放，"她根本不是白狐！她和我一样，是人生的，父母养的！"

"公主，证明没有白狐也好，你也可以不再担惊受怕了！是不是？"

兰馨眼神清亮起来，思路也清晰起来，好像内心深处，有扇关着的门豁然打开，她站起身子，在室内徘徊着，嘴里喃喃地说道：

"我要仔细想一想，我要从头想一想……"

宰相府的大厅里，采文面容憔悴，陷在深深的无奈与自责里。

汉阳大咧咧地带着寄南和灵儿回到宰相府，才踏进大厅，采文正喝茶，转眼看到寄南和灵儿，大吃一惊，摔了杯子，自己被茶水呛了咳嗽不止。灵儿本能地冲向采文，拍着她的背说道：

"宰相夫人，对不起吓着你了，你八成也以为我们死了吧！"

"阎罗王嫌我们在地府碍事，又把我们赶回来了！"寄南打趣地说，"看来只好让宰相府继续收留我们了！本来也想直接回我的王府，但是，还有很多事要和汉阳商量，不知那间厢房，还能给我们住吗？"

采文惊喜，眼中含泪了，充满感情地说道：

"寄南、裘儿，大难不死，必有后福！但愿袁家人也能逃过这场劫难，不知道皓祯在牢里怎样？他是将军府最宠爱的儿子，在牢里怎么过呢？"

"是呀！是呀！"寄南就拉着汉阳，"你有没有去看看他？有没有特别关照他！"

"当然！"汉阳说，"就是他告诉我去万仞崖找你的！放心，太子特别交代，三菜一汤！汤是清炖鸡汤，还要全鸡！菜是两荤一素！"看着采文说道："娘！别管伍家怎么想，我们要认清是非和善恶！寄南和灵儿的性命我担保，你也支持一下，让他们先躲在宰相府吧！他们回靖威王府，太不安全！"

采文不停地点头：

"是是是！仆人那边……我赶快去打点！"看着寄南、灵儿狼狈又受伤的样子，"你们有伤就快去治伤，好好待在厢房别到处乱跑！"

"我的伤没关系！"寄南着急地说，"现在最重要的事，是如何救皓祯？虽然关进大牢，皇上还没发落，希望皇上是个明君，不管皓祯身世如何，皓祯就是那个十六岁就建立战功的皓祯！就是那个忠孝仁义俱备的皓祯！"

采文听到寄南的话，回头看了寄南一眼，泪水溃堤，急忙去安排一切了！

皇上背负着手，在室内徘徊。为了如何发落皓祯，满脸焦灼和苦恼。皇后和伍震荣都着急地看着他。皇后忍不住了，一步上前说道：

"皇上！如果袁皓祯他们没有谋反，为什么要逃？现在，人既然抓回来了，还不赶快下旨，把他斩了！免得夜长梦多！"

皇上一个回头，就怒视伍震荣，严厉地问：

"你找到寄南了吗？"

伍震荣赶紧点头：

"找到了！找到了！活的靖威王，他和他那小厮命大，掉下悬崖居然没死，右宰相已经派人跟下官说了！他们两个现在都好端端地在世廷那儿！"

"好端端的？没死？"皇上松了口气，大喜，唇边浮现一丝笑意，自言自语，"朕就知道，那个靖威王岂是等闲角色，要他的命，才没这么容易！"脸色一正，看皇后和伍震荣："至于皓祯，是不是乱党，还有商榷的余地！"

皇后愤怒地接口：

"不是袁家血脉，却欺骗皇室，娶了兰馨，这就是欺君大罪！只要这一条，也足以让皓祯上断头台了！"

"那也不是他的错！"皇上说，"那是将军夫人的错！皓祯生下来就被换了，他那时还是婴儿，如何算是欺君大罪呢？"

"陛下！"伍震荣积极地说，"臣有很多袁皓祯勾结乱党的证据，江湖上有'黑白双煞'这个名称，不知道皇上听过吗？上次臣奉皇后懿旨，去搜索将军府，就查到几件白色的劲装！这袁皓祯显然利用驸马的名义，遮掩他谋反的目的！"

"以几件衣服定罪，也太牵强了！毕竟是一条人命！"皇上为难地说。

"皇上！你别因小失大！那袁家个个都该斩首，本宫恨死这袁家，也恨死袁皓祯！"皇后走近皇上，贴近皇上的脸孔，妩媚地说道，"皇上可还记得，当初封本宫为皇后时，送了本宫一样礼物？"从衣服里掏出一面"尚方御牌"，在皇上面前晃了晃："见御牌如见皇上！有先斩后奏之权！皇上不下旨，本宫也可以用这面御牌，把袁家全部问斩！至于窦寄南还活着，皇上也别高兴，他和皓祯是一路的，本宫要他死，他也活不成！"说着，把御牌收回衣服里。

皇上大惊，不敢相信地看着皇后，惊疑地说：

"这御牌是朕对你的宠幸，送你讨你欢心！你今天居然用这御牌来威胁朕！要杀朕身边的爱将！皇后，你怎能如此？"

"因为皇上太优柔寡断，屡次放掉对本宫大不敬的人！逼得本宫拿出这面御牌！这御牌臣妾也知道只是件礼物，但是大臣们不知道呀！"皇后有力地问，"皇上！是死一个袁皓祯，还是死将军府全家，带上窦寄南？"

皇上面色惨淡，张口结舌，无法相信地看着皇后。皇后就贴到皇上耳边，悄悄地轻言细语，声音温柔如和风吹袭：

"皇上，臣妾对皇上忠心不贰，侍候皇上二十几年，鞠躬尽瘁，对皇上的心，始终如一，就是不知皇上对臣妾是否已经厌倦？如果皇上还是以前那个送我御牌的皇上，就宠我一次，为了兰馨的委屈，也该斩了袁皓祯！臣妾会收好御牌，再不拿出来！"

"陛下！"伍震荣不知道皇后在说些什么悄悄话，提醒地说，"袁柏凯和皓祯的势力已经太大，先杀皓祯，也让袁柏凯知道利害，他有战功，又统领左骁卫，还官拜护国大将军，不只中央十六卫对他忌惮，边疆的都督们和他也交情不浅，是陛下的大患！"

"如果皇上不忍杀皓祯，就让本宫代劳，免得那些小辈劫狱！到时候，恐怕又是羽林军大战左骁卫，其他十五卫选边站，当年的内战，皇上忘了吗？"皇后有力说道。

内战！皇上一凛。皇后和伍震荣如此强烈坚持，如果不杀皓祯，一定会引起内乱！皇上再默默地看着皇后，眼中浮起了泪雾。怎忍杀皓祯？他是"三人同心"的一员！无力感充斥在他心头，眼前也闪过兰馨玩小泥人的画面，皓祯确实可恶！罢了罢了！如果不牺牲皓祯，可能还要牺牲寄南，伍震荣虎视眈眈，只怕内战一触即发！还有皇后，让他珍惜不舍的皇后……人，都有弱点，皇上的弱点就是始终放不开这位卢皇后！

于是，这日圣旨来到将军府，袁柏凯带着全家老老少少，全部跪于地，曹安拿着圣旨，大声宣读：

"皇帝有旨，骁勇少将军袁皓祯，即日起革除驸马爵位，袁柏凯降为庶民！袁皓祯因欺君大罪、勾结乱党、畏罪潜逃等罪，三日后午时，在朱雀大街广场斩首示众！"

曹安念完，袁家一众人等，个个表情严肃悲凄。

等到曹安带着羽林军浩浩荡荡地走了。柏凯、吟霜等人聚集在雪如卧室中密谈，鲁超、秦妈在门口把守。汉阳和微服打扮，遮着面孔的太子突然一起出现。汉阳见到吟霜，喜出望外地说道：

"我只是想来将军府打探消息，想不到你真的回到将军府了！"

"没想到，本太子现在要进将军府，也得遮遮掩掩，还说什么'三人同心，无坚不摧'，父皇把我气死了！"太子说。

"吟霜，除了太子，我还带了人来！"汉阳说。

寄南和灵儿一起踏进房内，出现在吟霜眼前。吟霜大惊抬头，看着寄南和灵儿，悲喜交集地迎向两人，忘形地抱住灵儿说：

"谢谢老天，你们还活着！谢谢老天，让我们还能重逢！"

"是啊！"灵儿泪汪汪地说，"看到你实在太高兴了，只是皓祯他……"

寄南激动地说道：

"我太对不起皓祯了，我等会儿就火速进宫，跟皇上恳求，跪也可以，磕头也可以，拼了我的命，也要皇上收回成命！"

"不是他一个人进宫，是我和他一起进宫！"太子义愤填膺地接口，"看看父皇还是不是我心里那个父皇！"

汉阳勉强想安慰众人：

"虽然皓祯问斩，不过，好消息是，除了皓祯，大家的命都保住了！连吟霜是白狐，等于也澄清了，不再追究！"

雪如跌坐在坐榻里，惨然地说：

"皓祯用他自己的命，来换我们全家的命吗？"

"汉阳！太子！"吟霜痛喊，"你们去安排，我要见兰馨公主！"

"这个结果，我完全不能接受，要死，不如全家一起死！"柏凯喃喃地说。

"大家不要慌，皇上下旨是三日之后斩首，显然有放水的意思，这三天，就是我们分头营救的时候！"寄南积极地说。

"大家还记得四王吗？我们能救下四王，也能救下皓祯！"太子坚定地说。

灵儿扑通一声，就对汉阳跪下了：

"汉阳大人，小的，本助手给您磕头，皓祯人关在大理寺监牢，是大人的势力范围，赶快安排我们劫狱吧！"

汉阳一把拉起了灵儿：

"裴儿！你起来！虽然皓祯人关在大理寺监牢，伍震荣却把这案子扣住不给我插手，我爹又护着伍震荣，我虽然心有余，只怕力不足啊！"

吟霜心神俱碎地对汉阳说道：

"我要见公主，安排我去见公主！"

"好！大家镇定镇定！"汉阳说，"我们一件件来，安排吟霜见公主，这是我的事！我立刻就去安排！"

"我提议发起大臣联名上奏请愿，大将军在朝廷的影响力很大，我们必须分头找每个大臣，让舆论造成力量！只要大臣都同心协力上书了，伍震荣一个人就构不成威胁了！"寄南热烈地建议。

"最简单的办法，还是让父皇收回成命！这是我的事！"太子说。

"那么，还有救是不是？"雪如眼睛发亮地问。

吟霜点头，眼睛也发亮地说：

"不到最后关头，应该都有希望！"

大家思索着，半晌，汉阳说道：

"我别的力量就算没有，安排大家探监的力量还有！"

皓祯形容憔悴，靠着墙坐在地上，双眼无神地看着栅栏和虚空。

栅栏外监牢长廊，汉阳带着吟霜走来，吟霜一身黑衣，用帽子遮着脸。汉阳对狱卒命令地说：

"通通到外面监视着，本官带了人证来质问人犯，不管任何人，都不得打断本官问话！就算荣王也不成，知道吗？"

"是是是！"狱卒恭敬地应着，通通退下了。

听到汉阳的声音，皓祯惊动了，对栅栏外看过来。汉阳取出钥匙开锁，把吟霜推了进去，对吟霜说道：

"我到外面看着那些狱卒，你们两个，长话短说！"

汉阳退了出去。

皓祯看到来人是吟霜，简直不敢相信，站起身来。吟霜放下带来的食篮和衣物，奔上前去，抓住了皓祯的双手。吟霜痛喊着：

"皓祯！皓祯！我真怕再也见不到你了！"

皓祯把她紧紧一抱，说不出有多么珍惜。这个让他魂牵梦萦的人儿，又在他怀里了！即使三天后就要天人永隔，现在还能抱住她，感觉她身体的温暖，看到她眼中深不见底的深情和眼神中的千言万语，他真想对苍天谢恩！如果这一刻能够停住不动，让两人都化为石像，他也不悔！半晌，他才有力气说话：

"我们就珍惜这有限的时辰吧！真没料到，我想给你的一生，如此短暂！我……"

"我知道我知道……"吟霜哽咽地打断他，把他推开一些，紧紧地、定定地、牢牢地看着他的眼睛，"我们时间不多，要说的话却太多，怎样都说不完！还能和你相见，已经是上天给我的恩惠……"

吟霜话没说完，皓祯猝然又抱住她，死命地拥住她，两人紧拥着，似乎都想把彼此的生命，融进这一抱里。过了一会儿，皓祯抬头，吸了口气说道：

"听着！我已经知道了，三天以后，我就要问斩！我也知道寄南和灵儿都脱困了，汉阳告诉了我！我猜，你们这三天，一定会想尽办法救我，万一不成，请你帮我们两个，对爹娘尽孝，他们抚养了来历不明的我，爱我就像亲生儿子，我欠他们太多，请你……"

"嘘！"吟霜嘘着，用手指压在他唇上，"没用的，皓祯！你休想给我一个大责任，让我可以在失去你以后，还有力量活下去！你心里明明知道的，有你才有我，你生我也生，你死我也死！所以我并不害怕，我会跟你一路同行……"

皓祯拉下吟霜的手，命令地说：

"现在可能是我们最后一次见面，你要不要听我的？"

吟霜坚定地凝视着他：

"如果梅花树死了，梅花还能活吗？我们的命运，早在你一句话里定案了！不要说服我，你懂我，比我自己还深！"

皓祯着急、哀恳地说：

"求你为我而生，别为我而死！"

吟霜有力地回答：

"除非你为我而生，没有因我而死！"

两人话没说完，汉阳匆匆入内，说道：

"时间到了！吟霜，我送你出去！"

皓祯不舍地握着吟霜的手，吟霜眼泪夺眶而出。汉阳拍拍吟霜的肩，吟霜想抽手，皓祯握住不放，她抬眼凝视他的双眸，两人眼中恋恋深情，缠绵着人生最真切的爱。皓祯知道终有一别，把手指松开，吟霜便慢慢把手指滑过他的手指，一如以前他们每次要离别时做的，两人的手，都从对方手中滑过去，十根手指，缠绕着几千几万缕的不舍，最后依旧分开了。吟霜轻喊着：

"我会再想办法和你见面的，食篮里都是我亲手做的饭菜，你要吃掉！衣服是干净的，你要换掉！身上的伤要搽药！就算要上断头台，也是英勇的袁皓祯，不是狼狈的袁皓祯！皇上会允许你不穿囚衣的，尽管只有三天，我们还在努力！"

吟霜就捂着嘴，飞奔而去。

汉阳赶紧锁好栅栏的门，给了皓祯一个安抚的注视，追着吟霜而去。

皓祯痛楚地靠着墙，滑坐在地上，把食篮拉到面前，紧紧抱着。不想吃，只想抱着，他知道这里面每一道菜，都是她一刀刀切着，一片片洗着，一盘盘炒着……那不是饭菜，是她的心血她的爱！数不清有多少，算不清有多少！这个女子前生欠了他，今生也欠了他，才会为他付出这么多！来生，他能报答吗？今生将尽，来世难期啊！

太子与寄南不敢耽误救援的时机，进宫冲进了皇上的书房。正在苦思无解的皇上，一震抬头，接触到太子沉痛的眼神，又看到寄南悲切的注视。太子痛喊出声：

"父皇！你居然下旨要斩皓祯？你明知道皓祯和我情如手足，你也明知道皓祯对你忠心耿耿，你为什么一定要杀他？"

寄南气急败坏地接口：

"皓祯的身世不是他自己能做主的事，一切都是命运作弄，说他犯了欺君大罪，实在太牵强了！"

太子义愤填膺地再接口：

"说皓祯和乱党勾结，完全是无的放矢！他非但没有勾结乱党，还时时刻刻在帮父皇清除乱党！父皇，你已经失去忠孝仁义四王，难道还要失去我朝最杰出的年轻将官吗？还要把'三人同心'还原成'二人同心'吗？"

寄南急得对皇上一跪，就行大礼：

"陛下！我跪你，我拜你，我求你！赶快收回成命，现在还来得及！皓祯除了对不起兰馨，实在没有大罪啊！"

皇上看着激动的二人，眼中湿润了，情不自禁，走来伸手拉寄南，说：

"朕以为你被羽林军杀了，不要跪我，你还活着，就是老天对你的照顾了！让朕看看你有没有受伤？"抓住寄南的手，寄南一痛，皇上发现寄南手背上的包扎，震怒地喊，"谁砍伤了你？朕帮你出气！"

寄南痛楚地甩开手，急道：

"陛下，现在别管微臣那点儿小伤，吟霜已经治过了！请陛下赶紧收回成命，救救皓祯才是！"

"想想皓祯的好处吧！"太子大声支援，"想想他多少次为了启望，出生入死！为了父皇，置生死于不顾！父皇，不用启望一条一条说给你听，你心里是明白的！孩儿一直相信，父皇有颗仁慈的心！不要让孩儿失望！"

皇上几乎是痛楚而无奈地说道：

"你们别再说了！那皓祯是死定了，朕救不了他！多少罪名都在他身上，身世之谜，畏罪潜逃，勾结乱党，明明没有资格却娶了兰馨！最重要的是他娶了又不珍惜，还逼疯了兰馨，这一点朕最不能谅解皓祯！"

"父皇，勾结乱党，那都是伍震荣的栽赃之词！皓祯是何等威武，忠肝义胆的大英雄！父皇不能这样冤死皓祯啊！"太子喊着。

皇上痛心地看着寄南，勉强找理由：

"你不是也为了他，差点送了命吗？你看，这一切都是皓祯引起的，毁了兰馨又差点害了你，你不要再为皓祯求情了！"

寄南激动地嚷：

"想害死我的是伍项魁，是他亲自把我逼得坠崖的，还好我命不该绝，还好我必须回来救皓祯！"恨得牙痒痒，"陛下，罪大恶极的人您睁一只眼、闭一只眼……"流泪说道："真正的英雄，你却要让他上断头台，陛下您的睿智到哪儿去了？如果真要斩了皓祯，那就连我一起斩吧！"

太子更是义薄云天地说道：

"儿臣也和皓祯共存亡！要斩，就把我们三个都斩了！反正父皇也说过，我们是'三人同心'的！"

皇上不禁悲愤起来，拍着桌子怒道：

"你们一个个都来威胁朕！难道你们看不出来吗？朕已经大发慈悲了，多少人想要你们死！朕只砍皓祯一个，是在救你们大家！包括你窦寄南的小命！"忽然丧气地跌入坐榻，"你们两个，不要拿自己的性命来威胁朕，挑战朕的极限！"眼中充泪了："朕的痛苦，没有人能了解！不是只有你们这年纪的人，才有情有义！朕也有必须对她有情有义的人！你们去吧！再也不要帮皓祯求情！他算是为你们两个尽忠吧！"

太子豁出去了，喊道：

"父皇，你就坦白说，到底荣王抓住了你什么把柄，让你对他如此退让？这江山是你的，不是他的！如果伍震荣有父皇的把柄，孩儿立刻去把伍震荣给除了！"

太子这样一说，寄南也跳起身子，甩袖说道：

"如果要斩皓祯，不如干脆斩伍震荣！他才是祸国殃民的大坏蛋！"

此时皇后匆匆踏进书房，严肃地说道：

"好啊！窦寄南！你跟皓祯一起勾结乱党畏罪潜逃，还没有办到你，你居然大咧咧地踏进皇宫，满嘴胡言乱语，想蛊惑皇上吗？本宫就在这儿把你这乱贼拿下，来人，把窦寄南押到大牢，本宫亲自审问！"

大批卫士涌入书房想要捉拿寄南，寄南身手利落，跃起身子，一式"海底捞月"，拔走卫士的剑，立即剑拔弩张地与卫士对峙。寄南吼道：

"谁敢捉拿本王？我就让他去见阎罗王！"

太子踢倒两个卫士，和寄南背对背，左拳青龙护首、右掌白虎当胸，摆出迎战的姿态喊：

"谁要碰寄南和本太子，马上以犯上罪处斩！反正本朝是非不分，人头不值钱！"

皇上见闹得不可开交，生怕越弄越糟，大喊：

"启望，寄南，朕在此，赶快把剑收起来！"对卫士喊，"你们通通退下！"难得严肃地对皇后："皇后，皓祯的事情，朕已经依了你和荣王的意思！不要再把寄南和太子搅进去！"对太子和寄南斩钉截铁地说，"你们通通退下！皓祯的事情圣旨已定，谁都不许再求情，你们走吧！问斩当日，就代表朕为皓祯送上最后一程！"大喊："回寝宫！"掉头而去。

寄南和太子脸色死灰，失望至极。

汉阳拿着一卷奏折，匆匆踏进书房，方世廷也跟在后面进房，生气地喊着：

"你到处忙着找大臣，想奏请皇上法外开恩，你知不知道你这是痴人说梦，异想天开！"抢走汉阳手上的奏折，"你不要再白费工夫了！"

房门口，采文站在那儿，全神贯注地听着看着。汉阳悍然地夺回奏折：

"爹，我知道汉阳的立场跟你不一样，你可以不帮助袁家，但是你也不能阻止我要挽救皓祯！"

"你疯了？亏你还是大理寺丞？你认为谁会跟着你签名抗旨？难道你没有分析一下现在这个状况吗？伍家也好，皇后也好，皇上也好，现在都只杀皓祯，轻放了袁家其他的人，因为袁柏凯还有势力，弄得不好，就会引起内战！乱党也会趁机作乱，杀皓祯已经是皇上最低的门槛！"

"我反正不能眼睁睁看着皓祯上断头台！我还要努力！"汉阳坚持地说。

世廷气急败坏：

"你怎么老是头脑不清楚呢？那袁皓祯已经无救了！牺牲一个袁皓祯，救了袁家其他人，不是也还值得吗？"又抢走汉阳的奏折，打开，"你自己看看，你跑了大半天了，有几个愿意得罪荣王和你一起联名上奏了？你再闹下去，万一皇后认为袁柏凯在朝廷构成威胁，说不定立刻把袁家满门抄斩！难道你没看明白，现在皇上都听皇后的吗？我朝注定就是女权高涨的时代！"

世廷一句话，如醍醐灌顶，把汉阳浇醒了，不禁打了个寒战。

世廷便将奏折往室内的烤火炉一丢，火焰立刻吞噬了奏折。

门口的采文，脸色惨白地冲进房门，对世廷激动地喊道：

"你为什么要阻止汉阳救皓祯？他们有兄弟情谊，不是你的骄傲吗？如果汉阳能救皓祯，不是救了一个文武全才的英雄人物吗？"

"你也要插手？"世廷惊愕地说，"难道你们都听不懂？这些在奏折上签名的人，等于都是乱党，这奏折迟早会变成证据和袁家一起送命！别害这些忠臣了，四王的事，你们都忘了？醒醒吧！那袁皓祯是死定了！"

采文失魂落魄，心惊胆战地自语：

"死定了？死定了？他……死定了？"

采文离开了书房，奔进了祖宗祠堂，跪在祖宗牌位前，不断拭泪说道：

"方家的列祖列宗，求求你们保佑方家的子孙！不管得意的或失意的，都要保佑啊！只要保命就好！"磕头又磕头，肝肠寸断地哭着说道，"娘，求求您在天之灵给儿媳妇指示，这痛苦……儿媳妇还要背多久？皓祯，那是我们方家的心头肉，我刚刚才证实，就要让我眼睁睁看着他死吗？早知这么痛苦，功名利禄，都应该放弃的！娘啊！给我指示，现在，我该怎么办？我该怎么办啊？"

采文说着，不住磕头，脑袋在地板上碰得砰砰作响。

七十七

皓祯已经换了干净的衣服，脸孔也清洗过了。只是神情憔悴，眼神迷惘。一天已经过去，没有人带来任何好消息。显然太子、寄南的力量都不够，想到伍震荣还在祸国殃民，自己却先一步要上断头台，不甘心！想到深情的吟霜，此后漫长孤独的岁月，不放心！想到天元通宝的兄弟和太子、寄南、木鸢……不舍得！太多的不舍，太多的遗憾……他正在牢里思前想后，忽然，有个完全意外的人来探监了！

狱卒带着采文来到监牢栅栏外，开锁。采文披着暗色斗篷，戴着帽子，遮着脸孔。

狱卒恭敬地说道：

"夫人，小的们在外面等，夫人慢慢说！"

栅栏内，皓祯惊愕地看向采文。在帽子遮掩下，不知道来者是谁。采文给了狱卒一个钱袋，狱卒全部退出去了。采文就跨进栅栏，走到皓祯面前，放下帽子，露出面貌。

皓祯惊讶地问：

"宰相夫人？您怎么亲自来到这么不堪的地方？难道是汉阳有什么话要跟我说，他不能来，特地请您来？"

采文抬头哀恳地看着皓祯，急促地说：

"不是的！是我有话想跟你说！"

"是吗？什么话？"

"我的时间不多，我偷偷来，不能给任何人发现！我挣扎了很久，还是决定亲自跑这一趟！皓祯，我要问你一个问题！"

"什么问题？"皓祯惊愕着。

采文祈求般地看着皓祯，说道：

"当你知道你不是袁家的骨肉后，有没有想过你亲生的爹娘是谁？有没有想过你为什么来到袁家？"

"是谁让你来刺探我？"皓祯防备地问，警觉地说，"有人想认我吗？"顿时带着怒气说道，"不管是谁要你来刺探我，你去告诉他们，我通通不认！我只有一对父母，对我恩重如山，那就是袁柏凯和杨雪如！"

采文凝视着皓祯，泪水一下子冲进眼眶，她哽咽着崩溃地低喊：

"老天啊！你让我在二十一年后，找到我的儿子，却是他即将上断头台的时刻！我那些说不完的话，怎样告诉他？我还没开口，他就这样恨我了！"一面哭着，低喊着，采文就对皓祯跪了下去，抬头看着他，一字一字地说道，"你，是我和方世廷的儿子！汉阳是你的亲哥哥！"

皓祯踉跄一退，靠在墙上。

"不可能！怎么可能？绝不可能！"

"是的是的！我早就怀疑了，你长得就像我的亲弟弟，大家都说'外甥多似舅'！可是，袁家对你那么好，那么以你为骄傲，我不敢想……不能想……直到几天前，那个牙婆找来，才证实了你的身份……"采文惨烈地说道，"那是丙戌年十月十九日午时，你是寅时出生的，牙婆的马车午时就到了，那是我一生最痛苦的一天……"

采文开始回忆，并叙述二十一年前那段经过。

一辆马车停留在简陋的小屋前。牙婆拍打着小屋的门，喊着：

"婆婆，我来接孩子了！快点快点！"

房门一开，婆婆拉着采文出门，采文怀里紧紧抱着小婴儿。采文哭着说：

"对不起，牙婆！我不卖了，我不能把我的儿子卖掉，我不卖，请你回去吧！我舍不得……舍不得呀……"

婆婆落泪对采文说道：

"想想世廷吧！他病得那么重，我们连大夫都请不起，想想汉阳吧！他已经饿得皮包骨，我们连粮食都买不起……我们一家子的希望，都靠这笔钱，有了这笔钱，给世廷请大夫，他病好了才能去考科举、博功名呀……"

"是啊是啊！"牙婆催促，"赶快把那男娃儿给我吧！他会在一个大富大贵的人家里，过金窝银窝的生活，总比你们这样，根本养不起好！那大富大贵的人家，急需一个儿子，我保证他们会爱这个孩子的……"

婆婆就把婴儿从采文怀里抱过来，哭着交给牙婆。

"带走吧！在我们后悔以前，抱走吧！"婆婆哭着说。

牙婆拿出一箱装着金条的木盒，打开给婆婆看了一眼，交给婆婆，抱走了婴儿，赶紧上车，对车夫说道：

"赶快走！"

车夫一拉马缰，马车往前奔去，婴儿啼哭声骤然传来。采文哭着大喊：

"等一下！等一下……让我再喂他一口奶喝……我还有东西要给他，等一下……等一下……等一下……"

采文开始追着马车跑，追着追着，脚下一个趔趄，跌落在地。采文匍匐在地上痛哭，哭着喊着：

"儿子！儿子……原谅我，爹娘太穷了……原谅我……原谅我……"

"就这样，我失去了你！"采文说着。

皓祯听着，泪水在眼眶中打转，却努力不让眼泪落下来。

"这就是你的故事？因为贫穷，你把儿子卖了？你甚至不知道卖给谁了？"

"是的，这就是我的故事，我不知道把你卖给谁了！"采文哭着，"这是我和你祖母的秘密，等到你祖母去世，这就成了我一个人的秘密！皓祯，请你原谅我！"

皓祯咽了口气，冷漠地盯着采文：

"卖儿子很值得吗？那些钱，足够给宰相治病，读书考科举，让他一路青云做到宰相，给汉阳吃饱，让他当上大理寺丞？"

采文含泪点头：

"是的是的，都是因为你，他们才一帆风顺！这些都是你给他们的，你才是方家的福星，不，是方家的救星！"

皓祯一语不发，定定地看着采文，打量着她。

采文像个等待判罪的罪人，跪在那儿，抬头看着皓祯。

监牢内有一阵沉寂。

皓祯突然爆发地说道：

"你是宰相夫人，你读过书，不是农民，不是苦力，你的丈夫也是读书人，还写过让我佩服的'忠孝仁义论'，你要我相信，这样高贵的你，这样知书达礼的你，把儿子给卖了？"

采文泪如雨下，哀声地说道：

"皓祯……一文逼死英雄汉啊！当你连食物都没有的时候，哪有'高贵'这两个字可言？我不高贵，我卑微渺小，我自责了二十一年！"

皓祯悲痛而愤怒地说道：

"我就要上断头台了，你来告诉我这个故事？让我告诉你吧！我宁愿相信我的亲生父母目不识丁，是贫民，是灾民，是囚犯，是奴隶，是毫无思想的人，是见钱眼开的人，也不要相信是你这种有身份、有地位的人！我不接受，我不承认！你也没证据，你说完了，可以走了！"

采文痛苦已极地抱住皓祯的一只脚，哭着哀求：

"我有证据，当初的牙婆就是证据……相信我！当时真的情非得已……我对不起你！原谅我，原谅我……"

皓祯用力把自己的脚抽出来，走到囚房的深处，痛楚地说：

"相信又怎样？反正快死了，你知道谁是我的敌人吗？就是想夺取李氏江山的伍震荣和那位助纣为虐的方世廷！换言之，是左右宰相联手，把我送上断头台！"对采文惨烈地摇头，"可笑吗？你来告诉我，我的生父也就是断我生路的人？我的身世还能更加悲惨一点吗？你快走吧！离开这个监牢！我不想再听任何一个字！我也不相信你说的任何一个字！快走！我就当你发疯了，就当你从来没有来过！"大喊："快走！"

采文颤巍巍地起身，哀伤心碎地看了皓祯一眼，转身奔出监牢。

狱卒进来，喀喇一声，栅栏被大锁锁住。

皓祯靠在墙上，再度心碎地滑落在地，用双手痛楚地抱住了头，茫然迷乱地坐着。

吟霜坚持要见兰馨，汉阳无奈。虽然对这次见面一点把握也没有，却不忍心拒绝吟霜。反正各种办法都用过了，不差兰馨这一关。于是，吟霜扮成小厮的模样，随着汉阳进宫，一路走向兰馨寝宫的门口。崔谕娘对兰馨通报：

"公主，汉阳大人来了！"

兰馨在桌前转身迎向汉阳，说道：

"汉阳你来得正好，那天你说我也有法力，我似乎明白你的意思了。"

"哦！所以你愿意用爱来施展你的法力了？"汉阳问。

"我只是说我弄明白你说的话，并没有说我要做什么！"

"那真可惜了，下官今天带了一个人来，正好可以让公主施展法力，公主要不要试一试？"

吟霜在汉阳眼神的暗示下，走近兰馨，抬起头面对她。兰馨认出吟霜，震惊地说：

"是你？白吟霜！"

"公主，我想你和吟霜一定有很多话要说，我和崔谕娘就先退下，你们慢慢说吧！"

"留下公主……这样好吗？"崔谕娘犹疑地问。

"不是说她才是袁家的女儿吗？既然她不是白狐，那本公主还怕什么呢？你们下去吧！让我听听她有什么话要说！"兰馨说道。

崔谕娘无奈地和汉阳一起出门而去。兰馨怒向吟霜：

"你好大的胆子！居然敢到宫里来找本公主，是不是还想拿着银针来帮我治病呢？让我告诉你，离开了那个将军府，我的病就好了！"

"听到公主的声音，又恢复了霸气，吟霜放心了！"吟霜说着，切入主题，"公主，现在救命如救火，我就不和你拐弯抹角了，皓祯毕竟是和公主做了一场夫妻，请你看在这个分上，救救皓祯吧！"

"本公主遇人不淑，嫁了一个来路不明的驸马，早已经是长安城里的笑话了，现在父皇做主，把驸马给休了！我为什么还要去救他呢？"兰馨冷笑说。

"公主，请你先屏除你的成见和我们过去的恩怨，想想皓祯的好，想想皓祯对你过去的种种善意，想想皓祯教你木剑，你们也玩得挺高兴的，不是吗？还有皓祯为了救你，徒手去抓那么锋利的剑！你知道吗？就因为那时留下的伤，让皓祯用剑不如从前，才会被捕啊！皓祯从来都没有想过要伤害公主呀！"

兰馨色厉内荏地说：

"没有伤害过我？那么我的心为何是千疮百孔的呢？这不都是你和皓祯一手造成的吗？你现在居然敢大言不惭地说没有伤害过我？"

吟霜急切而诚恳地说：

"好吧！就算我们都伤害了你，可你是本朝的公主，能不能以一个公主的身份，对一个忠君爱国的英雄伸出援手呢？"

兰馨听到这段话，内心不禁被刺激到，眼中露出矛盾的神情。吟霜更深刻地说：

"公主，皓祯一直知道公主的本性是善良和正义的。是他要我来见你！你知道他一直怕我和你在一起，但是他被捕前，却要我来找你！在他内心深处，跟你有个最大的共同点，就是忠君爱国！那才是他的大爱，连娶公主，也是为了李氏王朝啊！"

兰馨抗拒大吼：

"够了！不要再说了，你就算搬出再多的大道理，本公主也爱莫能助！你走吧！我不想再见到你，你是我今生最大的失败，皓祯是我今生最大的耻辱！滚！"

吟霜跪下，泪眼婆娑，拉着兰馨衣摆求情：

"公主！请你救救皓祯，不要造成终身遗憾！现在谁都没有力量救他了，只有你有！今天皓祯是因为你而上断头台！那天你的泥人阵，让你父皇大怒，但是，都是误会呀！如果不是皓祯顾全大局娶了你，这换子之事顶多是家庭私事，也不会变成欺君大罪，不是吗？"

兰馨被吟霜说得哑口无言，生气地甩开吟霜：

"反正你们欺负了我！我父皇已经够仁慈了，还让你们袁家有活口，你不要敬酒不吃吃罚酒！你快走！你再不走，我就不保证你能平安地走出这皇宫！"大吼："快走！滚出去！"

吟霜失望含泪地走向门口，又忽然回头说道：

"被皇上流放的那四王没有死，太子、皓祯、寄南和许多英勇兄弟把他们救下了！现在安养在四个忠心耿耿的百姓家里！反正皓祯快死了，这秘密也不必瞒你！"

吟霜说完，走向门口。兰馨却震撼无比，忽然说道：

"你回来！我要看看你身上那个梅花烙！"

吟霜站住，背对着兰馨，拉下肩头的衣服，露出那个梅花烙。兰馨仔细地看着，喃喃地说道：

"原来你身上真有梅花烙！你被袁家换成了皓祯，却兜了一圈，又回到袁家，由女儿变成了儿媳妇！嗯……"眼光深邃地说，"或者，你命定是袁家人，我不是！走吧！"

吟霜心碎地走了。

三天很快过去了，各种营救都碰了钉子。

这晚，采文跪在祖先牌位前，泪流满面，对婆婆的牌位哭诉：

"娘呀！我们错了，我们卖子求荣，已经得了现世报了！"泪水纵横，"皓祯马上要上断头台，我却无法挽救他，老天呀！我该怎么办？我这可怜的孩子，临死了也不认我这亲娘啊！娘，你要是能显灵，请你救救皓祯吧！你那个孙子，有情有义，可是他不认我呀……"采文独自哭得悲戚哀伤。

汉阳踏入祠堂，见采文痛哭流涕惊疑不定：

"娘，你怎么了？什么事让你这么伤心？"看向案上的牌位，"又想起祖母了？"

采文赶紧拿手帕擦泪，说道：

"我没事，突然就想起一些往事……"关切地问，"皓祯……他是不是明天就要行刑了？"着急地问，"你还有办法救他吗？"

汉阳叹气，痛苦无比，说道：

"唉！总不能劫法场，那会把情况弄得更坏，我已经无用武之兵，或者，皓祯注定是要牺牲的！"又叹气，"这伍震荣真是太邪恶、太狡猾了！皓祯的案子不让我过问，偏偏上断头台行刑的监斩官，却用各种手段指定我！分明想让我和他一样，成为他的同党，成为双手沾满血污的刽子手，成为袁家的仇人！"

采文大惊：

"什么？你是皓祯的监斩官？"身体摇摇欲坠，快要昏厥，"不可以！不可以！这实在是太残忍了！"

汉阳扶着采文喊：

"娘！你是不是生病了？怎么全身发抖呢？"

采文克制着快要昏厥的躯体，望向窗外，心中在呐喊着：

"老天呀！你怎么不开眼啊！怎么可以让亲哥哥监斩弟弟的头呢！老天啊！"

最后一个黄昏，太子、寄南、灵儿、鲁超、邓勇和几个天元通宝兄弟，紧张激动地聚集在竹寒山中。寄南来回踱步，气急败坏地说：

"这木鸢是怎么回事？他还算我们的首领吗？我都去跪求皇上了，他一定比我地位高，说话比我有用，他怎么不出现？也不指示我们现在该怎么办？"

"明天就要问斩了，时间已经非常紧迫！寄南你老早就说，我们和木鸢没办法商量事情，只能被动地听命令，他不行动，我们就跟着不行动吗？"灵儿喊着，"不管木鸢了，我们个个有手有脚，我们自己来救皓祯！"

"我想，木鸢一定有不得已的苦衷……"太子叹气，"伍震荣抓乱党损失了很多兄弟，上次你们四个突围，和羽林军大战，从将军府打到城门口，一路打上山，连斗笠怪客的队伍都抵挡不住，弟兄们更是伤亡惨重，黑白两军都元气大伤！"

"我想，这次问斩，伍震荣一定会重兵压阵，我们的弟兄，万一救援不成，恐怕会被一网打尽！木鸢不会放弃皓祯的，他一定什么办法都用尽了！"寄南眼中放光地说，"或者他还在努力中！"

天元通宝众弟兄热血沸腾地说：

"为了少将军，我们愿意流血，就算战到全军覆没，我们也要奋力一战！"

"就是！我们不能让少将军砍头，绝对不行！"众兄弟个个群情激昂。

"那我们还等什么？有多少弟兄就集合多少弟兄，能够带伤上阵的都算进去！鲁超，你有统计过吗？我们还有多少人马可以上阵？"灵儿激动地问。

"我和邓勇都统计过了，我们现在能用的人手，实在不多！带伤的兄弟不能上阵，目标太明显，只怕还没和敌人交手，就会被捕！"

太子冷静下来，脸色沉重地说：

"劫法场和以往的行动完全不同，不成功，就一定成仁！何况以前都有皓祯带头，有周密的计划。现在实在没把握能够成功！万一劫法场失败，袁家就真的会面对满门抄斩的命运！"

"不止如此，恐怕'天元通宝'也会全面瓦解！"寄南严肃地说。

"那我们就眼睁睁看着皓祯上断头台吗？我们不能从洛阳，从咸阳，从襄阳，从汴州……调人手过来吗？还有袁家和太子的军队，不能出动吗？"灵儿说。

"袁伯父和我，如果发动军队，那就等于跟朝廷开战了！伍震荣正好把这股忠君爱国的力量，全部剿灭！"太子说中了最严重的问题，"说不定，伍震荣就等着我们发兵救皓祯，坐实我们都是谋逆篡位的人……"

太子还没说完，一支金钱镖射在一根树干上。众人惊喜，太子取下金钱镖低喊：

"木鸢的指示终于到了！"

太子打开纸条，看着上面的文字，寄南凑过去念着：

"避免生灵涂炭，大局为重，挥泪送英雄！——木鸢。"寄南脸色惨变，跌坐在地，"连……木鸢都指示我们，放弃劫法场，挥泪送英雄！"

个个黯然神伤，灵儿拉着寄南的衣袖拭泪。

落日高挂在天空，彩霞堆砌着，层层叠叠，各种颜色的红，橘红、橙红、紫红、胭脂红、玫瑰红、杜鹃红……把天空都占据了，红色云层衬托着那轮落日，缓缓下降。大家看着那落日和彩霞，夕阳无限好，只是近黄昏！皓祯，他连这个黄昏都看不到，他只能在监牢里等死！明日的黄昏，他也看不到了！

最后一夜。汉阳唯一能做的，就是领着雪如、柏凯、吟霜来到大牢探望皓祯。雪如手中提着一篮饭菜。狱卒打开牢门让众人进去，汉阳说道：

"明天马上要行刑了，你们好好地话别吧！我就在外面，有事情喊我一声就可以！"

汉阳带着一众狱卒退了下去。

雪如一见落寞消瘦的皓祯，便号啕大哭，边哭边喊地奔向皓祯去：

"皓祯……皓祯啊……"扑跪落地，抱住皓祯，"娘对不起你，对不起你，是我一手改写了你的命运，是我一手造成了你的悲剧，没有我，你今天或者在某处某地，安居乐业，娶妻生子，好好过着你的人生！"

皓祯痛苦地往地上一跪：

"爹、娘！谢谢你们把吟霜带到我的生命里，和吟霜相遇，是我这一生最大的幸福，以后让她代我尽孝吧！"

吟霜和皓祯交换了凄然一瞥，然后跟着皓祯跪在雪如和柏凯面前：

"爹、娘！也谢谢你们把皓祯带进我的生命里，让我这一生再无遗憾!"

雪如泣不成声地喊:

"皓祯……吟霜……"

"圣命难违,既然判我一死,对袁家从轻发落,那么就算是我报答爹和娘,这二十一年来的养育之恩吧!今晚……是最后一晚了,与其为我伤痛,不如和我静静相守吧!"皓祯凄然说道。

柏凯颓丧至极,不能言语,雪如则眼泪汪汪地望着皓祯,痛心疾首。

"皓祯!爹对不起你,即使拥有调兵遣将的权力,却无法挽救你,木鸢就怕我发兵,才要我们避免生灵涂炭!"柏凯总算开口了,落泪说,"但你要记住,爹很骄傲拥有你这个好儿子!"

皓祯真诚地望着柏凯和雪如,说:

"如果可以从头来过,让我自己选择我的命运,我仍然愿意选择做你们的儿子,做你们心目中的皓祯!"

雪如不能言语,心酸已极地抚摸皓祯的脸颊,泪潸潸地、细细地流下。她深深地望着他的容貌,好半晌才哽咽地说:

"如果来生可以选择,让咱们再做一对母子吧!真正的母子!"

皓祯动容地、眼睛湿湿地点点头:

"是!是!娘!"

母子泪眼相看之际,吟霜起身走向竹篮,蹲下去,一盘盘地拿出饭菜。

柏凯就对皓祯说道:

"你娘和吟霜亲手做了你最喜欢吃的饭菜,这都快凉了……皓祯,乖,快来吃饭吧!"执起筷子,把菜往皓祯碗中夹去。

皓祯迅速地揩揩眼泪，过去蹲在柏凯对面，抢过筷子来。

"爹，让我自个儿来吧！"

柏凯一瞬不瞬，定定地看着皓祯，那神情攫住了皓祯的目光，父子两人无言地相望。吟霜端着碗，却只是痴痴地看着皓祯。柏凯点点头说：

"好好吃，吃饱一点儿……"嘴唇翕动着，那神情似有千言万语想要表达，然而他只是困难地再重复一句，"吃饱一点儿！"

皓祯只觉胸口狠狠撞击了一下，感受到柏凯简单的语言底下，实际藏着强烈的痛楚，他喑哑地答了一声：

"好！"

皓祯不住流泪，端起碗，不徐不疾地进食，咽下的每一口都是苦涩，即使食难下咽，但这么简单的一件事，是他最后一次顺从父母、安慰父母的机会了。

晚餐终于吃完了。雪如收拾碗筷进食篮，看着皓祯说道：

"最后的一点时刻，我和你爹先离开，你们两个再相聚一会儿吧！"

柏凯点头，蹒跚地，和雪如彼此搀扶着而去。

牢房内剩下皓祯和吟霜，两人四目相对，深深地、深深地看着彼此。然后，皓祯张开了手臂，吟霜就投身在他怀里。皓祯痛楚地说：

"吟霜，听我说……"

吟霜伸出一根手指，压住皓祯的嘴唇，低语：

"什么都不要说，只要让我这样靠着你，听着你的心跳……"

皓祯便抱着她，让她的耳朵，贴在自己的胸前。两人含泪依偎着。皓祯在心里低低说道：

"听吧，吟霜！这颗为国为民为你而跳动的心，明天就会停止了！"

七十八

　　月黑风高，夜深人静。汉阳跟着崔谕娘走进兰馨的寝宫，汉阳诚挚地说道：

　　"公主，请原谅下官深夜求见！"

　　兰馨回头，对崔谕娘说道：

　　"崔谕娘，你出去吧！在门口守着，别让人打扰我们，本公主想，汉阳此时来访，一定有很重要的事！"

　　"是！"崔谕娘对宫女们挥挥手，一起出门去了。

　　汉阳打量一下室内，确定安全无虞，就一针见血地说道：

　　"公主！明日午时，皓祯就要问斩，现在除非是有奇迹，皓祯死定了！难道公主真的恨他到必须让他死？"

　　兰馨脸色一沉：

　　"哦！你是来找'奇迹'的！我还以为你是伍震荣的人！"

　　汉阳一脸正气，说道：

　　"我爹和伍震荣虽是一伙，下官却是公平中立的！皓祯，我敬他是个铁铮铮的汉子，他是屡次和伍家正面冲突的英雄，在冲突的时候，甚至没考虑过自身的安全，看到这样一个英雄上断头台，下官充满痛惜的心情！公主，难道你没有吗？"

兰馨眼前闪过皓祯为救她徒手抓剑，鲜血直流的画面。兰馨的心，被猛烈撞击了。

"英雄？这是本公主这两天以来，第二次听到人这样称呼他！吟霜是他的小妾，把他看成英雄也就罢了！你这个宰相府的人，也这样说他，就有点稀奇了！"

"当然，吟霜说他是英雄不稀奇，下官说他是英雄也不稀奇，如果公主眼中的他是英雄，才是稀奇！"汉阳紧紧地盯着兰馨，有力地问道，"他是吗？公主现在没有狐狸病，已经恢复健康，相信也有真正思考和判断的能力！他是吗？"

兰馨瞪着汉阳，震撼地怔住了。

"明日午时行刑，公主还有一个早上的时辰，救下这位英雄！下官奉命监斩，会从皓祯走出牢房开始，一路押送到刑场！有没有奇迹，下官就等公主的消息！夜深了，下官告辞！"汉阳说完，行礼而去。

兰馨看着他的背影，忽然想起当日选驸马时，皓祯先抱住了她，发现她是公主，就把她推进汉阳怀里，汉阳大力一抱，死不放手的情形。再也没有料到，他们三人，会发展到今天这个地步，皓祯将因她而上断头台，汉阳将成为全程目睹的监斩官！而且，这位监斩官，还为了这位死囚，深夜来向她求助！她想着汉阳的话：

"吟霜说他是英雄不稀奇，下官说他是英雄也不稀奇，如果公主眼中的他是英雄，才是稀奇！他是吗？"

他是吗？兰馨回忆着，用手托着下巴，坐到桌前，看着桌上的一盏灯发愣。

这天终于来了。皓祯辰时就从大牢走出，因为从大理寺监牢到行刑场有很长一段路，这件"皇上斩驸马"的案子太轰动，沿路都有群众围观。天元通宝的兄弟们，也穿着老百姓的服装，混在人群里。虽然大家都接到木鸢的指示："不可劫法场，挥泪送英雄"，那些兄弟仍然抱着希望，即使皓祯真的走了，大家也要来送一程。汉阳知道这条押送的路很漫长，生怕路上有变数，官兵衙役重重护卫，早早就动身。

皓祯没有脚镣手铐，也换上吟霜送来的新衣服，皇上最后的恩赐，不穿囚衣，不用脚镣手铐，一如四王流放时。但四王当时有皓祯等人奋不顾身地营救，皓祯呢？他什么都不敢想，他也知道，兄弟们万一沉不住气劫法场，可能危及木鸢和天元通宝！那是李氏王朝最后的一股力量，不能为他轻易牺牲！这次，他真的无路可逃！只可惜了吟霜那个好女子。官兵将他关进有栅栏的囚车，汉阳无奈地在一旁监督着。看着皓祯进入囚车，汉阳歉然地说道：

"皓祯，没想到，居然由我来送你最后一程，请你不要怨我！"

因为采文突如其来的监牢认子，使得皓祯面对汉阳时，百感交集。心想，采文说的话可靠吗？在他的直觉里，这可靠性相当高，只是不想承认而已。看着汉阳，许多和汉阳的交集都浮上心头，尤其他被捕后，汉阳一次次安排各路人马探监。他心中感慨地想着，汉阳真的是他的哥哥吗？难怪以前对汉阳一直有种莫名的亲切感。想着想着，感觉这是命运对自己再一次作弄。生时无知，死时有憾！他叹口气，对汉阳充满感性地说道：

"汉阳，不管如何，谢谢你这阵子在牢里的照顾，一切只待我来生再报了！"勇敢认命地说道，"走吧！我该上路了！"

汉阳对官兵大喊："启程！"

汉阳押着囚车，带着官兵浩浩荡荡地走向了街道，走向皓祯生命的终点。

将军府中，柏凯、雪如、秦妈及将军府仆人都穿着素衣，也是一清早就起来了，其实，是整夜都没睡，在皓祯即将处斩的时刻，还有谁能入眠呢？大家神情哀戚。

雪如脸色苍白，茫然失神地望着远方。秦妈哀伤地端来参汤给雪如，含泪说道：

"夫人，你好几天都不吃不喝了，好歹也喝点参汤吧！"

雪如喃喃地说着：

"皓祯，昨夜给我一个约定，他说……"又悲从中来哭泣，"他说下辈子还要当我的儿子，当我的皓祯！我真是罪孽呀！我害苦皓祯了！"痛哭失声。

柏凯默默拭泪，抚慰着雪如：

"好了，你不是也答应皓祯，要平静地送走他吗？你就不要再哭了！"

"咱们送儿子，叫我怎么平静啊！应该让我这个罪孽深重的人上断头台，不是皓祯呀！"突然疯狂地奔向门外，哭喊，"我要去见皓祯！我要去见他最后一面！”

柏凯拉住雪如：

“你不能去！你冷静下来呀！”

雪如挣扎，凄厉地哭喊：

“不要拦我，不要拦我！我要去找我的儿子！最后关头，我要去陪他！皓祯！皓祯！我当年鬼迷心窍，把吟霜换成你，让你面对今天的悲剧，我该死！我该死！”

“雪如！”柏凯拭泪说道，“这是重男轻女的时代，事情发展至今，我不曾责备你，因为，如果你没有换儿子，我怎么能拥有皓祯？我以这儿子为荣，虽然他不是我亲生的！命运如此，你也节哀顺变吧！”

柏凯这样一说，雪如更是泪不可止，忽然呼吸不过来，哭得崩溃昏厥。

柏凯一把抱起她，大喊：

“雪如！雪如！”

秦妈也哭着大喊：

“夫人！你醒醒！你醒醒！”

皓祯的囚车缓缓在街上行走，游街示众。汉阳骑在马上，在最前端带队前行。皓祯一脸凛然，慷慨赴死的模样。街上民众对着囚车议论纷纷。

“听说囚车上的是驸马爷呀！”

“啊？皇上连驸马爷的头也要砍啊！”

“唉！他们那种皇亲国戚钩心斗角的事儿真多！我们老百姓

看不懂！"

街上围观民众越聚越多，寄南、灵儿也穿着素衣，低调地夹在天元通宝兄弟和民众中间，默默地为皓祯送行。当囚车来到寄南、灵儿眼前，汉阳有默契地指挥官兵让道，寄南、灵儿顺利走近囚车。寄南惨然地低语：

"我必须坦白告诉你，我们没办法劫法场，木鸢要我们'挥泪送英雄'，恐怕你逃不掉这次的劫难了！"

皓祯淡定地说道：

"我这条命已经无所谓，大家不要白费力气，护国大业就靠你和兄弟们了，你们一定要有一番作为，我在天上看着你们胜利！"

"皓祯，我不相信你会死，说不定还会有什么奇迹发生，我还在等奇迹！"灵儿坚定地说，"我相信奇迹一定会来的！"

"奇迹已经被我们用完了！"皓祯苦涩地说，"这时候我不寄望奇迹，但是你们答应我，要帮我好好照顾吟霜，这是我最后的请求！"

寄南还要说话，人群涌上前来，寄南和灵儿就被冲进了人群之中。汉阳示意，囚车又向前缓缓前进。

在人群中后端，采文穿着一身暗色便服，疯狂地追着囚车，在人群中凄然狂喊：

"汉阳！汉阳！你不可以监斩！你不可以下令砍皓祯的头！汉阳……汉阳……"

一群宰相府的卫士，追向采文，七嘴八舌地喊着：

"夫人！夫人！快回来呀！斩首不要看……快回来呀……"

人群汹涌，采文的声音淹没在人群中。汉阳隐约听到声音，看向采文，不禁震惊。

"我娘？她在追囚车？"汉阳惊奇地看着，想着，"她在哭？她在喊什么？"

皓祯也若有所觉，对着采文的方向看了过去。电光石火间，他和采文的眼光相会了。采文伸长了手哭喊：

"皓祯！皓祯……你不能死，不能死……让我替你一死，怎样才能替你一死……"

卫士冲上前来，拉着失魂的采文回去。采文被拉着，一步一回头，眼神一次又一次和皓祯相会。皓祯追踪着采文，直到视线看不到彼此，皓祯终于眼眶泛泪，在心中低语：

"无缘的亲娘，珍重，再会了！"

突然另一边的人群中，吟霜的声音刺耳地喊着：

"皓祯！皓祯！"

皓祯急忙看去，看到吟霜穿着一身他送给她的白色衣服，头发上束着白纱飘带，面容素雅，神色飘逸。因为天气太冷，她披着一件也是他送给她的白裘披风。她正艰难地在人群中追着囚车，披风散开，她像那朵峭壁上的石玉昙！她拼命喊着：

"皓祯！皓祯！"吃力推开拥挤的人群，"借过！借过！请让我过去！"大喊："皓祯！皓祯！"

囚车上的皓祯，对着吟霜激动大喊：

"吟霜！吟霜！为我保重！吟霜！快回将军府……"

汉阳在最前端带队前行，不知吟霜在追囚车的情况。吟霜苦苦追着囚车，当距离皓祯只有几步之遥时却被无情的官兵阻挡。吟霜不停地喊着：

"皓祯！皓祯！"恳求阻挡的官兵，"官爷，让我过去，让我跟我的夫婿说几句话！官爷，求求你让我过去！"

"闲杂人等，不得靠近钦犯！"官兵推开吟霜，"快走！否则别怪我不客气了！"

吟霜声嘶力竭地、痛入心扉地喊：

"皓祯！皓祯！"与官兵推撞。皓祯回头对吟霜喊着：

"吟霜，快回去！不要追了！吟霜，你要保重！照顾爹娘！"

吟霜突然被一个官兵推倒在地，同时人群拥挤，对吟霜又踩又踏。吟霜被踩得哀鸣，挣扎地爬出人群。没想到官兵又对着吟霜棍棒齐飞。人群里灵儿、寄南转眼看到吟霜痛苦地匍匐在地上，飞奔过去解救吟霜。灵儿痛打官兵：

"你们就会欺负老百姓！"赶紧扶起吟霜。

寄南一拳挥向官兵，破口大骂：

"一个弱女子被你们打成这样，你们到底有没有人性呀！"放声大叫，"汉阳汉阳！管管你的官兵，居然对吟霜拳打脚踢！"

汉阳被寄南的大吼惊动了，回头看，下令队伍停止，策马来到人群中。

汉阳一见嘴角流血的吟霜，惊痛无比。吟霜跪求汉阳：

"让我和皓祯说几句话，几句就好！"

汉阳点头首肯，官兵识相地退开。

囚车里的皓祯，看到吟霜过来，就身不由己地坐下，才能和吟霜四目相对。

吟霜走近囚车，拉着囚车的栏杆，泪眼婆娑地说道：

"皓祯！你听着！我们两个的'石玉昙'相遇，东市里重逢，乡间小屋里的结婚，画梅轩里的山盟海誓，都是我们最美好的记忆！所以，生也好，死也好，今生也好，来生也好，我都是你的，永远永远都是你的……"

皓祯心魂俱碎，心痛至极地说着：

"吟霜，今生能够有你，是我最美好的事！我对你只有一个要求，要为我活下去，要为我报答爹娘！……"

两人隔着囚车诉说着，吟霜已身不由己，几乎整个人都挂在囚车上。天空开始下雪，两人在大雪纷飞中，泪眼相看。

"不！只有这一句我不能依你！绝不依你！"

"吟霜！你要听我的！"皓祯着急地、命令地说，"如果是我的吟霜，就要听我的！"

吟霜落泪，却坚定地说道：

"皓祯，记得三仙崖上，我跳下悬崖，你为什么跟着跳下去？当时我有没有要你去追求你的幸福，你怎么不听我的？"

皓祯大大一震。

"我现在是那时跳下悬崖的你！我决定的事，也无法改变！"

"吟霜，时辰将至，不能耽误了！"汉阳提醒，并暗示灵儿和寄南带走吟霜。

吟霜和皓祯四目相对，眼中，交换着生死不离的悲痛与不舍。

皇宫中，皇上随着时刻的飞逝，失魂落魄地在书房里徘徊。

忽然，兰馨猛地冲进书房。曹安赶紧禀报：

"兰馨公主到！"

皇上一惊回头。兰馨气势汹汹地喊道：

"父皇！你还认不认我是你的女儿！"

"你这样冲进来，劈头就胡言乱语，朕何时不认你这个女儿了？"皇上惊愕地问。

"如果你认我是你的女儿，那么你相信我说的话吗？"

"当然相信呀！你到底想对父皇说什么，就清清楚楚明白地说出来！"

"既然父皇相信女儿，那么请父皇给我一个特赦令，放了皓祯吧！皓祯罪不至死！他也不是什么乱党，对父皇从来没有谋逆之心，这点我可以为他担保！"

"朕故意下旨三天后处斩，你早不求、晚不求，现在才来是不是太晚了！何况现在八成都上了刑台了，一国之君出尔反尔，这成何体统！"

"父皇的意思是体统大于你女儿吗？"兰馨咄咄逼人，"你宁可看着你女儿后半辈子，都活在懊悔中？父皇也不怕我恨你一辈子，是吗？"

"大胆！对父皇说话怎么可以如此不敬？看来你的病真的完全好了！又张牙舞爪、嚣张跋扈了！"

"是！我的病好了，所以本公主原谅了皓祯，父皇就快给我特赦令吧！救人如救火！"

"唉！皓祯命中该绝！就算朕要特赦皓祯，你母后也不会答应！"皇上叹气。

"父皇，到底你是皇帝，还是母后才是皇帝？"兰馨气极了，"为什么要受她摆布？父皇，我再问一次，到底给不给？"

兰馨立刻拔了身边卫士的剑，架在自己的脖子上：

"父皇，你不给，本公主就自刎在父皇面前！"

皇上大惊，还来不及反应，忽然房门被撞开，太子急冲而入，喊着：

"父皇！你的尚方御牌，借我一用！"这才看到架着刀的兰馨，震动地说，"兰馨，我们兄妹目标一致！父皇！快给我御牌，去救皓祯！"

兰馨跟着喊道：

"特赦令也行！不然我立刻自尽！"

"你们兄妹发疯了？兰馨，快把剑放下来，有话好好说！"皇上惊慌。

"我跟父皇已经没有什么好说的了，除非你特赦了皓祯！"

"时辰已经快到，父皇！如果皓祯死了，儿臣必然追随于地下！"太子喊道。

"为了皓祯，你们竟敢一再用生命来威胁父皇？"皇上震撼地问。

"皓祯已经不是我的驸马，我今天来留他这条命，只因为在本朝，他是父皇真正的忠臣！再杀几个忠臣，父皇的江山就不保了！"兰馨正色地说。

皇上一愣。太子大声接口：

"父皇，你还不了解吗？你真要为了母后和伍震荣，杀掉一个为你效忠的英雄人物？他的脑袋一掉，多少英雄会揭竿而起？那时被反的人就是下令砍头的你！历史不都是这样的吗？改朝换代不都是这样的吗？你知道十六卫已经愤愤不平，蠢蠢欲动！启望的东宫十卫，也在愤慨激动中，只要皓祯脑袋一掉，父皇最怕的内战就马上开始!"

皇上如醍醐灌顶,一脸的震撼,看着面前的一双儿女。

刑场细雪纷飞。

群众正从四面八方涌向刑台,方世廷一身便衣,带着便衣卫士站在群众中冷冷监视着。官兵们在刑台下围绕一圈,防范着。官兵后面,伍震荣和伍项魁带着羽林军,密切注意着一切动静。伍震荣低问伍项魁:

"有没有什么可疑分子?要密切注意,会不会有人劫法场!"

"整个法场,都围得密不透风。这次袁皓祯死定了!方宰相也带着便衣卫士,在人群里监督,这次万无一失!"项魁得意地说。

台上有鼓手和刽子手在等候,汉阳在前,官兵押着皓祯步上刑台,皓祯不住回头张望。台下小乐、鲁超、袁忠带着一众袁家奴仆,身穿素衣,跪在一具棺枢前面。小乐等人见到皓祯即将走上刑台,不禁十分激动。大家放声哭喊道:

"少将军!少将军!小的们给你磕头!"大家磕下头去。

皓祯见到众人,也分外激动,说道:

"小乐!鲁超!你们不要送我,你们去守着吟霜呀!她跌倒受伤了,现在又被人群冲散,你们快去照顾她呀!"

鲁超眼中充着泪,凄绝地说:

"少将军,此时此刻,我们谁也顾不了谁了……"

说话中,皓祯已被押上刑台。

人群外围,灵儿、寄南陪着吟霜踉踉跄跄地飞奔而来,气喘吁吁，只见皓祯远远站在台上，白雪纷飞，吟霜情急，甩开灵儿，便势如拼命冲向刑台。皓祯一见吟霜，激动地大叫一声：

"吟霜……你居然追到法场！可是你怎么能面对这个！"身子激动一冲，却被左右官兵挟持住，急迫地狂喊出声，"回去！回去！我不要你目睹我的死，我只要你记住我的生，快回去！"

吟霜抬头望着皓祯，急急往前冲，也狂乱地喊着：

"你甚至不要我送你吗？我还有句话没说完呢……我说完就走！皓祯！"终奔至台下，却被防卫的官兵以长矛拦住。

汉阳急喊：

"长矛收起来，让他们说最后几句话！"眼中含泪了，拼命忍住。

长矛收起，吟霜奔到刑台前。皓祯急切俯身，吟霜急切仰望。皓祯情急地喊着：

"维持住你心中的那个我，不要看到我身首异处！"

吟霜知道皓祯不愿她见到他的死状，心领神会，毅然点头。

"我明白了！我这就回去！不送你了！听着！"坚决而悲壮地说，"我要跟你订一个约定……"凄绝地喊道，"午时钟响，天上相会，生也相随，死也相随！"

吟霜喊完，毅然回身，又从群众让出的道路中飞奔而去。皓祯大震，张口欲喊，身子往前一冲，又倏然止住，不能言语。只见吟霜渐渐奔远，到人群尽处，吟霜停顿了一下，回头再深深地四目交会，然后毅然转身，直奔而去。

皓祯目送着吟霜，不再激动，也没有眼泪，喃喃说道：

"一个约定，一个最后的约定！吟霜，我知道我没法改变你！

午时钟响，天上相会，生也相随，死也相随！"

皓祯终于知道，这是飞雪中的约定，生死相随，命运已定。

吟霜一路含泪狂奔，经过各种街道、桥梁、小径等。雪在她身边飞舞，因为人人都去法场看行刑，这条回将军府的路，只有飞雪，没有行人。吟霜像是一片雪中的白蝶，只有如刀的凛冽寒风，吹送着她；如絮的漫天雪花，伴随着她孤独的、纤弱的身影；如孤鸿、似单鹤、若白蝶……飞向她生命中的唯一。她一面跑，心里不断呐喊着：

"皓祯，等我，我会守着我们的约定，天上相会！等我！"

吟霜一面跑，心里不断念着，一不小心跌在雪地里。她不顾膝盖上的疼痛，咬牙爬起身，继续拼命地奔跑。

同时，在另外通向刑场的一条大道上，兰馨和太子，一个手持特赦圣旨，一个手持尚方御牌，往刑场方向策马狂奔。

吟霜与兰馨、太子一个往东、一个往西，在两条不同的街道上，错身而过。

太子急切地驾驭着骏马，嘴里念着：

"驾！驾！皓祯，我和兰馨来救你了！一定要等我们！等我们！"

街道民众闪躲着兰馨和太子的快马疾驰。

另外一边，吟霜继续奔跑。最后冲进了无人看守的将军府大门。吟霜满脸肃穆地奔进了画梅轩院子，留守在画梅轩的香绮，也一身素服迎向吟霜。香绮哭着喊：

"小姐，你回来了！公子……"

"香绮，你去上房陪着将军和爹娘，等下一起去门口迎接皓祯的灵柩！快去！"

香绮落泪，也没细想，就点头拭泪，走去上房了。

吟霜见香绮远离，立刻锁上了庭院的大门。

法场上的钟鼓楼，声音响起，时辰已到。飞雪飘飘伴着钟声阵阵，整个法场都安静了下来，汉阳神色凝重地站了起来，四面张望，声音哽塞地扬声道：

"午时整！"还有"行刑"两个字，他却没有说出口，等到鼓声停止再说也不迟。

大鼓隆隆敲起。

画梅轩庭院中，吟霜站在梅花树下，抬眼依恋地望着梅花树，白雪纷飞，梅花正在盛开中。若干花瓣随着风雪飘下，片片雪花，片片落花，都是离人泪。吟霜张开手心，痴痴望着手心里那精致的红色小药罐。

法场上，皓祯神色从容无畏，被押着跪落地，头部被按上了断头台，颈子嵌在断头台的凹槽中。鼓声急促中，刽子手就位。

寄南、灵儿、小乐与鲁超，神情悲恸地齐磕下头，匍匐在地上不动。

伍震荣与伍项魁聚精会神地看着。世廷也在人群中监看着。

群众和天元通宝兄弟，个个不畏雪天风寒，屏息以待。

画梅轩梅花树下，吟霜听到了隐约的鼓声，她面容平静地打开了小药罐，虔诚地、低低地说道：

"皓祯！我来了！我在我们最钟爱的梅花树下等你来相会！"

吟霜就在梅花树下饮药自尽。身子倒在树下，花瓣纷纷飘落，和雪花一起，覆盖着她，似乎要用雪花和梅花，将她重重包裹。此时此刻，她无怨无悔，用生命写下：

此生尽，
情不灭。
雪花飞，
缘不绝。
多情自古伤离别，
更何堪、
生死茫茫成永诀！

刑场上，皓祯面孔同样从容，他把眼闭上，等待人头落地。在他斜上方，刽子手举起了大斧，鼓手擂鼓声声催，乍然鼓停声止。汉阳无奈，正要喊"行刑"二字，忽然远远传来呼声。兰馨凄厉地喊着：

"刀下留人……刀下留人……"

太子同时喊道：

"行刑停止！皇上有特赦令！还有尚方御牌！"

鸦雀无声中，那呼声显得格外清楚，刽子手一怔。汉阳急忙循声望去。

两匹快马正飞驰而来，太子和兰馨，一人高举着圣旨，一人高举御牌。太子大喊：

"刀下留人……皇上有圣旨……刀下留人……皇上大赦……"

汉阳惊喜，大喜，狂喜！急忙对刽子手大喊：

"住手！暂缓行刑，快退开！奇迹到了！"

"是！"刽子手斧头硬生生收住，踉跄地急急退开。

群众都惊呼出声。汉阳急匆匆下台去。皓祯直起身子，有着死里逃生的恍惚与不真实感。台下寄南、灵儿等人面面相觑，惊愕之余，燃起希望。

伍震荣和伍项魁脸色一怔，瞪大眼睛。群众哗然，若干天元通宝兄弟泪盈于眶。

兰馨和太子快马驰到，勒马停住。两人跃下马。汉阳瞠目结舌地还不及发话，兰馨高举圣旨，急切地喊道：

"汉阳大人！皇上特赦圣旨！"喘息不已地说，"快接旨……接旨啊……"双手高举着圣旨，眼看着皓祯，心魂皆碎，惊惧不已。汉阳无暇多想，慌忙跪了下来，接过圣旨，打开圣旨，大声念道：

"皇帝特赦，骁勇少将军袁皓祯，立即无罪释放，钦此！"

寄南、灵儿等众人都呆住了。群众哗然。太子高举御牌喊道：

"还有尚方御牌，皇上有口谕，忠孝仁义，英雄人物难觅！移花接木，身世问题不究！两个特赦，皇恩浩荡！"

汉阳回头喝令台上官兵：

"还不快放人！两个特赦，皓祯得救了！"

官兵奔向皓祯，取刀割绳松绑。皓祯简直不能相信，目不转睛地望着兰馨和太子。太子惊魂未定地大喊道：

"皓祯！难得我们兄妹联手，最后一刻赶到！"

兰馨长长吐了口气，充满豪情壮志地喊道：

"废除了一个驸马，挽救了一个英雄！兰馨也不负此生！"

伍震荣和项魁相对一看，往前冲去。刹那间，一群天元通宝的兄弟，各种杂乱的平民服装，拥挤地拦在伍震荣父子身前，父子顿时陷入人海，动弹不得。在人群中的方世廷身子一动，另一批兄弟挤了过来，几乎把他团团包围。世廷和伍震荣遥遥交换着视线，愤愤不平。

小乐、鲁超、袁忠、家仆等人这下简直欣喜若狂，双双扑向刑台，连跃带爬地上了台，扑跪在皓祯身旁。小乐喊道：

"公子！吉人天相啊！"

鲁超面向兰馨、太子，喜极而泣：

"皇恩浩荡，卑职叩谢皇上恩典！叩谢太子和公主恩典！"连连磕头不停。

皓祯猛然一震，乍然间心惊肉跳！"午时钟响……"皓祯破口狂呼出声：

"吟霜！别管那个约定……"

兰馨那匹坐骑就在台下，皓祯不假思索地纵身一跃跳上马背，策马疾走，人群慌忙走避，登时弄得一片混乱。皓祯冲开了人潮，猛一夹马肚，吆喝着：

"驾！驾！"

太子惊愕大喊：

"皓祯！你去哪里？"

皓祯纵马狂奔而去，心里在疯狂地呐喊着：

"吟霜，你千万等等我，等等我……吟霜……"

太子、兰馨、汉阳互看，汉阳惊心动魄地说道：

"他们有一个雪中的约定，生也相随，死也相随！"

"什么？"太子大喊，纵身上马，"我们追去看看！千万不要救了一个，又失去一个！我们快去！"

众人有的上马，有的上车，都往将军府飞骑而去。

将军府中，正一团混乱。雪如、柏凯、香绮、秦妈、家仆等众人都挤在画梅轩门口，又哭又喊地敲着门。雪如一边敲门，一边残弱地哭喊：

"吟霜！你关着门做什么呀！你千万别做傻事呀！"

"小姐！小姐！你快开门啊！小姐！你不要吓我呀！"

柏凯对家仆指挥：

"你们还等什么？快撞开这道门！"

几个男仆用力地撞开了小院的大门。大家奔进院子。

只见吟霜还穿着那身服装，安详地躺在梅花树下。整树的梅花，全部飘落，淹没着她。吟霜凄美的脸孔，露在朵朵梅花之中。似乎梅花为她做了一个葬礼，雪花飞着，梅花飘着，她无泪无憾，脸色从容，她已遵守她和皓祯那个生死的约会。正是：

魂梦远，

身如燕，

飞越关山，

飞越生死，

来与君相见！

耳边犹记君低诉，

你是梅花，

我是梅花树！

从此朝朝与暮暮，

只有香留住。

雪如和柏凯凄厉大喊：

"吟霜！"奔到梅花树前，见到这种情景，都站住了。

"梅花全部落下来了！梅花包围着她！"雪如拦着柏凯，落泪地、低喃地说道，"梅花烙，梅花烙……梅花是不是在保护她？她一定没死对不对？"

众人围过去，在吟霜面前蹲下，被眼前的美景震撼住。谁都不敢去触动她。只见吟霜的手心滚出了红色小药罐。香绮痛哭着，捡起药罐，认出假死药罐，痛喊：

"小姐吃了整罐的假死药丸！小姐说过，吃三颗就没命了！我去找解药！"就起身狂奔进房。

柏凯摸着吟霜脉搏，确认身亡，脸色死灰地说道：

"雪如，吟霜已经没有脉动，她自尽了！她跟着皓祯走了！"

雪如软瘫地坐在地上，崩溃地仰头看天，喊道：

"老天啊！你怎么可以让我同时失去了儿子，又失去了女儿？"

就在这时，九死一生的皓祯快马奔到了将军府大门，快速下马奔进府内，用轻功十万火急地飞跃过庭院，越过内门墙，发现将军府冷清异常。皓祯感觉不妙，心急如焚，立提内力，连着数个快速点地直跃，狂奔向画梅轩，边跑边喊：

"吟霜！吟霜！"

皓祥和翩翩母子二人闻声奔出，看到皓祯狂奔的身影震惊无比。皓祥讶异：

"皓祯！"拉着翩翩，"娘，你有没有看到？刚刚那个人是不是皓祯？"

翩翩惊恐地眨眼，拉紧皓祥：

"我看到了，不是才斩首了，难道是皓祯的魂魄回来我们将军府了！"

二人胆怯地跟着向画梅轩走去。

梅花树下，雪如、柏凯等众人围绕着，哭倒在吟霜身边。

皓祯狂奔而来，声嘶力竭地喊着：

"吟霜，我回来了！吟霜，那个约定没有了，我回来了！"

雪如闻声抬眼见到皓祯，失声尖叫：

"皓祯？！怎么是你？"

柏凯蹒跚地起身，迎向皓祯：

"你你……你不是上法场了吗？怎么回来了？"

皓祯双眼直直盯着地上的吟霜，对周遭的人声置若罔闻，只一步步走向吟霜。周围众人瞠目结舌地看着皓祯。皓祥、翩翩母子也胆怯地跟进了画梅轩，茫然地观望。

香绮从房内狂奔出来，哭着喊：

"解药没有了！全部被小姐处理掉了！"忽然看到皓祯，惊喊，"是公子！公子活着回来了？公子没死……怎么会这样？"

秦妈惨声地说道：

"公子，你来迟一步，吟霜她……她已经走了……"

皓祯直勾勾注视着吟霜，发现她一半身子埋没在梅花中。他立即抬头看看那棵梅花树。看到还有一朵梅花，摇摇欲坠地挂在枝头。皓祯震慑地、眼光发直地看回吟霜，哑声地说：

"她还没死，还有一朵梅花，她还没死……"骤然一吼，"她只是假死，没有真死！解药！我去找解药！"

"公子，解药全部没有了！小姐一定预先把解药处理了！"香绮哭着说。

就在这时，梅花树上那最后一朵梅花飘然落下，落在吟霜苍白的唇上。皓祯看着那朵梅花飘落，惊惧地大喊着：

"梅花！最后一朵梅花，你不能落下来！"痛喊，"吟霜，梅花树还活着，你看看我，皇上赦免了我，我没死呀！梅花树没死，梅花怎能死去呢？"

"皇上赦免了你？皓祯！你死里逃生了？"柏凯大震。

皓祯冲上前去，就把吟霜从梅花中抱了起来，喃喃地说道：

"不不不！你不能死，我们的约定不是这样，如果我活着，你也得活着，不是生也相随，死也相随吗？"

吟霜双手垂着，美丽的尸体上，依旧有着梅花和花瓣。

雪如不禁痛哭出声：

"吟霜，你怎么不多等一会儿？只要多等一会儿！"

皓祯抱着吟霜，对众人如同不见，他低头看着怀里的吟霜，眼中无泪，神情麻木。他低低地、喃喃地、痛彻心扉地说道：

"午时钟响，天上相会！吟霜，我一直没办法保护你，没办法和你过最普通平凡的夫妻生活，没办法回报你的一片深情……最后，连午时钟响的约定，我也误了期！你现在一个人走，岂不孤独？找不到我，你要怎么办？"抱着她走向外面，"不！我不会让你再孤独！咱们找一块净土，从此与世无争，做一对神仙眷侣，重新来过，好吗？事到如今，再也没有任何力量，可以拆散我们了！即使是'生'与'死'，也不能拆散我们了……"

雪如、柏凯等人都掩面而泣，连翩翩与皓祥也都为之动容泪下了。

太子、寄南、灵儿、兰馨、汉阳、小乐、鲁超、袁忠等众人追到了将军府，下马的下马，下车的下车，急急跨进门来，放眼望去，到处空荡荡，将军府仿佛一座空城。众人隐隐觉着不安。太子说：

"皓祯快马奔回，这儿怎么空荡荡的？人都到哪儿去了？"

"不大对劲儿，皓祯应该回来了呀！"寄南四面张望。

灵儿力持镇定，说道：

"或许大家都去画梅轩了！皓祯大难不死，大伙一定在那儿庆祝！"

众人正要往画梅轩方向赶去之时，皓祯抱着吟霜的尸体，面如死灰地走来。后面跟着泪流满面的雪如、柏凯、秦妈、香绮、皓祥、翩翩等人。

太子、灵儿、寄南惊惧，呼吸急促。不祥的感觉冲上大家心头，太子说道：

"吟霜守住了那个约定？我和兰馨，以命相拼，拿到两个特赦，她不会全部错过吧？我们只迟了一点点时辰，斧头都还没落下的时辰！"

灵儿冲向皓祯，大喊：

"吟霜！吟霜怎么了！"

秦妈痛断肝肠地说道：

"吟霜夫人她，一心一意要追随公子……就么彼此错过了！"

灵儿双眼发直地摇着头，痛喊：

"不……不会的……不可以……吟霜是神医，她是救命的活菩萨，她不会死的……"

雪如几乎站不住，秦妈紧紧搀住，柏凯低声啜泣。寄南忍不住落泪：

"怎么会这样呢？一切的灾难都化解了，正该好好团聚的时候呀……"受不了地悲痛狂喊："吟霜你不准死，不准死！"

"一个活了，一个死去，这事太残忍！"太子大喊落泪，"吟霜！醒来！活过来！我命令你！"

全体为之辛酸泪下。汉阳也震撼难过地握拳狠狠一捶墙，说道：

"为什么会这样阴错阳差？为什么命运要这样捉弄人？吟霜不该如此啊！"

灵儿不顾自己真实身份，再也忍不住，痛喊出声：

"吟霜回来，吟霜回来啊！"痛哭地扑通一跪，"皓祯已经回来了，你也要回来呀！赶快治好你自己！"

一片凄凄惨惨中，皓祯神情始终严肃、镇定、坚决，眼光直直地望向远方，此时，挣开众人，继续抱着吟霜，往大门外走去。天空雪花继续在飘着。

太子及时一拦，又痛又惊地问：

"你要带她去哪里啊？镇定下来，看看还能不能救？"

皓祯眼神幽远，似乎三魂六魄都不在身上了，喃喃说道：

"她从哪里来，我就带她到哪里去！我现在知道了，终于知道了，她是白狐，原属于山林，到人间走一遭，尝尽爱恨情仇，如今时辰到了，她不是死了，而是不如归去。我这就带她到山林中去，说不定……她就会活过来，化为一只白狐，飘然而去……说不定，我也会化为一只白狐，跟随她而去……"

皓祯这番话，让全体的人都呆住、震住了！在一片死寂中，皓祯渐渐走远。

飞雪中的约定，也是"生也相随，死也相随"的约定！他们这对历经各种灾难的苦命鸳鸯，到了最后，难道就像吟霜在三仙崖前跳水时说的吗？"不恨世事，不怨苍天，魂魄总相依，不复来相见！此心煎，此梦断，此情绝，愿三生石上，再续来生缘！"

第四册终

（京权）图字：01-2025-0195

图书在版编目（CIP）数据

梅花英雄梦 . 4，飞雪之盟 / 琼瑶著 . -- 北京：作家出版社，2025.1. --（琼瑶作品大全集）. -- ISBN 978-7-5212-3236-3

Ⅰ. I247.5

中国国家版本馆 CIP 数据核字第 20254WY457 号

梅花英雄梦4 飞雪之盟（琼瑶作品大全集）

作　　者：琼　瑶
责任编辑：单文怡　刘潇潇
装帧设计：棱角视觉　纸方程·于文妍
责任印制：李大庆　金志宏
出版发行：作家出版社有限公司
社　　址：北京农展馆南里 10 号　　　邮　　编：100125
电话传真：86-10-65067186（发行中心）
　　　　　86-10-65004079（总编室）
E-mail: zuojia@zuojia. net. cn
http://www. zuojiachubanshe. com
印　　刷：河北鹏润印刷有限公司
成品尺寸：142×210
字　　数：185 千
印　　张：8.75
版　　次：2025 年 1 月第 1 版
印　　次：2025 年 1 月第 1 次印刷
ISBN　978-7-5212-3236-3
定　　价：2754.00 元（全 71 册）

品 琼 瑶 经 典

忆 匆 匆 那 年

琼瑶作品大全集